Der Kampf um das Schloss
Julius Meier-Graefe

Julius Meier-Graefe

Der Kampf um das Schloss

Roman

Berlin und New York, 2022

Berlinica

Julius Meier-Graefe
Der Kampf um das Schloss
Roman aus dem Südfrankreich der dreißiger Jahre

Nachwort: Dr. Stephanie Marchal
Korrektorat: Peter Theml

Herausgeber: Eva C. Schweitzer

Gaudystraße 7, 10437 Berlin

ISBN (gebundenes Buch): 978-3-9602605-16
ISBN USA (Softcover): 978-3-96026-052-3
ISBN des uneditierten Originalmanuskripts:
978-3-96026-053-0

Umschlagfoto: Postkarte von Saint-Cyr-sur-Mer,
Rue principale de la Madrague, ca 1913
Umschlaggestaltung: Vinicius Bremer

Fotos:
Deutsches Literaturarchiv Marbach: S. 180, 181, 184
Eva C. Schweitzer: S. 182, 185, 187
Historische Postkarten: S. 183, 186

Gedruckt in den USA

Berlinica

Inhalt

Vorrede: Vadoule, ein Städtchen im Vorbeifahren

DU SIEHST Vadoule im Vorbeifahren, das heißt, du könntest theoretisch, wenn die Augen die zehn Sekunden, die der Express für die Durchfahrt braucht, parat wären. Sie sind es natürlich nicht, denn gerade kommt in dem Buch die Stelle, wo Mathilde die lang erwartete Teufelei verübt, und die Spannung dir erlaubt, den harten Sitz und das dein Minderwertigkeitsgefühl steigernde Knattern und Schütteln zu vergessen. Das ist im Clubsessel des Pullmanns auch kaum anders. Gehst du hinaus, so geschieht es nur, um den albernen Engländer dein Missfallen zu erkennen zu geben. Schon die gebotene Blasiertheit beschränkt die Optik. Vadoule: Lieber möchtest du in einem warmen Bad plätschern.

Nachts sieht man überhaupt nichts…

Oder du nimmst dein Frühstück im Speisewagen und fragst dich, wie dieser Hund von Makeby zu bewegen wäre, den morgen fälligen riesigen Scheck zu prolongieren. Da kann sich Vadoule auf den Kopf stellen. Du bist Minister in entscheidender Mission, fürchtend, dass dich jemand erkennt und es doch ein bisschen hoffend, ein grübelnder Physiker, ein dreifacher Mörder, mit frischem Bart, jedenfalls präokkupiert.

Wer wäre das nicht? Ein junges Paar steht dauernd im Gang am Fenster und schaut und schaut. Hier wäre eine Möglichkeit. Schau mal, Häschen, flüstert sie, Vadoule! Er nickt benommen. Glaubt sie etwa, er sieht, der Idiot? Er blickt in ihre Augen. Vadoule ist ihm Häschen.

So flitzen Tausende und Abertausende vorüber, täglich sechs Rapids in jede Richtung und viele Personenzüge, die hier halten. Allenfalls behalten die Autofahrer den Ort in Erinnerung, wenn sie tanken, denn solche Ereignisse prägen sich ein.

Vadoule könnte so gut wie irgendein anderer Fleck der Erde Schauplatz des finsteren Dramas werden. Gerade in schlichten, friedlichen Nestern, die sich im Vorbeifahren wie ängstliche Hündchen ducken, ist oft der Teufel los. Dergleichen braucht der Leser nicht zu befürchten. Die Seele Vadoules entspricht tatsächlich bis zu einem seltenen Grade dem traulichen Gesicht, das uns auf den ersten Blick verführte und für geraume Zeit festhielt. Und das lag nicht an dem Lokal, sondern an uns, obwohl wir gerade glaubten, die für Vadoule nötige Eignung mitzubringen, wenn sich die Grenze jenes seltenen Grades offenbarte.

Wo Menschen sind, gibt es Reibungen, wo sich Menschen reiben, sei es auch nur so behutsam, gibt es Geschichten. Ein Glück, wenn die Begebenheiten im Bereich des Komischen bleiben und nur dem bedachtsamen Philosophen Gelegenheit geben, die tragische Unzulänglichkeit aller der Reibung widerstrebenden Bemühung zu durchschauen.

Julius Meier-Graefe, 1934

Ein Haus am Meer und eine Terrasse zum Boulen

Vadoule liegt in der Provence am Mittelländischen Meer, wo die Küste noch nicht Côte d'Azur heißt, noch nicht schick ist, es fürs Leben gern werden möchte, was Gott aber noch eine Weile, solange wir hier leben, in Gnaden verhindern möge. Die Côte d'Azur beginnt da, wo die Berge hart ans Meer rücken und das Hinterland, falls man nicht im Flugzeug fliegt, den Blicken entschwindet. Der Fußgänger hat die Wahl, entweder unter Autos verschiedener Marken zu geraten oder sich an steilen Felswänden die Nase einzustoßen. Er kann auch in den Spielsalon gehen oder ins Meer springen. Wie das Klima hier und dort ist, da sind die Meinungen geteilt, denn jeder Ort, der eine Mairie, eine Bürgermeisterei besitzt, hat sein eigenes Thermometer. Einmal schneite es in Nizza, während in der Provence die Sonne schien. Aber meist ist es an der Côte d'Azur um zwei Grad wärmer.

Aber nicht dieser geringe Unterschied bedingt den Ruf der Côte d'Azur. Es ist ihre mit Luxushotels und Casinos geschmückte Fassade, die Menschen mit Geld anlockt. Nirgends in der Welt laufen so viele Fassadenmenschen herum wie zwischen Cannes und Menton. Sie erkennen in der überladenen Enge der Küste ihr eigenes, mit Ornamenten vollgepfropftes Dasein und fühlen sich heimisch. Die Berge schützen sie gegen den Mistral und andere Misslichkeiten. Abends im Licht der Scheinwerfer werden die Felsen zu Kulissen aus Karton, als könne man sie umblasen. Die Eingeborenen, soweit es die noch gibt, leben von den Fremden, werden dabei reich und arm, sprechen viele Sprachen und verkümmern.

Vadoule dagegen geht in die Tiefe. Das kann symbolisch verstanden werden, aber davon abgesehen scheint mir diese Eigenschaft unserer Küste — die Tiefenwirkung, der Reichtum an Plänen — ihr hoher Reiz zu sein. Breitgelagert die Ebene mit den zahllosen Reihen von Weinstöcken, den Alleen silbriger Oliven, den Zedern, den steilen Zypressen und den gewölbten Pinien, die immer gerade dort stehen, wo sie hingehören, mit den gefälligen Gehöften, in Gelb und Blau und Rosa, auch sie, möchte man glauben, nach einem glücklichen Plan verteilt. Langsam steigt das Land zu der doppelten Kette von Hügeln an, zwischen denen die Eisenbahn fährt, ein munteres Spielzeug. Wenn der Güterzug morgens um zehn an dem hochgelegenen Kirchhof vorbeikommt, singt die Lokomotive in kurzen und längeren Pfiffen ein Liedchen, von dem Bab, meine Frau, zuerst behauptete, es sei die *Marseillaise*. Unsere Ida hat die Melodie richtig erkannt: Auf der grünen Wiese hab ich sie gefragt ... Die Melodie gibt es auch im Französischen unter dem Titel *Au clair de la lune*.

Außer der »Adlernase«, die im fernen Westen aus dem Meer ragt und eigentlich nicht dazugehört, haben wir nur zusammenhängende, bewachsene Hügel, keine hohen Berge. Das ist gut so. Keine noch so gewaltigen Gipfel könnten den sanften Schwung und die lächelnde Erhabenheit der Linie ersetzen, die im Horizont endet. Wer die Corniche östlich von Nizza, die weltberühmte Küstenstraße, pittoresk nennt, wendet sich an die Fantasielosigkeit der Fassadenmenschen. Keinem Künstler von Verstand ist je eingefallen, dergleichen zu malen. Als Gott die Provence machte, hatte er nicht die Fremden im Sinn, sondern die Leute, die sich hier ansiedeln sollten, Monsieur Petitot, unseren Pächter, und seine dicke Frau, den Klempner Gabriel und die grazienreiche Madame Gabriel, Monsieur Barrigou, den Friseur am Platz, den Güterzug mit dem Lied von der grünen Wiese. Es ist eine menschliche Gegend.

Auch dort in der Provence, wo die Natur stärkere und gewagtere Töne anschlägt und der Berge viele sind, fehlt die fassadenhafte Romantik. Die Felsen bei Cassis und auf dem Weg über das Gebirge nach Marseille, bei Aix-en-Provence und bis zur Rhone hin, scheinen mit der Umsicht eines erleuchteten Baumeisters gegliedert zu sein. Die großartige Struktur der Berge von Montagne St. Victoire, nicht von Aix aus gesehen, sondern die Rückseite, eine doppelte Reihe von blanken, horizontalen Schanzen, eine Festung, ein gigantisches Ilion, hat vollendetes Maß.

Dann das Meer! Die vielzähligen Buchten erinnern an Griechenland, aber wir haben schönere Gebäude und reichere Vegetation. Im Sommer bringt sie die Töne Paul Cezannes hervor, im Winter aber, wenn die schwarzen Rebstöcke mit ihrem kurz geschnittenen Geäst bei den knorrigen Olivenbäumen stehen, erscheinen vor dem inneren Auge die Rohrfederzeichnungen Vincent van Goghs. Im sonnigen Januar blühen nur die Mandelbäume. Aber nach und nach bereichert sich die Szene mit so viel farbiger Einzelheit, dass das Auge nicht ausreicht; fast zu viel des Guten. Die Natur verführt den Zuschauer zu Schwärmereien, denen nur der dem Boule-Spiel ergebene Einheimische mühelos widersteht.

Solange die Reben nicht die ganze Erde brauchen, säen und pflanzen die Bauern in die sauber gepflügten Furchen zwischen dem Wein Gemüse und Früchte. Da wachsen so nebenbei Erbsen, Haricots — grüne Bohnen —, Tomaten, Artischocken, Erdbeeren und Pfirsichbäume. Der Wein kostet dieses Jahr 1,14 Francs der Liter, das sind zwanzig Pfennige, verhältnismäßig teuer, da es wenig gibt. Im vorigen Jahr zahlten wir die Hälfte. Es ist ein Roter, kein besonderes Gewächs, aber jeder weiß, dass er, gebleicht, für Cassis genutzt wird, der das Dreifache oder Vierfache kostet und auch im Ausland geschätzt wird. Wir sind hier unseres Daseins froh. In benachbarten Orten leben einige Maler und Dichter aus der Fremde, Leute ohne Arg, die dem Land nichts antun und froh sind, in Frieden gelassen zu werden. Aber außer italienischen und spanischen Landarbeitern sind wir in Vadoule die einzigen Fremden.

Vadoule-Ville hat zwei gepflegte Fahrstraßen und einen Platz mit der Mairie, wo im Juni die Heilige Vadoule und am 14. Juli das französische Nationalfest gefeiert werden. Nur knapp neunhundert Menschen leben in den weiß gestrichenen Häusern, zwei oder dreistöckig, unten mit kleinen Läden, aber Vadoule-Ville ist kein Dorf. Mit ihren städtischen Gesichtern könnten die Häuser ebenso gut in Toulon sein oder wenigstens in Hyères, und von den Menschen gilt dasselbe. Die richtigen Bauerntypen auf der Straße sind meist Italiener.

Im Sommer kommt aus Toulon und Marseille meist Petite-Bourgeoisie an unseren Strand, der Vadoule-Plage heißt, aber erst, wenn es richtig heiß ist. Vor Juli badet kein Franzose, der was auf sich hält. Franzosen sind mit ihren Kalorien ebenso sparsam wie mit ihren Moneten. Dann aber wird Vadoule-Plage zwei Monate lang eng. Die Autos, die sonst nur sonntags vereinzelt vor der Hostellerie des Bains halten, parken zu vielen Dutzenden an dem natürlichen flachen Sandstrand, wie es an der Côte d'Azur nur sehr wenige gibt. Die Strecke zwischen der Hostellerie und dem Ende des Strandes, wo man an dem kleinen, versteckten Schifferhafen La Madrague vorbei zu dem Schloss des Monsieur Theophile Grosjean aufsteigt, mag einen guten Kilometer betragen. Da wimmelt es dann von bunten Badenden. Kinder spielen im Sand.

Außer den beiden Hotels, die noch aus der Zeit vor dem Krieg stammen, der Hostellerie am Strand, dem üppigeren Grand Hotel mit der aufsteigender Palmenallee und dem Park, der etwas abseits liegt, besitzt Vadoule-Plage einen jährlich wachsenden Komplex bunter Villen, die parallel zum Strand stehen. Erbaut sind sie in einem wenig ansehnlichen Stil, der die gekanteten Flächen Le Corbusiers mit älteren Schmuckformen zu verbinden sucht. Ein mit gelbem Kies bestreuter Fahrweg führt von der Chaussee zu den Villen, und wo er abzweigt, bitten zwei schräg auf die Erde gestellte Schilder die Passanten, gütigst hereinzuspazieren und uns die Ehre zu erweisen, die mit allem Komfort versehenen Häuser in Augenschein zu nehmen.

Dort, wo der gelbe Weg in den Strand läuft, finden sich ähnliche Schilder mit der Bitte, nunmehr nach vollzogener Besichtigung sich nach unserm Büro gleich neben der Hostellerie zu bemühen, wo wir Ihnen mit besonderem Vergnügen die günstigen Miets- und Kaufbedingungen vorlegen werden. Es wurden bereits mehr als die Hälfte der Villen verkauft oder vermietet. Nun aber hat die Wirtschaftskrise den erschreckenden Baueifer gehemmt und die Errichtung eines pomphaft projektierten Strand-Casinos glücklich verhindert.

Die Villen sind die Schöpfung der »Union«, einer großzügigen Aktien-Gesellschaft, deren Hauptaktionär der bereits erwähnte Monsieur Grosjean ist. Grosjean, ein rüstiger, sanguinischer Siebziger mit kurzem Hals, der das Offizierskreuz der Ehrenlegion trägt, ist ein früherer Seifensieder, der aus Marseille stammt. Klappaugen, schneeweißes, etwas gewelltes Haar, vermutlich Neigung zum Schlagfluss; sein stark gerötetes Gesicht hat eine undurchdringliche Starrheit im

Ausdruck, die sich auch während des Lachens behauptet. Er lacht nur lautlich mit Kopftönen, ohne die Miene zu verziehen. Kurz, er ist eine ihres Eindrucks sichere Erscheinung. Und Monsieur Grosjean ist der reichste Mann des Städtchens und vielleicht der Provence.

Den Brunnen aus Sandstein in Vadoule-Plage, ein Mädchen, das aus einer Vase Wasser fließen lässt, hat er bezahlt, auch das Bronzedenkmal auf dem Platz in Vadoule, ein Bacchus nach Michelangelo, der eine elektrische Lampe trägt und auf dessen Sockel der Name Grosjean in Gold steht. Seine Fondation Théophile Grosjean unterhält ein Haus für bedürftige Greise. In der Mairie hängen sein Bild und das seiner Gemahlin in Öl. Fast ganz Vadoule gehört Grosjean, die Villen am Strand, mehrere alte und neue Schlösser — darunter Mon Repos, wo er mit seiner Familie lebt — und viele Bauernhöfe. Und schon bald nach dem Krieg erwarb er auch das Haus, in dem wir selbst leben, für rund 150 000 Francs nach heutigem Wert; bei einem jährlichen Mietertrag von 20 000 Francs keine schlechte Anlage.

Wir wohnen nicht in Vadoule-Plage, da wir nicht der Saison wegen hier sind und es vorziehen, wenn das Meer in einiger Entfernung bleibt. Unbegreifliche Manie, zumal im Winter, bei Mistral, das Geräusch der Wellen im Ohr und die wässrige Unendlichkeit vor Augen haben zu wollen. Für uns Binnenmenschen erscheint eine wechselreiche Szenerie passender, mit Vegetation, mit Gehöften und Weinbergen, die von Wegen und der Straße durchschnitten werden, und wo das Meer nur zur Bewegung beiträgt. Unser Haus liegt zwischen Vadoule-Plage und Vadoule-Ville genau in der Mitte. Wir brauchen nach dem einen und nach dem anderen zu Fuß zehn Minuten.

Unser Haus ist ein großer viereckiger Kasten, wohl noch unter Napoleon oder kurz darauf für den früheren Besitzer des Weinguts gebaut. Es steht, wie es stehen muss und kehrt der Hauptstraße und dem Mistral den Rücken zu. Die Front liegt nach Süden. Am Eingang eine mit fünf chinesischen Maulbeerbäumen geschmückte Terrasse, ein paar Meter oberhalb des Rebenfelds. Die Bäume, mächtige Gewächse, die bis an die Fenster des zweiten Stocks reichen, stammen nicht aus China, sondern heißen nur so. Sie regeln die Zufuhr des Lichts und der Wärme. Kahl bis Mitte April, haben sie erst im Juni, wenn die Sonne stark wird, ihr volles Blattwerk. Dann beschatten sie die Terrasse vollkommen und die Hitze bleibt draußen. Die Haustür wird von zwei riesigen, runden Büschen weißer Margeriten flankiert. Die höchsten Stängel reichen mir bis an den Hals. Bald muss ich sie kürzen lassen.

Ich liebe unsere Terrasse. Bab zwar vermisst einen Garten; sie spürt wie viele Großstädter auf dem Lande den Drang, sich botanisch zu betätigen. Mir hingegen erscheint angesichts der weiten Rebenfelder, die sich um uns erstrecken, jeder Garten ein Unding. Beete mit Blümchen würden die Fülle unseres Blickbesitzes verkleinern und dem Haus die stolze Abgeschlossenheit rauben. Dieses Haus ist es, um das sich diese Geschichte dreht. Im Volksmund heißt es, ich weiß nicht, warum, Chateau Boeuf, und wird kurz »Das Schloss« genannt.

Wir wohnen nicht alleine in unserem Schlösschen. Im zweiten Stock lebt Mademoiselle Eugénie Tardif mit ihrer Bonne — dem Hausmädchen — Madame Louise. Die Mademoiselle soll über neunzig Jahre alt sein. Sie war Lehrerin, mit dem Komponisten Jacques Offenbach bekannt, erfreut sich erstaunlicher geistiger Frische und erzählt in wundervollem Französisch vom letzten französischen König Louis Philippe und den Fehlern seiner Regierung. Sie hat auch König Eduard als jungem Prinzen in Biarritz Konversationsstunden erteilt. Ihre eigenen Herrscherlaunen lässt sie an ihrer Bonne aus.

Auch diese ist bereits hoch in den Siebzigern, war nur einmal — und nur acht Monate lang — verheiratet, dient dem Fräulein seit dem dreißigsten Jahr und wird, wenn die Fünfzig um sind, wohl die goldene Dienstmedaille erhalten. Eine kernige Person ist sie, die sicher einmal schön war. Mademoiselle hatte einst ihren Sohn ins Haus genommen, der dann 1870 gefallen ist. Bonne Louise hängt nach der in Marseille bemerkbaren Landessitte Silben an ihre Worte an. Bab wird, wenn Mademoiselle nicht dabei ist, von ihr »Kleine, ma petitee«, tituliert, mit doppeltem e am Ende. Den Verdacht, sie stamme aus Marseille, weist Louise aber entrüstet zurück. Sie sei aus Aisse, wollte heißen Aix.

Die Bonne lässt sich die Herrschsucht ihres Fräuleins nur bis zu einem gewissen Grad gefallen. Am Sonntag gehen die beiden Damen zusammen in die Kirche, und dann bekommt Bab ein Blümchen mitgebracht. Und Ida, unser Hausmädchen, trägt morgens das für Mademoiselle bei uns abgegebene Brot hinauf. Bonne Louise versteht sich gut mit Madame Petitot, der Nachbarin. Die Bonne habe seit Jahren kein Gehalt mehr bekommen, behauptet Madame Petitot. Denn Mademoiselle Tardif sei zwar sehr reich, aber auch sehr geizig. Dabei soll Monsieur Grosjean sie angeblich fast umsonst wohnen lassen, weil sie es mit ihm gut verstehe.

Die Petitots leben gleich nebenan, in einem niedrigen Gehöft. Monsieur Petitot ist der Pächter, der Fermier. Zu seinem Bauernhof gehören auch Ställe mit Schweinen, von denen bei ungünstigem Wind ein merkbarer Hauch zu uns dringt. Vor der Fütterung schreien sie wie besessen. Petitot nennt seine Schweine Minister. »Ich gehe meine Minister füttern«, sagt er. Im Spätherbst, wenn sie an die fünf Zentner wiegen, werden sie verkauft. Ministerwechsel. Monsieur Petitot, ein erfahrener Mann, der sogar schon in Algier war, gilt als einer der besten Fermiers der Gegend. Bab behauptet allerdings, er stelle Ida nach. Das jedoch mag ich den Reizen Idas, einer nicht mehr ganz jungen Polin aus Ostpreußen, stumpf wie ein Brett und bei höherer Temperatur aromatisch, nicht zutrauen.

Dem alten Petitot ist an Intelligenz, sicher an Bildung, sein ältester Sohn Vincent überlegen, der in Zeitschriften den Fortschritt verfolgt, während sich der Alte nur auf eigene Erfahrung verlässt. Vincent ist verheiratet und hat zwei Kinder. Das ältere, Roger, ein munterer Junge von vier Jahren, lebt auf dem Bauernhof. Vincents Frau führt die Cremerie gegenüber der Post und hat das jüngere Kind meist bei sich, auch ein Junge. Vincents Bruder Louis ist noch nicht zwanzig und unverheiratet. Die beiden haben eine Schwester, Fernande, gerade vierzehn geworden und bereits üppig entwickelt. Sie dürfte eines Tages den Umfang der Mutter erreichen.

Kaum zwanzig Morgen ist der Petitot-Hof groß, aber aus diesem Stückchen Land wirtschaftet der Pächter mit seinen beiden Söhnen und dem dicken Wallach Blond, der den richtigen langsamen Ackerschritt hat, jährlich etwa 40 000 Francs heraus, Gemüse und Schweinzucht nicht mitgerechnet; bei guter Weinernte und wenn die Pfirsichbäume voll tragen, auch mehr. Die Petitots sind tüchtig. Wenn sie die Reben gegen die Krankheit schwefeln, fährt der alte Petitot auf dem Schwefelwagen, gezogen von dem Wallach, und Vincent und Louis marschieren mit den Behältern auf dem Rücken, schweren Dingern, und spritzen mit dem Irrigator den gelbgrünen Puder rechts und links auf die Nebenblätter. Dabei verwandeln sich die drei Männer in eidechsenhafte Wesen.

Voriges Jahr, als wir noch in der Hostellerie am Strand gewohnt haben, haben sie die drei Pinien an der östlichen Mauer abgeholzt, um einige Quadratmeter mehr Wein pflanzen zu können. Es waren drei wunderbare Exemplare, die schönsten Pinien der Gegend. Bab hat sie oft gezeichnet, und sie gaben der Farm das Gesicht. Als ich mich über den Besitzer wunderte, der das Gemetzel an den Pinien zugab, meinte Vincent, wenn es nach seinem Vater ginge, müssten auch die Zedern vor der Terrasse weg. Solange aber er hier sei, versprach er mir, würden sie bleiben.

Vom dem Ertrag des Bauernhofs bekommt Monsieur Grosjean, der Patron, die Hälfte. Das Gemüse und die Schweine aber, deren Dünger gebraucht wird, gehören dem Pächter allein. Dafür muss er den Wallach füttern und die Helfer bei der Weinernte bezahlen. Wir beziehen von dem Hof einen wesentlichen Teil unserer Nahrung.

In der Politik stehen die Petitots wie die meisten Leute hier sehr weit links, nahe bei den Kommunisten, denken aber nicht im Traum an Marx oder an Moskau. Sie wollen einfach der Regierung, gleichgültig welcher, opponieren. Ginge es nach ihnen, wären wir längst mit Frankreich einig. Da hier niemand verhungert, lässt man andere leben, betrügt, wo es geht, den Staat, nicht den Nächsten, und behandelt uns freundlich. Petitot trinkt morgens zum ersten Frühstück den ersten Liter Wein. Seit Jahren raucht er nicht mehr, denn als er noch rauchte, hat er zuletzt fast nichts mehr trinken können. In die Kirche geht er ebenso wenig wie die andern Männer von Vadoule. Von den zwei Kirchen wird die eine seit Jahren als Kino benutzt. Den Geistlichen der anderen findet Bab unsympathisch. Dagegen flirtet sie gerne mit Monsieur Falouze, dem Maire — der Bürgermeister —, der auch Notar ist und der eleganteste Mann von Vadoule.

Jeden Sonntag von Morgen bis Abend, in der Woche mittags in der Pause oder gegen Abend, spielen die Männer der Provence Boule, oder wie es auf Provençalisch heißt, Pétanque; in jedem Ort, mit Vorliebe auf den mit Platanen gerahmten Marktplätzen, aber auch auf jedem andern Platz, der sich eignet oder nicht, sogar auf geteerten Straßen. Und auch Vincent und Louis Petitot aus Vadoule, gute Boulespieler, sind immer dabei. Das Ziel ist eine winzige Holzkugel, der Cochonnet, das Schweinchen, das von der Partei ausgesetzt wird, die zuvor gesiegt hat. Es gilt, möglichst viele Bälle in die Nähe des Cochonnet zu bringen. Das geschieht — solange keine feindliche Boule unmittelbar am Ziel liegt — mit »Pointieren«: Die Boule wird mit nach oben gerichteten Handrücken laufen gelassen, langsam oder schnell, gerade oder im Bogen, tief oder hoch aufgesetzt, je nach der Lage des Ziels und der Beschaffenheit des Terrain, das vor dem Werfen erkundet wird. Dabei klopft ein Spieler ausführlich den Boden ab, um versteckte Hindernisse festzustellen, die den Lauf des Balls beeinflussen könnten, und die andern warten geduldig und ernst, denn nichts bleibt dem Zufall überlassen.

Es gibt noch eine kühnere Art des Werfens: Der Schuss von oben auf die das Ziel besetzende feindliche Boule. Trifft er genau, so saust der Feind in die Ferne, und der eigene Ball bleibt genau an der Stelle des Vertriebenen liegen und rührt sich nicht. Dabei gibt es einen dem Ohr wohltuenden peitschenhaften Knall. Gegen Ende der Runde können durch einen einzigen feindlichen Balls gleich mehrere Bälle weggeschossen werden, und diesen Schuss nennt man Palais. Dafür spart jede Partei ihre besten Spieler auf, und Vincent ist einer davon.

Matadore — professionelle Spieler — geben sich nur im Notfall mit Pointieren ab, hingegen versuchen flaue Spieler, wie etwa unser Monsieur Puche, der Schreiber der Mairie, das Pointieren mit Schießen zu kombinieren. Das ist nicht verboten, aber sehr unfein. Das Prinzip beim Boulen ist dasselbe wie beim Boccia der Italiener, das nur mit größeren Holzkugeln gespielt wird, aber ein Meister im Boccia kann im Boule ein Stümper sein. Es ist wie Reiten auf einem Esel oder einem Vollblut. Bei gewöhnlichem Boule darf die Entfernung zum Cochonnet nicht weniger als drei und nicht mehr als neun Meter betragen, aber auf ausgedehnten Plätzen gibt es auch Partien von fünfzehn bis zu fünfundzwanzig Metern.

Hierbei darf der Werfer in einem Sprungschritt aus dem Kreis, der den Standort bezeichnet, heraustreten, muss aber auf dem Schrittbein stehen bleiben und darf mit dem andern Fuß nicht den Boden berühren. Er darf auch drei oder vier Schritt vorwärts laufen und im Laufen die Kugel werfen. Unserem Klempner Gabriel und dem Fischer Martin gelingt das selbst auf größte Entfernung fast immer. Sie holen mit dem Arm weit nach hinten aus wie beim Diskuswurf und werfen mit aller Kraft, noch vom Lauf gesteigert. Bei solchen Partien steht immer ein dichter Kreis von Zuschauern um die Spieler. Auch wird gewettet, und die Sätze erreichen manchmal tausend Francs.

Längst haben auch Bab und ich in Toulon bei dem Vogelhändler der Rue Mirabeau, der auch Boulebälle herstellt, einen Satz von Zwölfen erworben; nicht die teuren, mit Messing umgossenen, die wie Gold aussehen und deren sich die Matadore bedienen, denn damit würden wir uns lächerlich machen, aber ganz anständige. Die Kugeln sehen wie aus Eisen aus, haben aber einen Kern aus Buchsbaum. Boule gehört zur Provence wie der Skat zu Deutschland, es erfordert nicht den gleichen Intellekt, aber körperliches Geschick.

Im Pointieren stehe ich bereits, schlechte Tage abgerechnet, meinen Mann, aber im Schuss bin ich immer noch ohne Verlass, obwohl ich viel übe. Wahrscheinlich ist eben das der Fehler. Die Franzosen spielen alle von Kindsbeinen an, aber keinem ist es je eingefallen zu üben. Wichtig ist die Spannung: Der Boule-Spieler muss die Wurfbahn so vollkommen im Nerv haben, dass dem Werfen nur noch der Vollzug einer bereits feststehenden Tat zukommt. Lockert sich auch nur das geringste Teilchen im Körper oder im Auge und lungert herum, so geht die Kugel vorbei. Und wenn mich Bab oder sonst etwas geärgert hat, dann treffe ich nicht mal auf vier Meter.

Aber auf unserer Terrasse, deren Terrain ich kenne, bin ich nicht so schlecht. Die Terrasse erscheint jedem zuerst ganz einfach, zumal am Nachmittag, wenn die Sonne jenseits steht und keine Reflexe des Blattwerks der Maulbeerbäume stören; ein glatter Teppich, zumal nach Regen. Dann gleicht sie, meint Monsieur Gabriel, einer elastischen jungen Frau im Honigmond. Aber sie hat Mucken. Sie kann trocken sein wie die blinde Fischmarie, und dann laufen die Bälle, bevor man sie aufsetzt — ein Hauch ist zu viel. Und nahe der Hausmauer, wo das Terrain ansteigt, wimmelt es von großen und kleinen Steinen. Trifft der Ball einen davon, so macht er manchmal einen Riesensatz in eine ganz unvorhergesehene Richtung. Da ich selber aber die Steine, wenigstens die wichtigen, kenne — sie heißen Kröte, Mäuschen, Hurenbalg und Anatole — komme ich mit Glück zuweilen dem Ziel nahe.

Gewöhnlich spiele ich mit Vincent oder Louis mittags nach Tisch. Bab sitzt dabei auf der Haustreppe zwischen den Margeritenbüschen, trinkt ihren Kaffee und sieht zu. Manchmal, wenn Vincent und Louis in der Mittagspause schlafen, spiele ich allein und gewinne. Am Spiel der Einheimischen nehmen Frauen nicht teil, Bab aber wohl, und sie pointiert, und sogar mit Eigenart. Sie nimmt den Ball und wirft ihn, ohne sich zu bücken, anscheinend ohne zu zielen gar, jedenfalls ohne die geringste Sammlung oder Konzentration. Da lauf!

Die vorzügliche Eignung unserer Terrasse zum Boulen macht unser Haus gleich viel wertvoller. Aber nicht nur das Boulen: In unserem Schloss, da sind Bab und ich uns einig, wollen wir heimisch werden. Aber da gibt es ein Problem, und das ist Monsieur Grosjean.

Der weiße Tempel und die Geliebte des Generals

Bevor wir kamen, stand das Haus jahrelang leer, da es für Badegäste zu entfernt vom Meer lag und nur geringe Ansprüche an modernen Komfort erfüllte. Die Zimmer hatten schöne Grundrisse, aber zerrissene Tapeten und trümmerhaftes Mobiliar. Kein Teppich auf den Steinfliesen, was sich im Winter bemerkbar machte, auch kein Bad. Das Elektrische flatterte häufig, namentlich, wenn Ida bügelte, und ging bei stärkerem Mistral ganz aus. Auch die Fermiers hatten elektrisches Licht in der Küche, aber hinten herum, ohne Zähler. Wenn es dunkelte, hingen sie einfach einen Draht an die Leitung, bevor sie zu uns ging. Ida, mit ihrem Misstrauen gegen jeden, behauptete, wir würden dadurch geschädigt, aber war nicht wahr.

Mit verhältnismäßig geringen Mittel ließe sich aus dem Haus etwas machen, und diesem Vorhaben widmeten wir uns nach dem ersten Jahr. Wir hatten die Wohnung zunächst nur monatsweise gemietet, aber um sie instandzusetzen, brauchten wir einen längeren Kontrakt, und dazu den guten Willen von Monsieur Grosjean. Was tun? Ich ließ zuerst ein Wort beim Friseur am Platz fallen, von dem ich den Vin cuit, süßen Sonntagswein, beziehe. Er hatte gerade für seinen Friseurladen zwei ausgezeichnete Waschtische mit fließendem Wasser von dem Klempner Gabriel bezogen und empfahl den mir für die Anlage meines Bades. Gabriel ist mir seelenverwandt. Seine Leidenschaft für Baudelaire hält ihn nicht ab, Verlaine gerecht zu werden, und er stellt Flaubert über Balzac.

Oft saßen wir unter den Bäumen vor der Bar du Centre, die von seiner reizvollen Frau, einer dunklen Römerin, geführt wird, und redeten über Frauen und Literatur. Ohne die blaue Arbeitsjacke könnte man ihn für einen Intellektuellen halten, aber ihm unterstand die ganze Wasserversorgung von Vadoule. Und so begab ich mich in die neben dem Platz gelegene Klempnerei, ein winziges Loch, und erklärte Gabriel meine Absicht.

Er hörte mich ruhig an, lächelte aber mokant. Es stehe mir frei, mein Geld zum Fenster hinaus zu werfen, und auf Wunsch werde er mir auch zwei Badeeinrichtungen liefern, aber warum ich mir in den Kopf setze, Monsieur Grosjean zu bereichern, das verstehe er nicht. Unbeachtet ließ er meinen Einwand, dass uns der Wunsch umtreibe, das Haus wohnlich zu gestalten. Seine Abneigung gegen den Hausbesitzer verhehlte er nur schlecht — er nannte ihn »Ofen«, im Französischen ein Ausdruck, der intellektuelle, nicht moralische Defekte geißelt —, aber als ich dieser auf den Grund zu kommen versuchte, wich er aus und zitierte ein Wort von François Rabelais: Der Herr zahle prompt jede Rechnung, wie es sich für einen offiziellen Wohltäter des Landes gehöre; »offiziellen Wohltäter« mit Betonung. Wenn es mir Spaß mache, brauche ich mich nur in Vadoule über den Herrn zu erkundigen. In der Tat war Monsieur Grosjean allgemein unbeliebt, aber niemand sagte mir, warum. Wenn ich aber, meinte Gabriel, auf meiner Caprice bestehe, sei er bereit, mir einen Anschlag für die Kosten zu machen. Ich bat darum, erfreut über seine Zusage, und ging dann zu Barrigou, dessen Schreinerwerkstatt schräg gegenüber liegt.

Barrigou, obwohl etwas weniger gespannt auf Monsieur Grosjean und überhaupt milderen Gemüts, eine Art Hans Sachs mit grauem Vollbart und Holzgeruch, dachte ähnlich wie Gabriel. Man tue das nicht, weil das Haus einem andern gehöre. Den Umstand, dass der andere Grosjean war, ließ er beiseite. Ich erwiderte, wir seien nicht im Entferntesten in der Lage, das Haus zu erwerben und es stünde auch gar nicht zum Verkauf, vermöchten dagegen wohl, die Kosten für Streichen und Tapezieren aufzubringen, wenn uns Monsieur Grosjean entgegenkomme. Barrigou nickte und meinte, er sei gern gewillt, mich zu besuchen, um an Ort und Stelle das Nähere zu vereinbaren.

Als er kam, gingen wir durch die Zimmer, wo er Maß nahm und Notizen machte. Schon nach einer Woche hatten wir seinen und Gabriels unerwartet billigen Kostenanschlag. Natürlich sprach ich auch mit Petitot, dem Pächter, und seiner Frau. Monsieur Petitot sagte, pardi, genau, warum nicht? Das Haus war schon seit fünfzig Jahren nicht in guten Zustand, weil niemand etwas dafür tat. Es verfaulte lebendig. Nur müssten wir es mit dem Patron klug anstellen und ihm zunächst erklären, wir zögen des Zustands wegen aus. Dass dem Patron an der Miete lag, verstand sich wie der Mond. Ein Monstrum war er nicht, und die Leute redeten nur, weil sie nichts Besseres zu tun hätten, sagte der alte Petitot. Er war so wie er war, wie alle Patrone, pardi. Madame Petitot aber äußerte Bedenken, und ihre Schwiegertochter, Vincents Frau, die auf dem Hof gerade Eier für die Cremerie holte, stimmte ihr zu. Wenn man dem Patron zu kurz käme, dann könnte es ihm ins Blut gehen, und wenn ihm etwas ins Blut ging, fischte er sich den Teufel ums Geld. Und er habe auch Häuser in Nizza. Der Fermier brummte nun etwas auf provençalisch und trollte sich.

Am Abend kam Vincent auf unsere Terrasse, wo unser Grammophon stand. Vincent liebt Mozart, liebt ihn aufrichtig. Ich kann ihm keine größere Freude bereiten als mit unseren Figaro-Platten. Auch Schubert schätzt er. Wenn das Hauptmotiv der Unvollendeten wiederkommt, sieht er mich an. Das seien Dinge, die es in der französischen Musik nicht gebe. Den Jazz, den unsere Ida vorzieht, hält er für Französisch. Dann meinte er, das Schlimme am Patron seien seine Ideen. Das kam mit einer Mischung von Mitleid und Verachtung heraus, als ob er sagte, der hat Läuse und bildet sich noch was darauf ein.

Als ich mich nach diesen Ideen erkundigte, sagte Vincent, dass der Patron auf seinen übrigen Bauernhöfen nur italienische Pächter habe, weil die nämlich immer mit der Mütze in der Hand dastünden und *bella figura* machen. Aha! sagte ich, obwohl mir der Zusammenhang mit den Ideen entging. Vincent erzählte mir auch, der Patron verzeihe ihm nicht, vor zwei Jahren für den sozialistischen Maire Falouze gestimmt zu haben, obwohl der frühere Maire ein dreifacher Ofen war und Monsieur Grosjean heute mit dem neuen Maire sehr zufrieden sei. Denn ohne Bürgermeister Falouze, darauf könne ich mich verlassen, hätte der Patron nie die Terrains für die neuen Villen in Vadoule-Plage kaufen können. Das hindere den Patron aber nicht, ihm, Vincent, die versprochene Pacht für einen Bauernhof an der Kirche zu verweigern. So einer war er. Dabei könne er aus dem Hof den doppelten Betrag herausholen. Folglich, glaubte ich schließen zu dürfen, war der Patron ein dummer Kerl, denn in seiner Animosität gegen Vincent handelte er gegen den eigenen Vorteil.

Vincent dachte nach. Nein, richtig dumm sei er eigentlich nicht, er nehme schon seinen Vorteil wahr, aber nur auf seine Art, auch wenn das zuletzt ein Nachteil sei. Endlich glaubte ich zu erfassen, was unter den Ideen des Monsieur Grosjean zu verstehen war. Als ich ging, riet mir Vincent, ich müsse mich nur hüten, zur »Birne« des Patrons zu werden. Was der aber unterschreibe, das halte er.

Der einzige Mensch, der unserm Projekt ohne jeden Vorbehalt zustimmte, war Mademoiselle Tardif. Denn die Nachbarschaft mit einer graziösen jungen Frau — also Bab — und auch (ihr hohes Alter erlaube das Bekenntnis) mit dem Gatten der graziösen jungen Frau, also mir, war ihr teuer geworden. Und in unserer Nähe wüsste sie sich vor rohen Schweinezüchtern und verleumderischen Femellen — unnachahmlich, wie sie Femellen sagte, im Ton der Sarah Bernhardt als Phädra — geborgen. Nur deshalb bliebe sie noch in dem Haus.

Freilich drohten von jenem Herren, den die blinde Fortuna zum Besitzer des Chateau Boeuf gemacht habe — also Grosjean —, Gefahren, deren Größe sie, ach, nur zu gut ermaß! Den Tag, an dem sie, von einem ungewöhnlichen Schicksal getroffen, den Weg zu seinem Herzen gesucht und eine Mauer gefunden habe, den habe sie nicht vergessen. Einer Frau wie ihr, gewohnt, die Realität mit dem Schleier der Empfindung zu umwinden, fehle der geschärfte Sinn, dessen man im Kampf mit kalten Rechnern bedürfe. Meiner durchdringenden Seelenkunde aber, von der sie sich schon des Öfteren zu überzeugen Gelegenheit gehabt habe, vermöge kein Grosjean zu widerstehen.

Ihre klassisch reine und melodiöse Sprache, ein gedämpftes Pathos, legte dem Zuhörer nahe, den Körper zu wiegen, zumal da die Unterhaltung stehend stattfand. Da das aber unpassend gewesen wäre, begnügte ich mich, mit dem Kopf hin und her zu schwingen, als wolle ich ihren Worten zustimmen oder leicht widersprechen, je nachdem. Ihre Bonne Louise allerdings war weniger zeremoniell. Grosjean, sagte sie, sei trotz seiner Dame hinter den Hennen her und unterhalte eine solche in Vadoule-Plage, die schon in den Jahren sei, aber bekanntlich gebe ein altes Suppenhuhn die beste Brühe. Bei der Verhandlung mit Monsieur Grosjean, riet sie, müsse meine kleine Frau immer in der Nähe auf einem Stühlchen sitzen, nur zum Angucken natürlich. Und Madame Petitot stimmte ihr zu. Sie hielt es sogar fürs Beste, Bab allein die Unterhandlungen zu überlassen. Dabei schmatzte sie, und ihre dunklen Kuhaugen bekamen einen lüsternen Schimmer.

Bisher beschränkten sich unsere Beziehungen zu Monsieur Grosjean auf höflichen Gruß. Zuletzt war er uns nach einer seiner vielen Pannen mit seinem Peugeot aufgefallen. Er verpestete die Gegend mit dem Geruch verbrannten Gummis, weil er, ohne es zu merken, von Toulon bis hierher mit stets gezogenen Bremsen gefahren war. Aber nach der Art, wie mir Gabriel, Barrigou, der Frisör am Platz und alle anderen entgegen kamen, konnte ich von Monsieur Grosjean kaum ernstliche Schwierigkeiten erwarten, dachte ich. Das war ein Irrtum.

Ich bat ihn auf unsere Terrasse und setzte ihm auseinander, wir könnten trotz unserer Vorliebe für die Gegend nicht länger ohne Bad und neue Tapeten leben und müssten, falls der Zustand nicht geändert werde, zu unserem tiefsten Bedauern kündigen. Er erklärte sich sofort zu einer Beisteuer der Kosten bereit, wenn ich den üblichen Kontrakt auf drei, sechs, neun Jahre eingehen wolle. Das liege, erwiderte ich, in unserer Absicht, obwohl in unruhigen Zeiten jede Bindung, zumal für Ausländer, ein nicht zu unterschätzendes Wagnis bedeute. Auf welchen Zuschuss wir rechnen könnten?

Tausend Francs erklärte er prompt im Ton von Goldfranken, meinte aber natürlich heutige. Da die Kosten mehr als das Zehnfache betrugen, war das nicht großartig. Und welche Jahresmiete? Nun kam's: Als Miete forderte der Gute ebenso prompt das Doppelte unserer Annahme; erheblich mehr, als wir bisher gezahlt hatten. Das fand ich ein bisschen stark und lehnte glatt ab. Woraufhin er klagte, ungerne so angenehme Mieter zu verlieren, doch könne er sich nicht von der Rücksicht auf Regungen der Sympathie bestimmen lassen, denn auch ihn drückten die Zeiten. Vielleicht überlegte ich mir's noch einmal.

Er ließ sich der Madame empfehlen und fuhr ab. Auf dem schmalen Weg durch das Weinfeld kam das rechte Hinterrad schlängelnd dem Graben zu nahe, der zum Glück nicht tief war. Erst vor der mit zwei Zedern und zwei schalentragenden Steinpfosten geschmückten Mündung unseres Weges in die Chaussee wechselte der Peugeot den Gang.

Monsieur Petitot hatte nichts anderes erwartet. Klempner Gabriel aber nannte ihn »Tier« und behauptete, Grosjean verletze den öffentlichen Anstand. Kein Mensch außer mir sei Birne genug, die alte Bude zu nehmen und noch Geld hineinzustecken, und das wisse das Tier ganz genau. Es sei nicht eigentlich Geiz oder Habsucht, die Grosjean treibe, meinte Gabriel, sondern eher Zeitvertreib, weil der liebe Herr nichts anderes zu tun habe. Ob ich mich an Marquis de la Mole in Stendhals Roman *Rouge et Noir* erinnere? So ähnlich mache auch Monsieur Grosjean Geschäfte, allerdings ohne die Würde eines Marquis.

Mademoiselle Tardif erklärte, sie werde sich mit uns gegen den Unhold solidarisch erklären. Bonne Louise hingegen schrieb es Bab, der Kleinen zu, die nicht auf dem Stühlchen gesessen habe. Der milde Schreiner Barrigou riet mir nochmals, das Projekt aufzugeben, damit ich's später nicht zu bereuen habe. Nur Vincent Petitot trat dafür ein, dass ich beharrlich bleiben solle. Der Patron werde schon noch anders kommen, das würde ich erleben. Ruhig den Hammel Pipi machen lassen und warten. Er kenne Monsieur Grosjean schon seit Kindesbeinen.

In der Tat schlängelte der Peugeot schon nach zwei Tagen den Feldweg auf uns zu, hielt aber zunächst bei dem Kabaus des Pächters. Erst nach einer Weile erschien Monsieur Grosjean bei uns, um Bab zu begrüßen, die im Liegestuhl lag und las. Gleich darauf kam Madame Grosjean dazu, die im Auto geblieben war. Wie eine Matrone wirkte sie, von Stürmen mitgenommen und offenbar ein Anhängsel ihres Gatten. Doch in Vadoule erfreute sie sich größerer Beliebtheit als dieser.

Ich sah alles von oben, klapperte aber weiter geräuschvoll auf der Schreibmaschine. Erst als Bab zum zweiten Mal rief, bequemte ich mich nach unten, begrüßte die Herrschaften überrascht und erzählte von meinen Roman von unpolitischer Haltung, der in den Tropen spiele. Auch Monsieur Grosjean war in den Tropen gewesen. Die französischen Kolonien, Pierre Loti. Leider hemme das blühende Algier das Wachstum der Provence, da der Weinbau in Afrika mit dem französischen nur zu vorteilhaft konkurriere. Ich verwies auf die Notwendigkeit der Planwirtschaft, ohne die Europa nicht in Ordnung kommen könne. Insofern hätten die Russen Recht. Die Stirn des Monsieur Grosjean furchte sich — offenbar war er den Russen selbst in dieser theoretischen Form abgeneigt. Im gleichen Maße erkaltete Madame Grosjean und zog das matte Lächeln, das noch von der Begrüßung auf ihren dünnen Lippen gelegen war, zurück. Die Traube, meinte Monsieur Grosjean nun, gehe bösen Zeiten entgegen, zumal der Konsum durch den Einfluss des Sports und der womöglich drohenden Prohibition ständig abnehme. Auch wolle er nun den beanstandeten Zustand der Wohnung besichtigen.

Während sich die Damen auf der Terrasse unterhielten, führte ich ihn ins Haus und wies auf die klaffenden Wunden des Dekors hin. Er blieb kalt. Man komme nicht an die Côte d'Azur, um sich am Luxus des Interieurs, der Zuflucht des nordischen, von der Natur spärlich bedachten Daseins zu erfreuen, sagte er, sondern suche die auch dem Fremden unentgeltlich dargebotene Sonne. Was bedeutete aller menschliche Komfort neben den göttlichen Segnungen dieses Himmels? Ein Schritt ins Freie, das Atmen der Meeresbrise, ein Blick aus dem Fenster — das brauche er wohl einem Musensohn nicht näher zu erläutern. Da die Atemnot ihn hemmte, wurde sein Gesicht beängstigend rot. Um sich zu erholen, nahm er einen Augenblick Platz und fuhr langsamer fort. Hatte ich schon einmal erwogen, was der Bau eines solchen Hauses in massivem Stein heute kosten würde? Möglicherweise seien mir als Literatem solche Überlegungen fremd, er aber als im praktischen Leben stehender Familienvater müsse sie anstellen. Nun bitte, welcher Zinsfuß bei Zugrundlegung der Baukosten und der von ihm gewünschten und von mir zu hoch gefundenen Miete bleibe dem Besitzer? Nicht vier, noch drei, nicht einmal zwei Prozent, obwohl vernünftige Ökonomie mindestens acht erfordere.

Es schien mir unangebracht, auf diese Kalkulation einzugehen, da er bekanntlich das Haus nicht gebaut, sondern für ein Butterbrot erworben hatte. Gewiss, sagte ich, segneten wir die Gegend und die Generosität von Vadoule, das von den Fremden kein Entgelt für den Genuss der Sonne fordere, doch müsse ich mich mit meinen Möglichkeiten begnügen. Diese reichten kaum an die Hälfte seines Anspruchs heran. 6000 Francs im Jahr sei unser Maximum.

»Dann allerdings!«, sagte er mit der ihm eigentümlichen Starrheit, wobei sich der Hals verdickte. Ich versagte mir nicht die Andeutung, in Hyères etwas Passendes zu unserm Preis gesehen zu haben.

»Gehen Sie dorthin!« antwortete er beherrscht, als sei Hyères eine Pesthöhle.

Nachdem Grosjean abgezogen war, beklagte Bonne Louise das Dazukommen der »entfederten Amstel« — sie meinte Madame Grosjean —, die den Effekt der »Kleinen« vereitelt habe. Was mich aber entmutigte, war sein sturer Blick. Darin glaubte ich eine Einstellung gegen uns als Fremde erkennen zu können, eine Regung, der wir uns längst entwöhnt hatten und die mir nun mit solcher Kälte entgegengetreten war, dass eigentlich schon die Würde den Abbruch der Verhandlung geboten hätte. Nur Vincent drängte mich, durchzuhalten. Er verwies meinen Argwohn und erinnerte mich daran, dass Großkapitalisten solchen Erwägungen nur nachgäben, wenn es in ihrem materiellen Interesse liege, wie die Rüstungsindustrie hinlänglich beweise. Sie machten Krieg, wenn sie zu Geld kämen, und wären ebenso schnell zu Pazifismus bereit. Pardi! sagte zustimmend der alte Petitot.

Tatsächlich änderte sich die Situation schon nach Tagen zu unseren Gunsten. Monsieur Grosjean erschien mit drei nagelneuen türkischen Teppichen, angeblich soeben gekauft; der eine knallgelb auf Himmelblau, der zweite Indigo und Bordeaux mit Borte, der dritte etwas erträglicher. Immerhin bewiesen sie seinen guten Willen und außerdem die Richtigkeit der Diagnose Gabriels, dass es ihm nicht unbedingt auf das Geld ankomme. Ich dankte höflich und bemerkte, das lebhafte Bunt sei geeignet, den Blick von den schadhaften Wänden abzulenken. In der warmen Jahreszeit schätzten wir die kühlen Steinfliesen, doch werde der neue Bodenbelag künftigen Mietern den Winter erleichtern. Er klappte mit den Augen und nickte. Er könne sich heute nicht aufhalten, da er seinen Schwager oder Schwiegersohn nebst Familie aus Nizza erwarte. Ich hielt ihn nicht zurück.

Der Fermier deutete die Teppiche günstig, auch der Frisör, und Barrigou ebenfalls. Gabriel witzelte, es werde schon wärmer. Madame Petitot meinte, die Teppiche seien nicht für mich, sondern für die Füßchen von Babs, und wenn die jetzt die Sache in die Hand nähme, würde Grosjean noch ganz was anderes spendieren. Dabei plinkerte sie mit den Kuhaugen. Vincent erkannte in den Teppichen die Geistesart des Patrons. Der verweigere Ausgaben, nur um Nein zu sagen, und dann überrasche er mit Dingen, die ihm irgendwer angedreht hatte.

Bald darauf suchte uns eine begüterte Tante von Bab mit ihrem Mann heim, die in der Nähe Lyons hauste und auf der Durchreise nach Nizza war. Sie eine gebirgige Germania, der Bab an die Schulter reichte, in Augsburg gebürtig, mit der Stimme einer Autohupe; er ein Lyoner Seidenfabrikant, kränklich und geduckt, etwas schwerhörig, Monsieur und Madame Espinard. Bab schmückte sich nicht mit der Verwandtschaft und hatte sie mir unterschlagen. Madame Espinard suchte, uns mit geräuschvoller Energie Vadoule auszureden, und bot uns einen Flügel ihrer Residenz an, als ihre lieben Gäste, selbstverständlich. Zentralheizung, fließendes warmes und kaltes Wasser, alles da. Auch der beklagenswerte Gatte, wohl in der Hoffnung auf unsere Hilfe gegen das Gattinnengebirge, redete uns zu. Der Salon habe Dekorationen des Malers François Boucher, hupte sie dröhnend. Scheußliche nackte Weiber, würden mir sicher gefallen.

Ich vermutete, im besten Falle die Schule des Meisters.

Da sich Bab mehr als zurückhaltend benahm, zwang mich das zu umso herzlicherer Gastlichkeit. Sie blieben zwei volle Tage, die ein wüster Krach Idas mit ihrem Chauffeur nicht erleichterte. Doch hatte das Intermezzo auch eine gute Seite. Monsieur Grosjean traf mit unserem Besuch zusammen, wobei sich herausstellte, dass er die Besitzung bei Lyon von Hörensagen kannte und mit einem Schwager des Monsieur Espinard verwandt war. Dass Madame Espinard ihn herablassend behandelte, machte sichtlich Eindruck, zumal sie ihm ihre freundlichen Intentionen für unser Wohl nicht verschwieg. Meine Absicht, Lyon gegen Vadoule auszuspielen, wurde allerdings von Bab vereitelt, die einige Tage darauf Grosjean am Strand erklärte, wir gingen eher an den Nordpol als zu der Tante.

Gleichwohl kam Grosjean nun an jeden zweiten oder dritten Tag, gewöhnlich zwischen vier und fünf, und blieb ein Stündchen. Bab entwich, sobald sie seiner ansichtig wurde. Aber nur zu gut wusste ich, dass es eine uns auch nur annähernd so zusagende Unterkunft im weiten Umkreis nicht gab, und Bab hätte die Trennung von dem Haus als mindestens ebenso schwer empfunden wie ich. Die Zeichen guten Willens mehrten sich. Für die Terrasse stiftete Monsieur Grosjean komfortables Gartenmobiliar, direkt von dem Warenhaus »Dames de France« in Nizza; ein geflochtener Tisch und mehrere sehr nette Korbsessel, von denen ich einen in mein Zimmer nahm, weil die Tage des bisher benutzten Schreibtischstuhls gezählt waren.

Viele Gespräche führte ich mit Monsieur Grosjean, und denen

verdanke ich einen Überblick über die historischen, politischen und wirtschaftlichen Verhältnisse der Provence. Ich wiederum versuchte ihm das Deutschland nach dem Weltkrieg, über das er sich sehr irrigen Vorstellungen hingab, näherzubringen. Franzosen sind immer geneigt, unsere Not für potemkinsche Dörfer zu halten, hinter denen sich phantastische Fülle verbirgt. Und offenbar trug mein Bedürfnis nach Badezimmer und intakten Tapeten zu seiner Überschätzung der Deutschen bei und daher geboten mir schon nationale Rücksichten, die von meinem Budget gezogenen Richtungslinien streng inne zu halten. Übrigens stellte sich immer deutlicher heraus, dass Grosjean deutschfeindliche Gesinnung fern lag. Dagegen lehnte er England ab. Auch von Mussolini versprach er sich nichts Gutes.

Wir trafen Monsieur Grosjean das nächste Mal bei den Lebourgs in ihrem hübschen Haus über dem Meer hinter Vadoule-Plage; rechts die Adlernase und links Vadoule-Ville. Die Lebourgs, stille, sympathische Leute, waren früher nur im Sommer hier, sonst in Paris, haben Geld verloren und langweilen sich, jeder für sich und beide zusammen. Wir spielten mit ihnen und dem Maire alle acht Tage Bridge. Grosjean spielte auch und mit viel Temperament, widersetzte sich aber meinem Vorschlag, die riskanteren deutschen Regeln einzuführen. Falouze, erfahrener Politiker, hielt zu ihm. Anschließend bemerkte Grosjean mit einem Blick auf mich, er spiele nur zum Vergnügen, nicht des Geldes wegen. Madame Lebourg errötete bei diesen nicht sehr taktvollen Worten. Daraufhin schlug er den hohen Satz seines Clubs in Nizza vor, den ich ablehnen musste, und die andern stimmten mir zu. Ich bereute es nachher, denn zum Schluss war er der einzige Verlierer.

Danach begann Grosjean, uns auf sein Schloss Mon Repos zum Tee einzuladen. Das Schloss hatte er sich in einem komplizierten Stil bauen lassen. Die drei Straßen, die es umgeben, heißen Rue Theophile Grosjean nach ihm, Rue Camille Grosjean nach seinem Großvater und Rue Charles Grosjean nach seinem verstorbenen Bruder, der Maler war und von dem viele orientalische Bilder in dem Haus hingen. Dazu schweres Mobiliar in abenteuerlichen Formen, beckenhafte Sessel, weitschweifige Sofas, die zahlreichen Teppiche bunt wie die drei bei uns. Die Namen der Zimmer standen gemalt über den

Türgesimsen, meist Vornamen von Familienmitgliedern, aber auch Städte; Marseille, Avignon, Toulon, Lyon. Das kostbarste Zimmer war ganz in Ebenholz getäfelt, die Möbel aus gleichem Holz und mit Elfenbein eingelegt. Ein Vertiko auf Klauen trug eine aus Elfenbein geschnitzte Löwin mit ihren Jungen, die an den Zitzen der Mutter saugten. Schwarz gerippte Schlangenornamente verzierten Sofa und Fauteuils, und in dem Medaillon des Sofas schnäbelten zwei Tauben aus Elfenbein. Dieser Raum hieß »Berthe« und er gehörte der Dame des Hauses, deren Portrait in jüngeren Jahren auch über dem Sofa hing. Madame Berthe Grosjean hat immer dasselbe Lächeln wie am ersten Tag und es erstarrte, sobald man sie alleine ließ. Wir nahmen den Tee gewöhnlich auf der mit buntem Glas vergitterten Veranda.

Oft wimmelten Töchter, Schwiegersöhne, Enkel herum, die sich, behauptete Bab, wie bei einem Begräbnis benahmen. Einmal war auch ein pensionierter General da, ich glaube ein Vetter, eine auffallende Erscheinung, über die Bab sich lustig machte. Immer gab es reichlich zu essen und zu trinken. Und alles, wurde uns versichert, war im Haus gebacken oder eingemacht oder wuchs irgendwo auf der Besitzung. Bab fragte einmal, ob auch der Tee ein eigenes Gewächs sei. Es fehlte nur, dass sie sich nach der Herkunft der Langustenschwänze, die als Salat gereicht wurden, erkundigte.

Nach dem Tee zu Hause zurück, berichteten wir Bonne Louise stets von unseren Erlebnissen in Mon Repos. Sie kannte alle Mitglieder der Familie und wusste schon vorher, was sie redeten, ganz so, als lebe sie in diesem Kreis. Der General, über den sich Bab lustig gemacht hatte, war kein anderer als der im ganzen Departement bekannte General Croquemouche aus Le Lavandou. Von seiner militärischen Laufbahn wusste sie nichts Näheres, aber es gebe nicht zwei von seiner Sorte. Der General war ein Vetter der Madame Grosjean, auch eine Croquemouche. Als er seinen Abschied vom Militär genommen hatte, habe er auf der Höhe von Bormes, einer Halbinsel nahe Le Lavandou, östlich von Toulon, einen griechischen Tempel errichten lassen, lauter Säulen und offen, ganz aus weißem Marmor, eine seltene Sehenswürdigkeit. In diesem Tempel erging er sich mit seinen Geliebten, unbekleidet wie Statuen im Museum. Er hatte viele davon. Die letzte, von der die Einheimischen wussten, hieß Odette; eine

Tänzerin aus Madagaskar, gewachsen wie eine Zypresse, kastanienbraun, schwer zu bändigen, ein kleiner Nimmersatt. Dass so eine sich trotz des Tempels langweilen würde, war vorauszusehen.

Der General engagierte einen Tambour, der, während er sich mit Odette in der Säulenhalle erging, die Trommel rühren musste, ran tan plan. Gott mag wissen, sagte Bonne Louise, was er sich dabei gedacht habe. Jeder hörte den Wirbel unten in Le Lavandou. Dann wussten die Leute, es war das Schäferstündchen des Generals.

Ich erkundigte mich nach der Lage des Tempels, denn er war mir bei meinem Besuch von Bormes entgangen. Louise nickte betrübt. Das wunderte sie nicht. Zwischen den Pinien habe er gestanden wie ein Zauber, zuckerweiß. Fremde seien von weit her gekommen, um ihn zu fotografieren, und solange er stand, hatte Bormes viele Besucher, aber die Freude dauerte nicht lange. Obwohl der General der braunen Odette sein Vermögen nebst dem Tempel vermacht hatte, verließ sie ihn, ran tan plan. Er geriet darüber in solche Wut, dass er die ganze Sehenswürdigkeit in Stücke schlagen ließ. Sogar die Pinien wollte er aus dem Boden reißen. Nur weil eine Deputation, geführt von dem Maire, bei ihm vorstellig wurde, ließ er davon ab. Zwei Stümpfe und eine Ecke des Bodens sollen noch vorhanden sein. Heute mag es die braune Odette reuen.

Der General Croquemouche aber gewann für uns noch ein ganz besonderes Interesse, das mit unserem Haus zu tun hatte. Die Geschichte mit Odette hatte ihm Bormes verleidet, und er zog nach Vadoule. Dort kaufte er das Chateau Boeuf nebst dem Bauernhof der Petitots, und wollte das Haus gründlich renovieren. Das wäre, garantiert, mit Glanz geschehen, denn, so sagte Bonne Louise, kleines Bier sei ihm nicht gelegen. Er kam aber nicht dazu, weil er sich, immer noch wegen Odette, dem Glücksspiel ergab. Wenn so einen im Alter die Sache erwischt, dann dreht er schlecht. Er verlor fast sein ganzes Geld und war genötigt, das Schloss an Monsieur Grosjean abzutreten. Heute wohnt er wieder in Le Lavandou, bei seiner Schwester. Und vielleicht, meinte Bonne Louise bedächtig, sei das zu unserem Vorteil geschehen, damit wir das Haus mieten und zu unserem Vergnügen herrichten könnten, und das werde nicht weniger glanzvoll geschehen als der General Croquemouche es gemacht hätte.

In der kleinsten Eidechse steckt das Krokodil

EINES NACHMITTAGS, als Monsieur Grosjean wieder bei uns auf der Terrasse weilte, überraschte mich seine Mitteilung, er sei eigentlich mein Kollege, denn auch er habe ein Buch geschrieben. Ich vermutete, was nahe lag, über wissenschaftliche Fragen. — Nein, ein philosophisches Werk. Wenn es mich interessiere, wolle er mir erzählen, wie er dazu gekommen sei. Ich bat darum und ließ Tee kommen.

»Zunächst«, begann er, »muss ich zur Klärung vorausschicken, dass ich nie ein Exemplar des Buches verkauft, noch an Verkauf gedacht habe.« Das sagte er offenbar in der Absicht, mir den Verdacht zu nehmen, einen Nebenbuhler vor mir zu haben.

Ich machte ein zustimmendes Gesicht. »Damals«, fuhr er fort, »erlaubten mir meine Mittel, so zu denken, und in jener Zeit hätten Sie mich, glauben Sie mir, nicht vergeblich um ein Entgegenkommen wegen der Miete aufgesucht. Die Tage ändern sich leider.«

»Wem sagen Sie das?« seufzte ich bekümmert, ohne eine leichte Genugtuung im Innern, denn zum ersten Mal seit Wochen wurde das Haus, wenn auch nur flüchtig berührt.

»Der Titel des Buches lautet: *Meine Gedanken*. Sie haben es schwerlich gelesen.« — Ich verneinte und goss ihm ein. Zucker nahm er nicht, auch keinen Kuchen, und meine Zigaretten, die gelben Gauloises, waren ihm zu schwer. Er entnahm eine Gauloise in Maispapier seinem silbernen Etui, mit Monogramm verziert, ein Geburtstagsgeschenk seiner Gattin. Er wartete schweigend, bis auch ich mir eingegossen hatte, ohne sich anzulehnen oder nur zu bewegen.

»An einem Sommertag, als ich in meinem Walde hinter meinem Schloss Mon Repos promenierte — damals war mein Wald noch unberührt, seitdem habe ich mehrere Waldbrände erlitten —, es war der 7. August 1917, kurz vor Tischzeit, kam mir ein Gedanke. Wie vom

Himmel gefallen war er da. Ich wartete einen Augenblick, verwundert, aber ruhig, denn es liegt in meiner Art, mich zu beherrschen, ging also gelassen weiter, und nach einigen Schritten — nicht weiter als von hier bis zur Hausecke, — kam wieder ein Gedanke, genauso plötzlich wie der erste, wie der Blitz. Wieder setzte ich den Weg fort, kam der dritte. So ging es weiter, alle drei oder vier Schritte ein Gedanke, etwa eine halbe Stunde lang. Sonderbar, wie?«

Ich nickte mit einem der Sonderbarkeit angemessenen Ausdruck.

»Von da an hatte ich fast täglich Gedanken, meist beim Spazierengehen, auch beim Essen, nicht nur hier, sondern auch in Nizza, wo wir seit zwanzig Jahren den Winter verbringen. Wenn Sie Nizza kennen: Unser Haus ist das zurückliegende, vierstöckige Gebäude an der Hafenallee. In Nizza überfielen mich die Gedanken in solcher Menge, lawinenhaft geradezu, dass ich, obwohl sonst nicht ängstlich, Doktor Moreau zu konsultieren beschloss. Moreau ist einer der besten Ärzte in Nizza, ein Psychiater, er war mehrere Jahre an der Universität in Aix und würde, wenn er wollte, mühelos an die Sorbonne berufen. Die Entdeckung der Psychoanalyse, die sich die Deutschen oder die Ungarn zuschreiben, geht in Wirklichkeit auf ihn zurück. Moreau ist mit meiner jüngsten Schwester Adolphine verheiratet, und ich war der Pate seines im Krieg gefallenen Sohns.«

Mir war die Beteiligung des Doktor Moreau an der Theorie Freuds neu, und ich glaubte, das nicht verschweigen zu dürfen. Von Freud hatte Grosjean noch nichts gehört, doch mochte es an der Aussprache des Namens liegen. Viele Franzosen sagen Fröd, oder Früd.

Ich entschuldigte mich wegen der Unterbrechung und brachte ihn auf Doktor Moreau, seinen Herrn Schwager, zurück. Er räusperte sich und fuhr fort. »Moreau erklärte mir, dass sich im Lauf der Zeit eine Agglomeration in meinem Innern gebildet habe. Die sei nunmehr so umfangreich geworden, dass sie unbedingt herausmüsse, und zwar mit derselben natürlichen Gewalt, mit der das Kind aus dem Mutterleib ans Licht drängt, kurios, wie? Auf meine Frage, wie ich mich zu verhalten habe, riet mir Moreau, die Gedanken aufzuschreiben. Alsdann werde die Agglomeration eingedämmt.

So tat ich's. Ich führe stets einen goldenen Bleistift bei mir — sehen Sie, diesen —, ein Geschenk meiner Frau zum fünfzigsten Geburtstag.

Und da ich immer bewegliche Manschetten trage — sehen Sie, solche —, gewöhnte ich mich daran, sobald ein Gedanke kam, ihn augenblicklich zu notieren. Auch nachts. Auf diese Weise habe ich 852 Ideen niedergeschrieben, und zwar sämtlich zwischen 10. November 1917 und 14. Februar 1918, also binnen eines Vierteljahres. Aber ich spürte kein Nachlassen. Eher förderte die schriftliche Fixierung den Strom der Gedanken. Aber Moreau hatte mich darauf vorbereitet. — Wenn Sie erlauben, bitte ich noch um eine Tasse.«

Ich goss ihm ein und nahm auch noch eine.

Die dicke Madame Petitot stand unter dem gespaltenen Baum vor dem Kabaus am Waschschaff und nickte mir ermutigend zu. Als aber der Fermier vom Unkrautpflügen heraufkam und den Wallach in den Stall brachte, veranlasste das Monsieur Grosjean, einen Blick auf seine Taschenuhr zu werfen und zu meinem Bedauern abzubrechen.

An diesem Abend spielten wir Bridge bei den Grosjeans. Madame blieb unsichtbar, aber ihre zweitälteste Tochter vertrat sie, Madame Vauban. In Madame Vauban verdoppelte sich die Starrheit beider Eltern. Unmöglich, in der ganzen Gegend, wenigstens unter den Eingeborenen, ein derart unmutiges Geschöpf zu finden. Wenn sie den Mund zu dem Lächeln verzog, das sie von der Mutter hatte, war es zum Weinen. Dabei war sie wahrscheinlich gut gewachsen. Aber das konnte ich unter dem wattierten Kleid aus niederträchtigem Violett nur vermuten. Dazu hatte sie die traurigen Klappaugen des Vaters. Bonne Louise behauptete, sie habe in der Brautnacht auf einem Nagel gelegen. Verheiratet war sie mit Monsieur Vauban, einem gewitzten Menschen und angeblich Urenkel des Erbauers des Touloner Kriegshafens.

Wir spielten an zwei Tischen. Der unsere stand auf der Veranda, der zweite im angrenzenden Zimmer, dem Löwensalon. An diesem saßen Bab, das Ehepaar Vauban und Monsieur Lebourg, der mit seiner Frau in Vadoule-Plage lebte. Auf einem Sockel aus geflecktem Granit befand sich ein bronzener Löwe mit geöffnetem Rachen und Augen aus Glas. Sein Schwanz peitschte die Flanken. Bab entdeckte eine Ähnlichkeit im Ausdruck der Augen mit denen von Grosjean und sagte ihm das, während ich wie auf Kohlen saß. Aber offenbar hatten ihm auch schon andere die gleiche Bemerkung gemacht. Bab gewann ungefähr das, was ich an meinem Tisch verlor.

Nach dem Spiel bot mir Monsieur Vauban eine moderne Villa in Le Pradier an, fünf Zimmer, Bad und Zentralheizung, in unserer Preislage. Das Angebot beunruhigte mich, da er offenbar unsere Verhandlungen kannte und ich annahm, dass er nicht hinter dem Rücken des Schwiegervaters handelte; aber das war, wie sich herausstellte, doch der Fall. Bonne Louise erklärte, dem traue sie alles zu. Bab sah sich später die Villa an und fand sie der Lage wegen ungeeignet.

Bereits am nächsten Tag erschien Monsieur Grosjean wieder bei uns, um Bab ihre in Mon Repos vergessene Tasche zu bringen, aber natürlich kam er seiner Erzählungen wegen. Der 14. Februar galt ihm als Schicksalstag. Am 14. Februar 1878 hatte er sich mit Berthe Croquemouche vermählt, am 14. Februar 1897 wurde sein Sohn und Erbe Pierre geboren. Am gleichen Tage im Jahr 1905 gründete er die Aktiengesellschaft für Olivenölgewinnung in Nizza, und am gleichen Tag 1926 wurde er Offizier der Ehrenlegion. Dann kam der 14. Februar 1918, ein Sonntag. »In Nizza speist sonntags immer die ganze Familie, soweit sie sich in der Stadt befindet, in meinem Haus. An diesem Tag bat mich mein ältester Schwiegersohn, Charles Augier, um eine Unterredung. Mein Schwiegersohn ist Subdirektor der Nizzaischen Aktiengesellschaft für Olivenölgewinnung, deren Aufsichtsrat ich präsidiere, und er genießt mein Vertrauen.

Charles war ernst. ›Vater‹, sagte er. ›Ich muss dir im Namen der Mutter, deiner Töchter Lucie und Susanne, deines Sohnes Pierre und auch in meinem eigenen Namen etwas sagen, was vielleicht die mir gezogene Grenze überschreitet. Aber es geschieht in unser aller Interesse. Darf ich offen sprechen?‹

›Sprich, mein Sohn!‹ antwortete ich.

›Vater‹, fuhr er fort, ›es geht um deine Gedanken. Seitdem du sie hast, ist etwas Fremdes zwischen uns. Du kümmerst dich immer weniger um Dinge, die deiner Fürsorge dringend bedürfen. Du bist, verzeih den Ausdruck, ganz benommen von den Gedanken, und wir fürchten ernstlich für deine Gesundheit und für das Wohlergehen der Familie. Daher möchte ich in unser aller Namen die herzliche Bitte an dich richten, den Gedanken in Zukunft zu entsagen.‹

Ich ersuchte ihn, mich allein zu lassen und sagte, ich würde ihm noch in Lauf des Tages meine Entscheidung zukommen lassen.

Den Nachmittag verbrachte ich im Freien. Andere gehen in die Kirche, tragen ihre Sorgen zu den Schutzheiligen oder gar zum Allerhöchsten. Mir scheint diese Religiosität zu eng. Ich wende mich an die Natur, nicht als Bittender, sondern ich lasse mich von ihren segensreichen Kräften durchdringen. Bei kleinen Anlässen genügt ein Spaziergang am Meer. Für die bedeutenden sammele ich mich auf einem Berg der Seealpen bei Pera Cava, der sich von Nizza aus mit dem Auto in einer Stunde erreichen lässt, fünfzehnhundert Meter hoch und einsam, als sei ich auf einem anderen Erdteil.

Gestärkt kehrte ich zurück. Am Abend rief ich meine Frau und meinen Schwiegersohn zu mir und erklärte ihnen, den Wunsch der Familie erfüllen zu wollen. Sie dankten mir warm.

Merkwürdig dürfte Ihnen aber erscheinen, dass von diesem Tag an, genauer gesagt, von diesem Abend an, mir kein Gedanke mehr kam, kein einziger. Die Periode war wie mit einem Messerschnitt beendet.«

Er klappte mit den Augen und sah mich starr an. Ich beeilte mich, es in der Tat erstaunlich zu finden. Erst so viele, dann gar keiner, ta, ta.

Er wischte mit der Hand mein Erstaunen weg. »Ich kann Ihnen folgende Erklärung bieten: Seit meiner Heirat erblicke ich in der Familie die Grundlage jeglichen sozialen Gefüges.«

Ich nickte.

Zwar, fuhr er fort, habe er volles Verständnis für eine freie Auslegung der Sittengesetze, wenn dies durch erbauliche Werke kompensiert werde. Dachte er dabei an mich? An Bab? Allerdings erlaube er weder dem Künstler noch sonst einem Menschen einen prinzipiellen Bruch mit der Moral, fuhr er, den Ton erhebend, fort. »Die Familie ist eine Folge des Sakraments der Ehe.« Sein Gesicht hatte nun einen fast drohenden Ausdruck; gesträubte Augenbrauen und geschwollene Adern. Ich schwieg betroffen.

Angezogen von seinem Tonfall erschien nun Idas Gesicht im offenen Fenster des Esszimmers. »Und dies«, fuhr er etwas gelassener fort, »hat mir geholfen. Denn ich gehöre zu den Willensmenschen.«

In diesem Augenblick brach der Chor der Schweine in Gebrüll aus, als der Pächter mit dem Futter kam. Monsieur Grosjean erstarrte.

Den angebotenen Aperitif lehnte er ab. Vor dem Essen nahm er keinen Alkohol. Eigentlich wollte er noch etwas hinzufügen, unterließ es aber der Schweine wegen und weil er sich ohnehin erschöpft fühlte. Die Petitots befestigten einen Korb mit Artischocken auf dem Kofferbrett seines Autos, während ich mich unter dem Eindruck des Gehörten der Vorfreude hingab, es Bab mitzuteilen, bedauernd, dass sie nicht dabei war, denn Gesicht und Geste fügten vieles hinzu.

Wir wollten nach dem Essen in den Ort, wo heute das Fest der heiligen Vadoule begann. Dies schmälerte Babs Interesse an dem Bericht, der sowieso nur Zeitverschwendung sei. Aber für mich war der Zeitverlust nicht so dramatisch, da mein Tropenroman leidlich fortschritt. Ich begann jeden Morgen in aller Frühe, und wenn Monsieur Grosjean erschien, war mein Tagespensum erledigt und die Entspannung willkommen. Ich gewöhnte mich an ihn wie an einen die Gesundheit fördernden Spaziergang. Außerdem fühlte ich, dass jedes Gespräch eine Annäherung an das Ziel unserer Wünsche brachte. Babs Weigerung, das Gefühl zu teilen, hinderte mich nicht, daran festzuhalten.

Der Ball wurde auf dem festlichen Platz unter den Lampions gefeiert. Wenn ich Madame Gabriel aufforderte, tanzte Bab mit dem Friseur oder mit Monsieur Gabriel, der den Walzer erstaunlich beherrschte, ein spöttisch lächelnder, länglicher Kreisel. Bab trug ihre neuen dunkelblauen Leinenhosen, einen Bolero aus gewirkter Seide in zwei Schattierungen von Rot und ein breites blaues Stirnband.

Wir spielten Roulette, gewannen im Lochwurf eine Fayence-Katze aus Aubagne und tranken geeiste Tisane. Das Feuerwerk war prächtiger als je. Das Hauptstück: eine dreifache Fontäne, die unter lauten Knallen in ein Feuerrad überging, fast so groß wie die Mairie. In dem feurigen Rund erschien zuletzt die Heilige Vadoule mit einem Anker aus vielfarbigen Funken. Ida hatte sich überreden lassen mitzukommen und schien zum ersten Mal mit Vadoule leidlich zufrieden, zumal Monsieur Puche sie zum Tanz aufforderte. Da er einen Kopf kleiner als sie war und sie steif wie ein Brett, hatte das Paar sichtlich Mühe, von der Stelle zu kommen. Den alten, etwas angetrunkenen Petitot, der auch mit ihr tanzen wollte, schlug sie aber aus.

Das Fest dauerte wie gewöhnlich vier Tage. Madame Gabriel gewann den Gesangspreis, den Prix Grosjean, sowie den Chanson-Preis der Mairie, teils durch ihre schöne Stimme, teils mit ihrem Vortrag, der einem Feuerwerk glich. Bab war hingerissen; dafür hätte sie gern ihr Zeichentalent hergegeben. Obwohl in einem seltenen Grade unmusikalisch, unfähig sogar, die kleinste Melodie zu behalten, liebte sie Musik über alles und sah in der begnadeten Sängerin den Gipfel der Frau. Sie verstand nicht, warum Madame Gabriel ihrer Begabung so wenig Bedeutung zumaß und nicht, anstatt in der verräucherten Bar du Centre den Bauern den Pernod zu reichen, in der Oper auftrat oder im Konzert.

Dagegen blieb der Klempner Gabriel beim Boule weit zurück. Seine Gruppe wurde gleich am ersten Tag von einem Touloner Boule-Meister, den er noch acht Tage vorher gründlich besiegt hatte, mit mehreren Punkten geschlagen und unterlag am zweiten Tag gegen den Fischer Martin und Vincent Petitot — offenbar hatte der Mistral Gabriel durcheinandergebracht. Fischern und Landarbeitern macht der Wind weniger aus als einem Klempner, der im Haus arbeitet. Am dritten Tag gewann Gabriel endlich, aber da waren die Hauptpreise schon weg. Am letzten Tag kam es nach einem Pétanque-Spiel bei Barrigou zu einer Versammlung — es war das erste Mal, dass ich so etwas erlebte. Die Spieler saßen mit ernsten Gesichtern auf ein paar Balken und rauchten. Kaum sprach einer ein Wort. Auch die Zuschauer, die dicht um die Gruppe herumstanden, warteten schweigend. Es dauerte ewig. Ich erkundigte mich bei Louis, der auch zusah. Es sei eine Diskussion, antwortete er. Weiter habe ich nichts herausbekommen.

Wenig später kam der Tag des Heiligen Elois, unseres Elias. An dem Tag erhalten die Pferde die Taufe, bekleidet mit wertvollen Geschirren, roten Schabraken und Bändern und weißen Spitzendecken. Madame Petitot hatte sich in den Kopf gesetzt, ihren Wallach Blond trotz seines Alters teilnehmen zu lassen, da ihre Schwiegertochter eine vollständige Ausstattung für die Pferdetaufe geerbt hatte, mit einem Geschirr, das mehr als hundert Jahre alt war, und aus Silber. Sie versprach, Blond so gut anzuziehen, dass keiner ihm die Jahre ansehen würde, denn das gehe mit Pferden leichter als mit Menschen. Der alte Petitot aber weigerte sich, denn Blond sei eher reif, vom Pferdemetzger zu Würsten verarbeitet zu werden, und sie solle sich nicht lächerlich machen. Mit ihrem Mann wäre Madame Petitot fertig geworden, aber auch die Söhne wollten nichts von dem Theater wissen, und so blieb Blond, auch zum Leidwesen von Babs, im Stall.

Monsieur Grosjean, der geräuschvollen Festen abhold war, hatte die Tage in Nizza verbracht und erschien erst nach einer Weile wieder auf unserer Terrasse. In Nizza hatte die Familie den zweiundsiebzigsten Geburtstag der Gattin gefeiert, und ich gab meiner Freude über die Rüstigkeit der verehrten Frau Ausdruck, deren Alter ich bedeutend niedriger geschätzt hätte. Die Rüstigkeit, meinte Grosjean mit bewölkter Stirn, sei leider nur Schein. Er habe Gründe, sich über ihre Gesundheit ernste Sorgen zu machen. Sie sei recht ermüdet.

Dieses Wort ist der höfliche Ausdruck für krank. Auch wenn einer auf dem letzten Loch pfeift, der ist nur ermüdet. Madame leide seit ihrer dritten Schwangerschaft an einer bedrohlichen Erschlaffung des Darmsystems, was nur geringe Nahrungszufuhr gestatte. Um Grosjean von den trüben Gedanken abzulenken, brachte ich die Rede auf sein Buch, was ihm willkommen war. Er nahm den Faden genau an der Stelle auf, wo er ihn vor acht Tagen verlassen hatte.

»Ich hatte«, begann er, »alle Gedanken, mehr als acht und ein halbes Hundert, auf Papier übertragen und überlegte mir, was damit zu beginnen sei. Ich bin, wie Sie vielleicht bemerkt haben, nicht kleinlich. Es fällt mir leicht, große Summen für gemeinnützige Zwecke auszugeben.« Er wartete, auf meine Bestätigung wartend.

Ich aber hielt es für richtig, diesen Wink nicht zu verstehen, und begnügte mich mit der Spannung des Zuhörers.

»Besitz verpflichtet«, fuhr er fort.

Hier nickte ich.

»Andererseits«, fuhr er fort, »hasse ich Verschwendung.«

Ich nickte wieder.

»Ich dulde in meinen Wohnungen weder unnützes Brennen elektrischen Lichts noch fahrlässiges Laufen eines Wasserhahns. Deshalb wollte ich die gesammelten Gedanken verwenden, nicht der Eitelkeit willen, sondern zum Besten der Allgemeinheit. Denn obwohl in der Literatur Überproduktion herrscht, fehlen Gedanken. Aber es gibt so viele Romane. Es stünde mir schlecht an, dies herabsetzen zu wollen, zumal ich weiß, dass Sie selber welche schreiben. Aber Sie werden Sie zugeben, dass es ein Missverhältnis zwischen der geringen Zahl rein gedanklicher Werke und der Menge von Romanen gibt.«

Ich gab es der Einfachheit wegen zu.

Die Glanzzeit der Kultur, fuhr er fort, habe kein ähnliches Missverhältnis gekannt. »Ah, die Glanzzeit unserer Kultur!« rief er, »Louis XIV, Louis XV und die Epoche meines Großvaters Camille! Glauben Sie mir, mein armer Herr, wir leben nicht, wir vegetieren!« Wieder näherte sich sein Ausdruck dem des Löwen im Löwensalon, der mit den Glasaugen, dessen Schweif die Flanken peitscht.

Mein Blick heftete sich auf meine Zeder. Zwischen weiß und rot blühenden Oleanderbüschen umgaben die Zedern einen Teil der Terrasse, aber zu dieser einen, die allein stand, rechts vom Feldweg, gerade vor unserm Sitzplatz, hatte ich eine besondere Beziehung. Von meinem Schreibtisch im ersten Stock sah ich den Wipfel. Aus dem hohen, geraden Stamm wuchsen Zweige, die sich wie die überschlanken Finger schmaler Hände nach oben bogen. Nach rechts, von wo gewöhnlich der Wind kam, waren sie nur anderthalb, höchstens zwei Meter gewachsen. Nach der anderen Seite luden sie um das Doppelte und Dreifache aus und berührten fast die Zweige des Baums, der vor dem Kabaus der Petitots stand. Der Mangel an Symmetrie hätte eigentlich stören müssen, zumal der Feldweg und die Reihen der Reben und der Pfirsichbäume parallel zum Weg eine wohltuende Ordnung ergaben, aber die Zeder durfte es sich leisten.

An den Spitzen vieler Zweige hingen noch die Raupenbeutel, deren Entfernung Louis zugesagt und verbummelt hatte. Nun mochten sie nicht mehr schaden. Nach oben nahmen die Zweige unregelmäßig ab. Der Stamm wich oben nach links ab, und der Wipfel endete nicht wie bei den anderen Zedern in einer Spitze, sondern teilte sich in zwei, drei kleine Äste von drolliger Form. Das war es, was die Zweige asymmetrisch machte. Die anderen Zedern, auch die beiden tannenhaften Bäume an der Mündung des Wegs in die Chaussee, suchten sich der allgemeinen Ordnung zu unterwerfen und wurden banal. Die meine bewahrte den Ursprung ihrer Heimat; trotzdem war sie keine fremde, vielmehr eine unentbehrliche Zutat zu der Ordnung, dem launigen Wesen des Landes unverkennbar verwandt.

Der Wipfel schwankte leise, und mit jeder Bewegung änderten sich die drollige Struktur und das aus Nadeln zusammengesetzte Grün um ein Geringes, als ob die Zeder lächelte. Noch nie war mir ihre Farbe so kostbar erschienen. Kristalle von Mineralien, Eidechsenhaut, Federn exotischer Vögel nahmen teil, und im Schatten saßen schwarzsamtene Tiefen. Jedes andere Grün, das der Maulbeerblätter, das der Reben, des Oleanders, der Pfirsichbäume war vergleichsweise arm an Ton und gewann erst durch das Spiel mit anderen Farben den Reiz. Die Sonne beschenkte alle, aber sog sie gleichzeitig auf, mischte sie, wandelte sie in Dunst. Die Zeder behauptete widerstandskräftiger ihre Materie, stand vor der dunstigen Ferne juwelenhaft. Die Sonne gewährte ihr die Entfaltung der eigenen Farbigkeit.

Louis XIV, Louis XV, die Worte Grosjeans hingen noch in der Luft wie der vergessene Raupenbeutel an den Zweigen, hatten sie Besseres? Mit einem vernünftigen Mietskontrakt, drei, sechs, neun Jahre, könnten wir hier leben, Monsieur Grosjean. Beinahe hätte ich es ihm, aller Taktik zum Trotz, spontan gesagt. Es saß mir auf den Lippen, und wer weiß, ob uns der Augenblick nicht zusammengebracht hätte. Die Unterlassung ließ mir ein peinigendes Gefühl zurück.

Er entsagte dem Löwen und war wieder Denker, ernst und sachlich. »Bevor ich mich«, hub er an, »zur Veröffentlichung meiner Gedanken entschloss, unterwarf ich die Sammlung einer strengen Kritik und habe die großen französischen Denker wie Descartes, Pascal, Voltaire, Montaigne und auch die ausländischen, Sokrates, Plato, Aristoteles gewissenhaft durchgesehen, auch Ihren Goethe, den ich übrigens sehr stark finde. » Er unterbrach sich. »Folgen Sie?«

Offenbar war ihm meine Zerstreutheit nicht entgangen. Ich drehte mich von der Zeder weg, und er fuhr fort. »Dabei ergab sich bei hundertfünfundsiebzig meiner Ideen Ähnlichkeit. Diese habe ich rücksichtslos gestrichen. Die übrigen wurden noch im Spätsommer 1918 auf meine Kosten gedruckt. Ursprünglich dachte ich an ein Pseudonym. Aber die Überlegung, man könne mir Mangel an Mut vorwerfen, bewegte mich, bei meinem Namen zu bleiben. Dieser ist übrigens durch meinen Großvater durchaus bekannt. Camille

Grosjean war der erste, der, gestützt auf Chevreuls Theorien der Verseifungschemie, eine rationelle Herstellung der Seife erreichte.«

Ich machte Ah, während er einen Augenblick verschnaufte, den Blick auf die Ferne gerichtet. »Camille Grosjean!« Er sprach zu dem Rebenfeld wie zu einer lauschenden Menge und runzelte die Augenbrauen. »Einer der großen Verkannten des Jahrhunderts, ein Geist, ein Vorbild!« Er riss sich widerstrebend los und wendete sich wieder zu mir. »Der Druck des Buches war schwierig, denn im Krieg gab es kein Papier, und den Druckereien fehlten die Arbeiter. Das wird bei Ihnen nicht anders gewesen sein. Im Krieg schweigen die Musen. Aber ein Vetter meiner Frau hatte Beziehungen zu der Druckerei von Lacroix in Nancy, die eine staatliche Bevorzugung genoss, und hier wurde das Buch, dem Inhalt und meiner Art gemäß schlicht, in zweitausend Exemplaren hergestellt. Was den Vertrieb anlangt, riet mir Lacroix, die Auflage den namhaften Buchhandlungen Frankreichs und der Kolonien in Consignation zu schicken. Ich überlegte: Was tätest du, Théophile Grosjean, wenn dir dein Buchhändler das Buch eines unbekannten Autors mit der Aufschrift *Meine Gedanken* anböte? Würdest du es kaufen? Ich muss Ihnen sagen, ich liebe es nicht, mich Illusionen hinzugeben. Sie werden das bereits im Verlauf unserer bisher leider fruchtlosen Unterhandlungen bemerkt haben.«

Jetzt hätte ich aus meiner Reserve heraustreten und ein Wort des Bedauerns oder der Ermutigung einflechten sollen. Aber die Gelegenheit war so schnell gekommen, und ich befand mich noch innerlich so nahe an meiner Zeder, dass ich nicht sofort die Brücke fand. »In der Tat!«, stotterte ich albern. Er machte eine wegwischende Bewegung. »Eher neige ich dazu, Ansprüche zurückzustellen.«

Wieder schwieg ich.

»Daher zog ich es vor, auf materiellen Ertrag zu verzichten. Sie mögen das als Schriftsteller vielleicht missbilligen, ich bin so. Mit Hilfe meines Schwiegersohns Charles stellte ich eine Liste der bedeutendsten lebenden Geister zusammen; um die zwölfhundert Namen. An die schickte ich das Buch. Annähernd tausend Antworten liefen ein, und nicht weniger als sechshundertfünfzig Briefe enthielten schmeichelhafteste Anerkennungen. Diese Briefe sind mir genug Lohn für meine Kosten und meines Aufwands. Meine Frau hat sie zu meinem siebzigsten Geburtstag in zwei Lederbände heften lassen, die der Mairie von Vadoule nach meinem Ableben erhält. Es bleibt mir noch eine Anzahl von Büchern, und jedes Mal, wenn ich einen interessanten und sympathischen Denker begegne, gebe ich ihm eins.« Er zögerte einen Augenblick. »Wenn Sie erlauben, werde ich Ihnen ein Exemplar überreichen.«

Ich machte das Gesicht angenehmer Berührtheit, und darauf zog Monsieur Grosjean ein kleines, in Seidenpapier eingeschlagenes Opus aus der Rocktasche und gab es mir. Meiner Danksagung entzog er sich aufstehend und lehnte meine Einladung, zum Essen zu bleiben, höflich ab. Er werde zu Hause erwartet und habe bereits meine Zeit ungebührlich beansprucht. Ich erhielt den Auftrag, Madame seine Hochachtung zu übermitteln.

Auf Wiedersehn.

Es war lange nach sieben. Ida deckte den Tisch, ungehalten wegen des Käseauflaufs. Längst saß die Familie des Fermier vor ihrem Kabaus beim Essen. Petitot rief etwas herüber, das mir entging, da zugleich Madame Petitot kreischend den kleinen Roger zur Ordnung rief. Nachher betrachteten wir das Opus. Es war in blaue Leinwand gebunden, geschmückt mit dem Bildnis des Verfassers in Lichtdruck. Auf dem Blatt vor dem Titel stand eine handschriftliche Widmung an mich, nebst einem Spruch, darunter die Unterschrift mit Ort und Datum.

Das Buch enthält eine Fülle beherzigenswerter Sentenzen, nummeriert von 1 bis 677, eingeteilt in drei Kategorien: Eins: Die Frau, Zwei: Politik und Moral, Drei: Allgemeines.

Ich las Bab einige Proben vor, und da Ida, die das Französische nicht beherrschte, teilnahm, übersetzte ich den Text. Ida, die sonst so stur ist, behauptete, sie hätte so was dem Herrn nie zugetraut.

Nummer 418: Illusion ist die Schwester der Hoffnung. Nummer 551: Manche Stunde erscheint lang, weil man sie nicht zu nutzen versteht. Nummer 554: Unwissen bringt Erstaunen hervor. Ida dachte nach und meinte, das könne schon stimmen. Nummer 61: Die Frau hat zwei Trabanten, einen Engel und einen Dämon, und bedient sich beider nach Bedarf. Nummer 68: Glücklich die, welche können. Hier machte Ida Augen, als sei ich eine Erscheinung. Zum ersten

Mal, seitdem sie bei uns war, veränderte sich ihr stumpfes Antlitz; ein Ausdruck von Schrecken und zugleich — möchte man sagen — Schelmerei. Wie von einem Dämon gejagt, floh sie ins Haus. Darauf las ich noch einen Satz aus dem allgemeinen Teil. Nummer 619: In der kleinsten Eidechse steckt das Krokodil. Dieser Spruch gefiel Bab am besten, er wurde später oft von uns zitiert.

Der Friseur am Platz beurteilte das Geschenk günstig Er rühmt sich, von Monsieur Grosjean das erste Exemplar der *Gedanken* erhalten zu haben. Auch Barrigou besitze eins mit Widmung, desgleichen Petitot und jedes Glied seiner Familie, seine Frau, die beiden Söhne, Vincent und Louis, und die Schwiegertochter, Vincents Frau, Inhaberin der Cremerie, sämtlich mit Widmung, meist Sentenzen des Buches. So hat er den alten Petitot mit dem Spruch 580 bedacht: Der wahre Trinker behält immer seinen Durst. So viel ich sah, ging nur Gabriel leer aus, und dies mochte, obwohl er es leugnete, zu seiner Abneigung gegen den Verfasser beigetragen haben. Dagegen besitzt die reizvolle Madame Gabriel ein Exemplar mit dem oben erwähnten Spruch 61 mit dem Engel und dem Dämon.

Mir hat Monsieur Grosjean außer einer ungemein freundlichen Widmung die Sentenz gewidmet, die sich im allgemeinen Teil unter Nummer 578 findet. Wenn du enden willst, beginne! Die Wahl dieses Spruchs bestätigte die von mir vermutete tendenzöse Nebenabsicht des Denkers. Ich fand es aber richtig, auch jetzt keine weitere Offerte auf das Haus abzugeben. Und Vincent bestärkte mich. Der Hammel werde sehr bald auspipiet haben, und dann könnte ich ihn wie eine Omelette rollen. Sogar Bab bequemte sich zu dieser Auffassung.

In den kommenden Wochen hatte ich in Deutschland zu tun, und in dieser Zeit musste die Renovierung geschehen, wenn das Haus nicht ein weiteres Jahr in dem Zustand bleiben sollte. Der späteste Termin war Anfang August, und der Juni ging zu Ende. So sicher wie ich vor Bab tat, fühlte ich mich durchaus nicht. Gewiss, theoretisch stimmte die Psychologie. Aber von der Theorie zum Resultat blieb ein wichtiger Schritt, der von der Laune des Patrons abhing.

Er kam immer noch jeden zweiten oder dritten Tag auf die Terrasse, begutachtete aber nur kurz die reifenden Pfirsiche und den Stand der Reben, redete Kammer und Senat, Währungsfragen, Genfer Konferenzen, aber nicht Vertrag. Seine Besuche schienen nur noch lässige Gewohnheit, und dies erhöhte weder den Reiz, noch dünkte es mich günstig. Wir saßen uns während Minuten, die zu Ewigkeiten wurden, wortlos gegenüber, zwei feindliche Heere, beide erschöpft, und nur die Augen versuchten noch ein wesenloses Geplänkel. Mein treuer Vincent erinnerte mich, die Nerven zu behalten, aber auch ihm schien das Hingezerre nicht mehr geheuer. In Vadoule fragte mich keiner mehr. Gabriel lächelte spöttisch. Der Friseur schwieg aus Takt.

An einem besonders heißen Tag fiel mir Grosjeans bedrückter Ausdruck auf. Lag es an der Schwüle oder hatte sich der Zustand seiner Frau Gemahlin verschlimmert? Er verneinte. Ich ließ Ida ein gekühltes Getränk bringen. Er netzte kaum die Lippen und verharrte mit dem Blick in die Ferne, als gedenke er seines Großvaters. Mit einem Ruck drehte er sein gerötetes Antlitz zu mir.

»Ich habe einen Rückfall gehabt.«

»Oh!«, machte ich. Nach seinem Aussehen hätte man Schlagfluss vermuten können. Doch wäre er dann schwerlich hergekommen.

»Ein leichter Anfall«, sagte er, »den ich zu überwinden hoffe. Bisher handelt es sich um einen einzigen Gedanken, keine Agglomeration.«

»Aha!«

»Da der Gedanke mit Ihnen zusammenzuhängen scheint, verbietet mir die Diskretion, ihn Ihnen preiszugeben.«

Ich fühlte, wie mein Blick stählern wurde. Seine Gedanken hätten mich schon in ihrer abstrakten Form ungemein gefesselt. Wie viel spannender müsse eine konkrete Beziehung sein?

Meine Worte glitten an ihm ab. Er fühle die Verpflichtung, mir eine Folgerung des Gedankens mitzuteilen. Deshalb sei er gekommen.

Es wehte nicht das geringste Lüftchen. Kein Auto tutete, kein Hund bellte, das Rebenfeld schlief, die Schweine schienen gestorben. Infolgedessen klang seine Stimme, obwohl sie eher die gewohnte Klangstärke dämpfte, überlaut.

»Ich habe eine Frage an Sie zu richten. Wünschen Sie nach wie vor das Haus auf eine Periode von drei sechs, neun Jahren zu mieten?«

Ich bejahte.

»Bleiben Sie bei Ihrem Angebot von 6000 Francs?«

Ich bejahte.

»Sind Sie angesichts der Ihnen bekannten Vorteile nicht gewillt, die Miete zu erhöhen?

Mein Nein klang fest. Ich wundere mich heute noch, woher ich die Kraft nahm, denn in diesem Augenblick versagte meine Psychologie restlos. Aus seinem starren Gesicht konnte ich ebenso gut günstigen Ausgang wie endgültigen Misserfolg ablesen. Eine Ablehnung lag sogar näher, und ich war schon so weit, meine Schroffheit zu bereuen. Er wartete mehrere Sekunden, ohne die Miene zu verziehen. Blitzschnell wurde mir klar, dass es schon aus moralischen Gründen nicht angehe, dieser Entscheidung die Bedeutung von Sein oder Nichtsein beizumessen. Monsieur Grosjean aber vollzog die Kapitulation und erklärte in einem besonderen Ton: »Ich habe die Ehre, Ihnen mitzuteilen, dass ich ihr Angebot annehme. Man wird Ihnen morgen die beiden Kontrakte zur Unterschrift vorlegen.«

Auf der Stelle verlor ich alle Erstarrung. Unbändige Lust ergriff mich, die Hände zähnefletschend zu reiben und mit den Fingern auf dem Hinterkopf Klavier zu spielen. Ich sah das diamantene Leuchten des erhabenen Umrisses der Hügelkette. Die ganze Natur atmete auf. Der Autobus nach Nizza hupte. Madame Petitot rief mit schriller Stimme dem kleinen Roger zu, das Fass, in dem er badend plätscherte, zu verlassen und sich zum Essen zu trollen. Ihr Mann, der schon am Tisch saß, nahm einen Schluck aus der Flasche.

Wieder bei mir, fand ich einige verbindliche Worte und reichte Monsieur Grosjean die Hand. Auch er hatte sich erhoben. Seine Hand war kalt wie gewöhnlich und sein Antlitz maskenhaft. Er ersuchte mich, Madame seinen Respekt zu übermitteln, und ich trug ihm den meinen für seine Gattin auf.

Wieder schwankte sein Peugeot bedenklich auf dem Feldweg. Beinahe hätte er eine der Zedern an der Mündung zur Chaussee angerannt. Ich blickte ihm mit Behagen und nicht ohne eine gewisse Erkenntlichkeit nach. Das Nachgeben mochte ihn einige Anstrengung gekostet haben. Ob er jetzt Befriedigung oder Groll spürte?

Bab war zu Besorgungen in Madou. Ich wollte mich unbedingt bewegen und lief nach Vadoule-Ville, um sie auf dem Rückweg abzufangen. Die Leute auf der Straße grüßten mich, schien es mir, besonders freundlich, und der Schmied vor dem Bahnübergang rief mir aus seinem dunklen Loch etwas Lustiges zu. In der Bar du Centre saß Gabriel bei der Zeitung. Seine Frau stand hinter der Theke und goss drei Maurern, die von der Arbeit kamen, Anis und Wasser ein. Ich teilte Gabriel den Abschluss mit und bestätigte die Bestellung, auch das Bad und das W.C. im Parterre. Er glaubte allerdings, mir zu dem Erfolg kondolieren zu müssen, denn als Mieter schnitte ich mir ins Fleisch. Die Bestellung aber nahm er gelassen entgegen. Den angebotenen Vorschuss lehnte er als nicht landesüblich ab und empfahl mir, Barrigou nicht mit dergleichen zu kommen, weil der es mir verübeln könne. Auch Madame Gabriel zeigte sich befriedigt. Lange genug habe es gedauert, und Madame Bab werde sich freuen. Monsieur Grosjean nicht minder, meinte Gabriel.

Davon war ich nicht überzeugt. Ich traute Monsieur Grosjean eher einen gewissen Groll zu, weil er nach seiner Ansicht den Kürzeren gezogen habe.

Gabriel lächelte. Doch mochte ich, gab er zu, recht haben, weil nunmehr der Zeitvertreib, den ich dem hohen Herrn verschafft habe, zu Ende sei und er eine andere für sein Spiel geeignete Birne ausfindig machen müsse, in diesen Zeiten ein Kunststück.

Seine Frau rügte den mir gewidmeten Spott. Ihr Mann meine es nicht so, sagte sie. Sie sah heute blendender aus als je.

Ihre Schwester mit den dicken Füßen schob den Kinderwagen herein und setzte sich in die Ecke. Madame Gabriel nahm das Kind, das den Lutschpfropfen im Mund hatte, aus dem Wagen und ließ es strampelnd auf dem Tisch marschieren. Jaqui, bum, bum! machte Gabriel.

Das blonde Baby strahlte von Gesundheit, die Haut zart wie ein Rosenblatt, das Haar Daunen aus Gold, er krähte, wollte zu uns, torkelte betrunken auf den Würsten von Beinen herum. Jaqui, bum, bum! Madame Gabriel nahm das Kind auf den Arm und trat auf die Stufe hinter der Theke vor der Wand aus Flaschen, die schwarze Madonna mit dem blonden Kind. Bevor sie ein Glas füllte, hob sie es bis an den Kopf des blonden Jungen, stellte es dann auf die mit mattem Blei gedeckte Fläche, goss Buntes ein aus dieser und jener Flasche und nickte unmerklich; jede der ihr vertrauten Handreichungen gemessen, sachlich, vollendet. Sie bewegte sich mit lächelnder Würde in dem durch die Stufe erhöhten Raum, als sei sie ein der Begehrlichkeit entrücktes Bild. Ich berührte Gabriels Arm und wies auf die blauen Jacken der Trinker vor der Theke. Jaqui, bum, bum, machte Gabriel zu dem Kind. Die Mutter sah er nicht.

Ich wollte noch zum Tischler Barrigou und begegnete dabei dem Maire Monsieur Falouze, wie immer wie aus dem Ei gepellt, frisch gebügelt, weiße Flanellhosen, Hemd aus einer traumhaften weißen Rohseide mit Knötchen, Mütze aus gleichem Stoff. Meine Einigung mit Grosjean war ihm bereits bekannt, weiß Gott woher.

»Aber ich bitte Sie, ein überaus wichtiges und erfreuliches Ereignis!« Rundliches Lächeln, diskrete Andeutung einer Beeinflussung seines widerhaarigen Klienten in meinem Interesse, nicht der Rede wert. Gerade kam Bab angerollt, hielt das Händchen zum Fenster hinaus, und bekam auch seinen Glückwunsch.

»Na endlich!«, sagte sie munter, »das haben wir sicher nur dem Herrn Maire zu verdanken.« Als ob sie's gerochen hätte.

Falouze meinte galant, im Interesse seiner Chancen in ihrer Gunst werde er sich schön hüten, diese Illusion zu zerstören.

»Tahitata!«, lachte Bab, die blanken Augen auf der Rohseide mit Knötchen. Sie widerstand mit Mühe der Versuchung, ihn nach der Herkunft des Stoffs zu fragen.

Unterwegs musste ich ihr genau den Hergang berichten. Ich gestand, noch im letzten Augenblick vor der Kapitulation das Scheitern befürchtet zu haben. Sie hatte natürlich von Anfang an nicht an dem glücklichen Ausgang gezweifelt.

Wir beschlossen, den Abend zu feiern. Mademoiselle Tardif ließ sich nicht nehmen herunterzukommen, begleitet von Bonne Louise, deren rechte Backe eine im Abschwellen begriffene Zahnfistel verriet. Mademoiselle überschätzte meinen Sieg und verglich die angebliche Vernichtung des Gegners mit dem Sturz des Bürgerkönigs Louis Philippe, in dessen Charakter sie die gleiche Mischung fragwürdiger Eigenschaften erkannt haben wollte. Bald gewann Monsieur Grosjean legendarischen Umriss. Die Bonne hielt die Zahnfistel für die Folge eines Grosjeanschen Blicks, den sie sich fahrlässig zugezogen habe. Mademoiselle hielt das für Einbildung, denn er denke nicht im

Traum daran, sie anzublicken. Die Bonne wehrte sich. Sie bilde sich so wenig auf Blicke des Monsieur Grosjean ein wie auf ihre Zahnfistel und hätte beides gern einer anderen gegönnt. Nur aus Versehen habe sie den Blick aufgefangen, wie ein Hase einen Schuss.

Nun saßen wir alle bis spät in die Nacht auf der Terrasse und tranken Bowle aus gekühltem Weißwein von Cassis mit frisch gepflückten Pfirsichen. Nur Louis, Vincents Bruder, fehlte; er war auf dem Fest von La Ciotat. In der Bucht an der Adlernase, dem Berg weit im Westen, jubelte ein Feuerwerk. Die Kähne waren nicht zu sehen; die Raketen stiegen aus dem Meer auf und erreichten die Sterne. Unser Grammophon spielte Platten der »Schönen Helena« von Offenbach, und Mademoiselle Tardif berichtete von der Premiere vor fünfunddreißig Jahren, bei der sie im Chor mitgesungen habe. Babs flehentlichen Wunsch zwar, uns vorzusingen, vermochte sie nicht zu erfüllen, doch mimte sie mit Gesicht und Händen zu der Musik die Gesten des Finale, zu unserer Begeisterung. In unserer Erinnerung erscheint die komische Alte und mit ihr der ganze, von den Sternen belichtete Abend wie eine ganz und gar phantastische Unwirklichkeit, der wir uns hingaben, weil das dazu gehörte. Gern hätte ich das Gespinst noch dichter gehabt. Und auch Bab wollte von Aufhören nichts wissen und kämpfte mit jedem, der gehen wollte. Zuletzt blieb nur noch Vincent übrig, und auch der gab auf, als Louis heimkam.

Anderen Tags überbrachte uns Monsieur Puche, der Schreiber der Mairie, die beiden Kontrakte, drei sechs, neun Jahre auf Stempelpapier. Sie enthielten nur die üblichen Bestimmungen. Die Feuerversicherung, zu der wir verpflichtet waren, besorgte Monsieur Puche, denn er war gleichzeitig Versicherungsagent. Auch der Friseur am Platz fand nach genauer Durchsicht nichts einzuwenden. Ohnehin hatte ich Monsieur Grosjean keine ungeraden Schliche zugetraut.

Sogar die Gebühren für die gerichtliche Eintragung des Vertrags, die eigentlich dem Mieter zufallen, wurden von ihm getragen. In der kleinsten Eidechse steckt das Krokodil.

Eine Haushälterin aus der Halbwelt und eine halbtote Katze

Es ist Anfang 1933. Nun sitzen wir bald drei Jahre in dem hergerichteten Haus, alles in allem keine schlechte Zeit, nicht üppig und bewegt und daher für epische Darstellung ungeeignet, aber wie man hier zu sagen pflegt, trinkbar. Die Arbeit ging leidlich voran, ich mit meinen Romanen, Bab mit ihrer Malerei. Die meisten Eingeborenen nennen Bab immer noch Mademoiselle und halten sie für meine Tochter oder sonst was, und außer dem Maire spricht keiner unseren Namen richtig aus, was uns weiter nicht kümmert. Ein leichter Dunst, wie ihn im Hochsommer die Sonne entstehen lässt, ausgleichend und verbindend, eine hellfarbige Hülle, liegt über den drei Jahren. Bab hat hier eigentlich erst zu malen begonnen. Wenn wir in Deutschland zu Besuch sind, ist immer sie es, die auf die Rückkehr drängt, als könne uns Vadoule gestohlen werden oder durch ein Naturereignis vom Erdboden verschwinden. Eigentlich hätte ich wegen Paternoster, meines Berliner Verlages länger bleiben müssen. Aber dazu später mehr.

Natürlich ist in der Zeit allerlei passiert. Mein alter Freund Kasimir Klein ist in die Provence gekommen, doch auch dazu mehr in einem späteren Kapitel. Ohne den Einspruch der Madame Petitot wäre der Wallach Blond, als er die siebenundzwanzig überschritt, dem Rossschlächter überliefert worden. Die Petitots erwarben den Wallach Bijou, einen dunkelbraunen Bretonen. Siebenundzwanzig Pferdejahre bedeuten so viel wie für den Menschen das gesegnete Alter, in dem Mademoiselle Tardif abberufen wurde.

Auch das ist schon wieder zwei Jahre her, und Blond tut immer noch auf dem von Vincent übernommenen Bauernhof der großen Pinie leichten Dienst. Er fährt die Körbe mit Blumen und Gemüse zur Bahn, aber er arbeitet nicht mehr auf dem Acker. Bijou ist breiter gebaut und stärker, vermutlich stärker als der junge Blond, auch feuriger, nicht auf die rauen Zurufe des alten Petitot angewiesen, und trägt den Hals gebogen. Wir misstrauten ihm anfangs, und der Name missfiel uns. Wir nennen ihn immer noch Der Neue. Bab aber zeichnete ihn oft und gerne.

Mademoiselle Tardif ist von einer Erkältung hinweggerafft worden. Wir wären leichter damit fertig geworden, wenn sich ihre Bonne Louise nicht in den Kopf gesetzt hätte, nach Grenoble zu ziehen. Bab tat ihr Mögliches, es ihr auszureden. Die Sorge um die leere Wohnung kam hinzu, denn da wir nicht eine Familie mit fünf Kindern über uns haben wollten, mussten wir den Stock übernehmen, was sich Monsieur Grosjean natürlich bezahlen ließ. Louise erklärte, wenn sie in den Räumen bleibe, werde sie von Trauer aufgegessen, und das wollten wir sicher nicht, und es könne der Verewigten kein Vergnügen bereiten, wenn schon es ihrem schlechten Charakter zuzutrauen sei. Sie gestand ihr Verlangen nach städtischem Treiben, wolle leben, genießen. Lange genug habe sie den Stiefel der Verewigten im Nacken gespürt.

Dergleichen sagte sie schluchzend, behauptete aber, die Tränen kämen nur aus der Gurgel und im Herzen lache sie. Ich hatte Mühe, es zu glauben. Als besondere Untat der Verewigten galt die Tücke, einen Augenblick des Alleinseins für die Flucht ihrer hochmütigen Seele benutzt zu haben, als Bonne Louise, um den Brusttee zu wärmen, in die Küche gegangen war. Nur, um bis zuletzt den Stiefel fühlen zu lassen. Madame Petitot stimmte zu. Für den Wechsel des Domizils sprach auch das erworbene Anrecht auf einen Platz im Altersheim der guten Schwestern in Grenoble, das sie den Nonnen nicht schenken wollte.

Die Auflösung der Wohnung zog sich Monate hin, da Bonne Louise nur einen geringen Teil der ihr vermachten Gegenstände mitnehmen konnte. Dazu gehörten drei rostige Nägel der Eiche, an denen ihre Putztücher gehangen hatten. Sie bewahrte sie, mit Watte umhüllt, in einem alten Brillenfutteral. Die meisten Möbel verkaufte sie aber. Wir erwarben einen eingelegten Spieltisch und eine Empire-Kommode für Babs Zimmer, die der Schreinermeister Barrigou reparierte, dazu mehrere Stühle und Sessel für die Bibliothek und einen stark mitgenommenen, immer noch reizvollen alten Teppich, einen Aubusson Louis Philippe.

Während wir in Deutschland waren, hatte Barrigou auch die

Arbeiten im Haus nach dem Vertrag mit Monsieur Grosjean wie vereinbart ausgeführt, das Bad, Tapeten, Anstrich, Bücherregale. Wir waren überaus zufrieden. Namentlich die weiß lackierten Regale für die Bibliothek gelangen über alle Erwartung, dank der kleinen kannelierten Schmuckleisten, die gar nicht vorgesehen waren und den Gestellen das Ansehen richtiger Möbel verliehen. Da der Badeofen bei Wind rauchte, fügte der Klempner Gabriel dem Abzug, der neben dem Fenster hinausging, ein langes Rohr mit Windhaube hinzu. Wir waren auf Nachforderungen gefasst, aber beide, Barrigou und Gabriel, hielten sich mit Selbstverständlichkeit an die Anschläge. Diese beglichen wir, dann aber erlebten wir den Stachel des Luxus und es fiel uns nachträglich ein, noch dies und jenes hinzuzufügen.

Der Anstrich der Parterretüren und Fenster im weißen Ripolin-Lack gefiel uns so gut, dass wir Barrigou baten, dies auch oben einzurichten, dazu ein weiteres Regal sowie mehrere Fliegenfenster, unerlässlich in dem Klima. Er erledigte den Auftrag prompt, und wir waren auch diesmal über die Maßen zufrieden. Aber als ich zahlen wollte, meinte er, es eile nicht. Dabei blieb es. Zwanzig Mal, wenn nicht öfter, habe ich Barrigou um die Rechnung gebeten. Und ich traf ihn fast täglich in der Bar du Centre oder auf dem Bouleplatz vor seiner Schreinerei. In den Pausen erzählte er mir von deutschen Kriegsgefangenen, die er in die Arbeitsstätten zu verteilen hatte und von denen ihm einige noch jetzt Ansichtskarten schickten. Oder er ließ sich über die Politiker aus, überall das Gleiche. An dem Unsinn der geplanten Steuern müsse das Land zugrunde gehen.

»Und die Rechnung«, warf ich hin.

»Eilt nicht!«

»Doch allmählich!«

»Gut, nächstens, ich habe zu viel zu tun!« Eine Zeit lang drückte er sich, wenn er mich sah, aus Angst vor Mahnung. Es konnte sich gut und gern um tausend Francs handeln, vielleicht auch um zwölfhundert. Als ich einen Abschlag mit tausend versuchte, weigerte er sich, denn das gäbe unnütze Komplikationen, aber in der nächsten Woche finde er Zeit. Jetzt müsse er zu einem Begräbnis. Ich sprach mit Gabriel; der Spötter vermutete die Folge eines Gelübdes. Es sei nicht dafür geeignet, mir das Hirn zu belasten. Er selbst machte es übrigens nicht viel anders. Wiederholte Lötungen am Kühler unseres zerrütteten Wagens waren im Preis für die Badeeinrichtung inbegriffen, und wenn wir in der Bar du Centre einen Aperitif nahmen, lud er oder Madame uns ein. Das ist auch heute noch so. Inzwischen revanchieren wir uns halbwegs mit Büchern und Konfekt.

Den letzten Versuch bei Barrigou unternahm ich im vorigen Herbst vor unserer letzten Reise nach Deutschland. Meine Verhältnisse, gestand ich ihm, hätten sich Dank der Krise in unerfreulicher Weise geändert.

Er strich sich bekümmert den Hans-Sachs-Bart. Die seinen auch und alle Verhältnisse, eine schmutzige Zeit.

So bedenklich verändert, fuhr ich fort, dass er, wenn ich jetzt nicht endlich die alte Rechnung begliche, in Gefahr laufe, überhaupt nichts mehr zu erhalten.

Sein resignierter Blick streifte mich. »Was wollen Sie, lieber Herr, in diesem Fall hätten Sie es auf ihrem Gewissen.«

Nun habe ich es auf dem Gewissen und lasse ihn in Ruhe.

Als der erste unangenehme Brief vom Paternoster-Verlag eintraf und wir uns zu Sparmaßnahmen entschließen mussten, wurde Ida vom Raptus ergriffen. Nicht nur verweigerte sie eine bescheidene Verminderung des Gehalts, die ich ihr in zarter Form nahelegte, sondern erboste sich in dämonischer Art über die Zumutung und erklärte, nicht einen Tag länger bleiben zu wollen. Sie packte ihre Sachen und verschwand. Ich begreife ohnehin bis heute noch nicht, wie Bab sich damals in Berlin bewegen lassen konnte, Ida zu nehmen. Sie war so borniert, dass sie sich bei der Anmeldung auf der Mairie geweigert hatte, Geburtsort und Eltern zu nennen, denn das gehe diese Leute nichts an. In den drei Jahren ist ihr kein französisches Wort angeflogen. Der Süden missfiel ihr. Wenn man sie auf die Sonne, das Meer zu lenken suchte, lachte sie höhnisch, als sei das alles gemeiner Schwindel. Und ihren sonntäglichen Ausgang verbrachte sie im Bett.

Aber Dienstboten sind in Vadoule und Umgebung für kein Geld aufzutreiben. Die Töchter der Eingeborenen ziehen ihre Familie vor, und die Mädchen in Hyères oder Toulon gehen nicht aufs Land. Wir versuchten es zuerst mit einer Zugeherin, Madame Ferry, der jungen

Frau eines Maurers bei der Union, die das Leben und die Arbeit leicht nahm und die drei Stunden, die sie uns täglich widmete, mit heiterem Geplauder verbrachte. Nach einigen Wochen verließ sie uns mit Bedauern, da ihre Niederkunft bevorstand. Nun versuchte es Bab, gepeitscht von heroischem Sparsinn, ohne jede Hilfe. Und das Chateau Boeuf büßte seinen Glanz ein.

Zum Glück erschien die Lyoner Tante, auf der Reise nach Nizza, diesmal ohne Mann. Trotzdem Bab das Äußerste tat, unsere Blößen zu verhüllen, durchschaute das kundige Auge der Tante die Misere, mahnte uns, von der Kateridee zu lassen und wiederholte dröhnend ihr Angebot, den Flügel ihres Schlosses mit den Bouchers zu nehmen. Wir blieben fest. Dann wenigstens, hupte sie, wolle sie uns in Nizza eine Bonne besorgen. Nein! sagte Bab. Ja! sagte ich. Acht Tage darauf Kabel aus Nizza: gefunden, Brief folgt. In dem Brief lag ein Scheck, Lohn der Bonne für das erste Jahr. — Bab schäumte ob der Einmischung. Was sich so eine einbilde! Ich rettete den Scheck und dankte der Tante. Und damit kam Fanny.

Fanny stammte aus den Seealpen oberhalb von Nizza, zweiundzwanzig Jahre, Mutter eines dreijährigen Jungen ohne Vater; sie hatte in Paris bei einem Rentner und seiner Frau gedient und war mit beiden nach Nizza zurückgekommen. Nach dem Tod des alten Herrn verließ sie das Haus, denn, Sie verstehen, die Dame hatte keinen Bedarf. Sie war stämmig wie ein Brabanter Lastpferd, trug den schwersten Koffer und verweigert lachend jede Hilfe. Wenn's mich gelüste, könne ich auch noch darauf Platz nehmen. Ungeheißen kehrte sie das Haus um, scheuerte, fegte, putzte, drang in jeden verlorenen Winkel, bohnerte die roten Fliesen, auch die in Holz gefassten der Treppe, kochte nicht ohne Geschick. Bab kam sich wie im Himmel vor. Das Chateau Boeuf glänzte. Ich schrieb es beglückt der Tante.

Fanny machte die Arbeit nebenbei mit einer Hand, und versäumte dabei nie das Geringste. Sie lacht gern und laut, und wenn Bab keine Zeit hat, lacht sie mit Mieke, einer winzigen rachitischen Katze, die uns halb verhungert zulief. Babs Frage, ob sie Katzen liebe, nahm sie komisch. Nein, nicht im Mindesten, eher Hunde, aber auch aus Hunden mache sie sich nicht viel, überhaupt nicht aus Tieren. Doch pflegte sie Mieke mit Hingabe, führte große Gespräche mit ihr und nannte sich Mama. »Wirst du wohl schnell zu Mama kommen, Miquette! Ach du dreckiges Ferkel, wieder voll Flöhe!« Täglich wurde das beklagenswerte Geschöpf in einer warmen Benzinlösung gebadet und dann trocken gerieben.

Mieke hatte die törichte Gewohnheit, direkt vor den Füßen der Menschen herumzustreichen. Gern lag sie, weiß der Himmel, warum, im Flur unmittelbar vor der untersten Treppenstufe, und so geschah es, das Fanny, mit einem Korb Wäsche im Arm und mit dem ganzen Gewicht des Brabanter Kolosses auf Mieke trat und sie zu Matsch machte.

Als wir den Abend von Madou kamen, wurde uns das Ereignis mit wieherndem Lachen mitgeteilt. Bab fand es nicht lächerlich. Das Häufchen Nichts lag eingehüllt im Keller auf der Kohlenkiste. Um die Quälerei abzukürzen, schlug ich vor, Mieke vom Tierarzt in Madou töten zu lassen. Wegen sowas, meinte Fanny, brauche man keinen Tierarzt. Genügte, Mieke im Waschfass zu ersäufen.

»Dazu wären Sie imstande?«, fragte Bab entgeistert,

»Warum nicht?«, lachte Fanny. »Ich habe schon ganz andere Dinge gemacht. Aber wir können ja noch ein bisschen warten.«

Zwei Tage lang gab Mieke keinen Laut von sich, ein formloser Haufen, offenbar jenseits des Zustands, in dem ein Wesen Schmerzen empfindet. Am dritten nahm sie Milch, von Fanny mit Geschick und energischem Zureden eingeträufelt, und am vierten schnurrte sie bereits. Triefend vor Lachen kam Fanny mit der Katze im Arm zu Bab und setzte sie auf die Chaiselongue. Ob wir so was schon gesehen hätten? Mieke glich einem Dromedar. Sie konnte schon stehen, aber der Rücken ging spitz in die Höhe, und die Beine strebten auseinander wie bei einem Dackel.

»Was für ein Monstrum!«, entfuhr mir.

Fanny nahm Mieke an die Brust und herzte sie stürmisch, als wolle sie die Arme noch mal zerbrechen.

Es verwuchs sich. Der Rücken behielt einen Höcker, aber die Beine wurden fast gerade. Dank reichlichem Futter entwickelte sich Mieke zu einer richtigen Katze, ohne jedes Temperament, aber zart im Fell, grau und schwarz gezeichnet mit weißer Brust und weißen Pfoten.

Da sie fortwährend fraß und sich wenig bewegte, nahm sie schnell zu. Ihr einziger Fehler: das Kratzen. Sie ließ sich streicheln, schnurrte, und plötzlich, ohne den geringsten Anlass, hatte ich die Fänge in der Haut. Wie Bab erkannte, die Schuld Fannys, die das Tier, das seine Ruhe wollte, am Schwanz empor schwang und auf jegliche Art reizte. Bab machte ihr Vorwürfe. Und Fanny gab bereitwillig ihr Unrecht zu. So verfahre sie immer, auch mit Männern. Sie wild zu machen bereite ihr Vergnügen.

Fanny hatte das Herz auf der Zunge. Sie hatte einen Matrosen in Toulon, jung und voll Eifersucht, prügelsüchtig, aber sonst passabel. Jeden Sonntag gegen Abend fuhr sie hin und wurde am Bahnhof erwartet. Sie aßen zusammen, dann ins Kino und so fort. Er besaß eine Stube in Toulon, war bemittelt und wollte sie heiraten. Sie lehnte dankend ab. Was wollen Sie? Für Heirat muss man geboren sein.

Bab fragte, ob er denn immer sonntags frei sei.

Nein, manchmal habe er Dienst. Dann nahm sie sich einen anderen. In Toulon gab es mehr Männer, als sie bewältigen konnte. Wenn François es erfuhr, prügelte er sie. Die Männer waren so.

Jeden Montag früh mit dem ersten Zug um halb sieben trat sie wieder an, und die durchtollte Nacht hinderte sie nicht, noch an gleichen Tag die große Wäsche vorzunehmen. Wir boten ihr an, sie bei unserer nächsten Fahrt nach Nizza mitzunehmen, damit sie nach ihrem Jungen sehen könne, aber daran lag ihr nichts. Nizza war ihr eine Stätte übler Erinnerungen, heißes Pflaster. Paris ja, aber auch Paris lockte sie nicht ernstlich. Sie kannte das alles, und richtig besehen, lohnte sich's nicht. Was sie verdiente, gab sie wieder aus und man kam leicht in Geschichten hinein, ohne zu wissen, wie. Über ihr Kind verlor sie kein Wort. Ein Junge wie jeder andere, was wollen Sie, ein Zufall, ein Versehen. Jeden Monat schickte sie die Pension. Mütterlichkeit? Hören Sie auf! Dem Augenschein nach stand Mieke ihr näher als der Sohn.

Bab zweifelte an ihrer Sesshaftigkeit, schon weil wir ihrem Betätigungstrieb zu wenig zu bieten hatten. Sie hätte die doppelte Arbeit und mehrere Mieken gebraucht. Gern sprach sie über den verstorbenen Pariser Rentier, den sie beim Vornamen, Emile, nannte. Das sei, gestand sie Bab, ihre beste Zeit gewesen, denn Monsieur Emile knauserte nicht. Sie hatte damals zwei gute Zahler; der zweite, ein Diamantenhändler, ebenfalls hoch in den Jahren, verdiente groß, aber geriet in einen Prozess und wurde hochgenommen. Wenn sie's zusammen gehalten hätte, könnte sie heute auch Rentnerin spielen. Darüber lachte sie sich schief.

Fannys Geständnisse kamen ohne die geringste Verzierung daher. Offenbar zahlten ihr auch die Toulоner Seeleute Renumerationen. Die unverhüllte Verbindung der Erotik mit dem Erwerbssinn legte auch Rückschlüsse auf ihr Verhalten im Haus nahe, aber hier ließ sich Fanny nicht den geringsten Fehlgriff zu Schulden kommen und ging aus allen Proben auf ihre Ehrlichkeit makellos hervor. Fanny mochte alles Mögliche sein, aber nicht falsch, auf keinen Hinterhalt bedacht.

Leider beschränkte sich ihre Offenheit nicht auf uns. Madame Petitot erkundigte sich bei Bab, ob wir mit der neuen Bonne zufrieden seien. Bab hatte gleich den Eindruck, die Alte sei geschwollen, und hob die Vorzüge Fannys, der Putzerin, gebührend hervor.

Jawohl, eine Putzerin, sagte die Petitot, eine ausnehmend putzige Putzerin. In Vadoule sei so eine noch nicht gewesen, das verstand sich. Gelegentlich sollte diese Demoiselle sich auch selbst mal in die Putze nehmen, könne nicht schaden, denn sie sei ungeschickt.

Ungeschickt sagt man hier von erwischten Gaunern. Natürlich wünschte Bab, Näheres zu erfahren, aber die Alte sträubte sich zuerst. Wenn wir nur mit der Putzerin zufrieden seien, Hauptsache, pardi! Schon glaubte Bab, billig davon zu kommen, als Folgendes zu Tage trat. Gleich nach den ersten Wochen hatte sich Fanny bei Madame Petitot nach Männern erkundigt. Ganz einfach, wie nach Tomaten oder Kartoffeln; Männer zum Putzen, versteht sich. Madame Petitot ließ sie reden. Fanny erklärte, sie ziehe Ältere vor. So einer konnte ruhig über fünfzig sein, aber PingPing musste er haben, und sie ging so weit, ihre Taxe zu nennen, fünfzig Francs pro Putz, nicht die Welt.

Bab war sprachlos.

»Mir sagt sie das, mir!«, zeterte die Petitot, »Wo ich einen Mann im richtigen Alter habe, der ohnehin Neigungen hat wie alle Männer. Louis wäre auch imstande, wie!«

Ob seitdem etwas erfolgt sei, fragte Bab.

Die Petitot wedelte verneinend mit dem Zeigefinger. »Mademoiselle hat ihre Antwort weg, in Öl gebacken, dass ich mein Kabaus allein zu putzen gewohnt bin, und wenn sie sich's mit meinen Männern einfallen lassen sollte, könne sie was Hübsches erleben. Eine Schande für eine Französin, habe ich ihr gesagt, und dass sie sich vor Ida schämen solle, die ja nur eine Deutsche war. Und wissen Sie, Madame, was sie darauf gesagt hat? Gelacht hat sie, so gelacht, dass ich glaubte, sie krepiert, das Unmensch!«

Bab legte ihr nahe, es sei nur ein Spaß gewesen.

Die Alte nickte ironisch. Für uns sei es ein Spaß, versteht sich, vielleicht besonders für mich, womit sie weiter nichts gesagt haben wolle, aber der Spaß für den einen konnte für den anderen, sage das Sprichwort, eine Stinke sein. Jedenfalls wisse Mademoiselle Fanny nun Bescheid und werde sich hüten. Sie passte auf.

Bab fand, es gehe doch ein bisschen weit, wenn sich unser Mädchen in Vadoule als Freudenmädchen gerierte. Reagierten wir nicht, so drohte eine Trübung der Beziehung zu Petitots, und stellten wir Fanny zur Rede, konnte es uns die Perle kosten. Ein Blick in den Abgrund!

Ich aber begriff es nicht. Fanny war naiv, ein Triebmensch, und legte es mit Worten, die ihren Handlungen widersprachen, darauf an, sich herabzusetzen, aber Dummheit konnte man ihr am wenigsten nachsagen. Wenn sie wirklich mit solchen Absichten spielte, wie konnte sie ausgerechnet die gute Petitot konsultieren, als sei die fähig und gewillt, ihr Rat zu erteilen. Danach das Lachen, das der Alten den Rest gegeben hatte, ich hörte es. Die Alte mit ihren Kuhaugen und das Lachen Fannys. Das Lachen, ich wehrte mich vergebens, steckte mich an.

»Du tust dir leicht!«, zürnte Bab.

»Ach was, Bab, stell dir's doch nur vor!« Das Komische war nämlich, dass die gute Petitot mit den lüsternen Kuhaugen der Idee Fannys vollendet entsprach. Eine Kuppelmutter, wie sie im Buche stand. Die Szene gewann eine an Satiren Pietro Aretinos gemahnende Würze.

Bab überließ sich zögernd. »Gäbe eine ulkige Zeichnung!«

»Na ob! Die Alte, wie sie immer sitzt, die Hände auf den Schenkeln, bemüht, der tatenlustigen Jungen den Ernst des Berufs beizubringen. Natürlich hat sich Fanny nur über die Alte lustig gemacht.«

Die Hypothese gewann an Wahrscheinlichkeit, weil Fanny gleich am ersten Tag Krach mit Madame Petitot gehabt hatte. Außerdem log die Alte mindestens die Hälfte dazu. Trotzdem war es sehr unangenehm. Ich fragte mich, ob ich mit Fanny reden müsste. Unnötig, große Register zu ziehen, vielmehr ein leichter humoristischer Ton, lediglich im Interesse des Burgfriedens? Eine Andeutung sollte genügen.

Davon wollte Bab nichts wissen. Wenn überhaupt, käme dafür natürlich nur sie in Frage. Sie werde sich's überlegen. Dabei blieb es. Ihre Zeichnungen, namentlich das Gesicht der Alten, wurden nach und nach immer drolliger und die Kuhaugen schwammen.

Nach ein paar Wochen wurde die Angelegenheit von anderen Problemen verdrängt. Fanny tat weiter exemplarisch ihren Dienst, mästete Mieke, die ein Monstrum wurde, und tauschte den wilden Matrosen gegen einen Beamten in gehobener Stellung, Bureauchef in der Marineverwaltung mit dem Rang eines Obermaats und offenbar ein Mensch mit Bildungsanspruch, denn er verwendete in seinen täglichen Liebesbriefen Ausdrücke, die sich Fanny von Bab erklären ließ.

Der Bureauchef beklagte sich über Fannys nicht kavaliermäßiges Verhalten und bemühte sich um Hebung ihrer Moral und Säuberung ihres im Kern liebevollen Wesens. Um sie heimzuführen, sei er bereit, Frau und Kind zu verlassen. Dieses Projekt wurde von Fanny nicht ohne weiteres abgelehnt, denn es handele sich um eine soziale Stellung. Bab vermutete aber, es werde nichts daraus werden, denn auch dieser Mann erfuhr die wildmachende Behandlung Miekens. Aber wenn Bab von einer möglichen Trennung von Fanny sprach, was zuweilen in trüben Stunden geschah, trieben sie wirtschaftliche, von den Eigenschaften der Perle ganz unabhängige Erwägungen, deren Schatten den Horizont bewölkten.

Auf Wiedersehen, Dresden: Die Deutschen kommen

Mit dem Frühling 1933 begann sich das Leben die Provence zu verändern. Mein alter gebrechlicher Freund Kasimir Klein war nicht mehr der einzige Deutsche in Madou. Auch die Schuchs sind nun hier. Sie haben das kleine Parterre des rosa Häuschens an der Westseite des Hafens vor der Bergwand. In dem hübschen Vorgarten stehen mehrere Eukalypten, die für die geschützte Lage sprechen, denn sie blieben als einzige der Gegend von dem barbarischen achttägigen Frost vor drei Jahren verschont. Es wimmelt geradezu von Deutschen. Die einen ziehen die anderen nach. Nicht zu verstehen, was sie gerade nach Madou lockt. Die Bucht ist hübsch, aber kein Sandstrand, lauter Steine. Erst nach Überwindung beträchtlicher Höhen erlebt man ähnlich weite Blicke wie bei uns. Madou ist viel größer als unser Nest, fast eine richtige Stadt, mit der Breitseite der Bucht als Zentrum. An dem weitläufigen Kai, der die Fahrstraße und die mit Palmen besetzte Strandpromenade trägt, steht ein Café neben dem anderen, dazu eine Tanzdiele mit einem wüsten Lautsprecher, jeden Abend voll. Ungefähr jedes Mal ärgere ich mich über Madou und dränge nach Hause.

Frank Schuch hat etwas von einem eleganten Cocktailmischer, der aus Versehen in eine Matrosenschenke gelangt ist und sich zu behaupten sucht. Jedenfalls, meinte er zu mir in seinem üblichen sarkastischen Ton, eine interessante Abwechslung. Hauptsache, wie schon der Dichter sagt, kaltes Blut und warme Füße. Die Gegend, hmm, sehr nett, nur ein bisschen süß, finden Sie nicht? Cremeschnitten mit Schlagsahne. Da ihn Bab groß ansah, beeilte er sich, die Subjektivität jeglichen Verhaltens zur Natur festzustellen. Seine Frau Lugi erkannte hier einen ganz eigenartigen Zauber. Gewiss doch, nickte er und zitierte einen Witz von Max Liebermann.

Ich kenne Schuch aus Dresden, wo ich das letzte Kriegsjahr verbracht habe und er seine ersten großen Erfolge als Architekt davontrug. Wir trafen uns hier und da, meist mehr aus Versehen, in einem Winkel der Stadt, kamen mühelos ins Gespräch, nahmen uns vor, wieder zusammen zu kommen, und dabei blieb es. Seine Frau von damals, kugelrund und töricht, badischer Akzent, geblümte Kleidchen, steckengebliebene Genossin einer Zeit, als er noch nicht modern war, sehr eifersüchtig und mit Grund, erschwerte den Umgang. Sie muss bald nach dem Krieg gestorben oder abhanden gekommen sein. Dresden in der Ferne, die schwarze Straße vom Bahnhof zur Brücke über die Elbe, wo es heller war; ein langer, grämlicher Fleck, verworrenes Halbdunkel. Von der großen Steinbrücke aus entrollte sich das verzauberte Panorama der Stadt, die breite stufenreiche Treppe zu der Terrasse, für Tausende bestimmt und immer leer, schlummernde Paläste mit grünen Kupferkugeln, sittsam lächelnde Fronten der Vergangenheit. Wenn der Zug über die Eisenbahnbrücke fuhr, bewegte sich die Dekoration, tauchte auf, verschwand und der Weisende glaubte, zu träumen. Meist fuhr man weg oder kam an. Die ganze Zeit ist eine traumhafte Wandeldekoration aufgetaucht und verschwunden..

Für Schuch war Dresden ein Vorort Berlins. Er hat noch den Ton eines an Verhandlung gewöhnten, viel beschäftigten Baumeisters, dieselben fertigen Redensarten, die so einer braucht. In seinen Ateliers saß ein Heer von Zeichnern und konstruierte Siedlungen, Krankenhäuser, Fabriken. Wenn Schuch lachte, zog er die Stirn nach einer Seite hoch und verengte das Auge, als trage er ein Monokel. Er träumte nicht, er verurteilte den Unfug der Kunst in der Architektur, gab sich als Ingenieur, tat, als habe er nur Eisen, Beton und Zahlen im Kopf, und hoffte, Dresden in ein modernes Stadtgebilde zu verwandeln. Sein Haus in Loschwitz hatte gerundete Wände aus Glas. In den Zimmern überwogen verchromtes Weißmetall und Kristall, ohne eine Spur von Holz. Reihen flacher Glaskästen mit brasilianischen Schmetterlingen zierten die blanken Wände. Die Deckenornamente rafften sich zelthaft nach oben in eine Spitze oder tropften nach unten und liefen in gläserne, kugelartige Leuchtkörper aus, die langsam rotierten. Komisch, wie das Gesicht Schuchs das Haus ins Gedächtnis zurückbringt.

Die neue Frau Schuch, schlank, still, sympathisch, trieb ebenfalls Architektur, Hornbrille mit fast schwarzen Gläsern. Die Brille verhüllt sie. Auch ihr Bruder war mitgekommen, Doktor Jonas Löwenfeld, ein früherer Kassenarzt, schweigsamer blanker Schädel wie der vierte Amenophis, Brille mit dicken Gläsern. Er sprach sehr langsam. Mit ihnen kam ein junger Mensch mit wulstigen Lippen, von dem zweifelhaft blieb, ob er dazu gehörte, da er nicht vorgestellt wurde, anscheinend ein Student. Die Gesellschaft wurde von einem reizvollen Mädchen ergänzt, das ich bisher noch nicht in Madou bemerkt hatte; runde Brust, nur von einem gekreuzten Tüchlein bedeckt und offenkundig berufen, Vergnügen zu bereiten, strahlende Augen, hochblondes Haar. Sie trug sehr kurze Hosen. Das war Fräulein Mimi Löftz aus München, eine angehende Bildhauerin.

Eigentlich wollten wir nur einen Augenblick bleiben, da ich noch nach meinem kranken Freund Klein sehen musste, aber der Besuch gestaltete sich länger als geplant. Schuchs offener Mercedes, acht Zylinder mit Kompressor, der gebietend vor dem Garten stand, passte besser zu dem Loschwitzer Haus. Die Wohnung hier hatte nur zwei Zimmer und ein Kabinett, dazu Bad und Küche. In Schuchs Zimmer stand ein langer Zeichentisch auf Böcken. Zwischen den Böcken ein langes Polster zu ebener Erde. Hier schlief er. Eine elektrische Birne an der Unterseite der Tischplatte erlaubte die Lektüre im Bett. Abends wurde auf den Tisch eine Matratze gelegt, das Nachtlager der Gattin, die nicht viel Raum verdrängte. »Nein, ich schlafe hier ausgezeichnet, viel besser als in Loschwitz, habe nie so gut, wirklich.«

Über dem Tisch an der Wand hing ein Glaskasten mit vier Riesenschmetterlingen, tiefblau mit orangenen Kreisen, mitgebracht aus Dresden. Der Kassenarzt hatte das Kabinett bezogen, und das verbliebene Zimmer diente für Mahlzeiten und Empfänge, Plauderstündchen, und Theater. »Namentlich Theater!«, sagte Schuch mit einem Blick auf den düsteren Studenten. A Tempo hob Mimi Löftz das Köpfchen und strahlte. Lugi Schuch pries die Aussicht. Offenbar hatte es etwas mit dem Studenten gegeben.

Schuch rügte nun die Minderwertigkeit der Handwerker. Die Einrichtung des neuen Zimmers, das er »Schlafwagen« nannte, habe volle fünf Wochen gekostet. In dieser Zeit baute man in Deutschland ein Haus. Dafür koste die Wohnung noch einmal so viel als ein ähnliches Loch bei uns auf dem Land. In der Tat zahlten die Schuchs, aufs Jahr gerechnet, so viel wie wir für unser Chateau, aber so darf man nicht rechnen. Die Vermieter nehmen für die paar Monate der Saison fast das Gleiche wie für das ganze Jahr. Gegenwärtig ist in Madou jeder Fleck besetzt.

Außerdem dürfe man die Zentralheizung nicht vergessen, wende ich ein. Schuch meinte, er würde einen Eisschrank vorziehen. Längerer Aufenthalt in diesem Loch liege nicht in seiner Absicht. Sollte er sich entschließen, sich hier niederzulassen, werde er bauen, aber eher in der Nähe von Marseille. Nun kam die Dienstbotenfrage auf. Sie haben eine sogenannte Femme de Ménage, für alles brauchbar, nur nicht für die Ménage. Einmal sei sie weggeblieben, weil eine Bekannte heiratete oder begraben wurde. Heute fehle sie wegen der Konfirmation einer Nichte.

»Ein katholisches Land!«, sagte Doktor Löwenfeld. Es war seit der Begrüßung sein erstes Wort. Als wir kamen, stand »Klöppel« — so nannten ihn die anderen — in seinem weißen Arztkittel in der offenen Küche und trocknete mit Sorgfalt Teller. Wenn wir, meinte Schuch, etwas am Auge hätten, etwa Panoptolmie, könnten wir uns vertrauensvoll an ihn wenden.

»Panophthalmie«, korrigierte der Doktor, aber er sei als Ausländer zur Ausübung der Praxis leider nicht befugt.

Nun gab der Student ein Lebenszeichen von sich, indem er einen Schritt vortrat und verächtlich lächelte. Zu diesem Zweck bewegte er die schweren Lippen. Schuch merkte, dass mich das verblüffte, und lächelte mit dem unsichtbaren Monokel, als wolle er sagen: hübsch nicht wahr, was es so alles gibt! Warten Sie nur, kommt noch schöner. Ich sah an ihm vorbei. Lugi Schuch aber sah, was ihr Mann sah und sagen wollte, und was ich zu übersehen versuchte. Auch Bab sah es und womöglich auch der Student. Einen Augenblick, der sich ausdehnte, standen alle wie fotografiert. Da schnellte plötzlich Mimi Löftz hoch, als ob sie tanzen wollte, behauptete, etwas entsetzlich Wichtiges vergessen zu haben, nickte, knickste, warf Hände und Blicke und verschwand.

»Hoppla!«, machte Schuch. Bab lachte. Lugi Schuch bat in den Garten zum Tee. Ich ärgerte mich über die Löftz, weil wir nun nicht auch sofort aufbrechen konnten, doch war es im Garten erträglicher. Nur der Student blieb im Zimmer.

Zwischen flausigen Tamarinden und den Eukalypten glänzte das Meer. Da das große Auto den Blick nach links verstellte, sahen wir nicht die Breitseite des Ufers, sondern den langen, weit hinausreichenden Damm, der wie pures Gold funkelte, bedeckt mit einer Schicht von Opal. In der Ferne wölbte sich der östliche Bogen der Bucht, überraschend groß. Wo das Gestade aus dem Meer stieg, lief ein gradliniges, geripptes Band aus weiß gewaschenem Stein, der Sockel für das dunkelbewachsene Gelände, das sich zu schimmernden Hügeln erhob. Am Himmel ein paar vom Wind verdünnte Wolkenfetzen, zart wie der Flaum der Tamarinden, und da, wo sie sich in die Bläue lösten, unmerklich gekräuselt. Zwei kleine schildkrötenhafte Inseln lagen vor der Bucht, die eine mit altem Turm. Wir hatten nie darauf geachtet. Mir fiel die Insel mit dem dicken Turm vor Nauplia ein.

»Die dicke Burzi!«, sagte Bab.

Richtig, die dicke Burzi! Die Gleichzeitigkeit unserer Erinnerung! Schuch kannte Nauplia nicht. Mit Griechenland könne er leider nicht dienen. Und offen gestanden, missfiel ihm hier der Mangel an Wald. Er erinnerte an den Loschwitzer Forst, und daran schlossen sich weitere Wälder in verschiedenen Teilen Deutschlands an, in Mecklenburg und Holstein, in Westfalen, der Teutoburger Wald. Nicht zu vergessen den Wildpark bei Potsdam. Auch in Süddeutschland. Dagegen sei die Küste hier kahl wie die Glatze des Klöppels. Nichts zu machen!

Bab nannte Wälder »Vollbärte« und versuchte, die Speisereste, die sich zuweilen in dem Gekräusel festsetzen, mit den Butterbrotpapieren im Grunewald zu vergleichen. Offenbar lockten den Herrn Baumeister die Märchen im Walde, Hänsel und Gretel, das Haus aus Pfefferkuchen, das Schweigen im Walde und so fort. Sie sprach wie gewöhnlich zu schnell.

Schuch verwahrte sich gegen jede Romantik und vermochte mit dem besten Willen, in Palmen, Eukalypten und ähnlichen Gewächsen keine unserer Eiche, Buche, Linde gleichwertigen Lebewesen zu erkennen, und nannte die Oliven verkrüppelte Zwerge, die wollten und nicht konnten, die Zypressen Trauerkandelaber, und er wünschte, den eigentlichen Begriff des Baums den nordischen Hölzern vorzubehalten.

Das ging, fand Bab, doch ein bisschen weit. Palmen, das wusste jede Katze, waren Import und zählten nicht. Auch die Eukalypten gab sie billig ab. Aber eine Allee oder ein Platz mit Platanen? Sie sah sich suchend um, aber in der Nähe gab es keine. Und Oliven! Meinte er das mit den Oliven wirklich im Ernst? Verkrüppelte Zwerge? Weil sie kleiner waren, als Eiche, Buche und Linde? Bab lachte, sie war selbst klein. Na, hören Sie mal! Sie saß gerade, den kleinen Kopf mit den blanken Augen erhoben, ließ sich ansehen, als stehe ihre Figur, nicht die Olive in Frage, und sah ihn von oben und ein bisschen von der Seite an. Ihre schräge, weiße Mütze kam zur Geltung. Schuch blickte verdutzt.

Und das Silber der Oliven, fragte sie. Wenn er das noch nicht gesehen habe, müsse er etwas am Auge haben und tue gut, sich von dem Herrn Klöppel betuen zu lassen, aber schleunigst.

Schuch machte das Monokel-Auge und suchte, ihr ein Kompliment zu drehen, aber sie war noch nicht fertig, nahm sich die Pinie vor, ihren gerundeten Bau, die geschwungenen Äste, saß selbst auf so einem Ast und wippte vor seiner Nase herum, dass ihn die Nadeln kitzelten und er niesen musste. Sie ging auf die Zypresse über, reinigte sie von dem Vorurteil kirchhöfischen Prunks, für das sie nichts konnte. Hatte der Herr Baumeister nicht soeben von Struktur gesprochen? Es war ihr so. So eine Pinie, zum Beispiel, die an der großen Kurve von Vadoule oder die auf dem Berge bei der Farm Vincents, oberhalb von La Madrague, eine einzige Pinie, hach! Bab glühte, es stand ihr gut.

Lugi behauptete, sie entdecke zum ersten Mal Franks Neigung zum deutschen Wald. Zuhause sei er für keinen Spaziergang zu haben. Er umgebe sich mit exotischen Dingen und ginge am liebsten nach Bali.

Zuhause, sagte er unwirsch, habe er anderes zu tun.

»Da hat man anderes zu tun!« wiederholte der Amenophis mit Grabesstimme. Zum zweiten Mal öffnete er die Lippen. Lugi Schuch bot wiederholt die Plätzchen an.

Eine weitere Kontroverse kam auf, als die provenzalische Küche aufs Tablett kam. Von der Zubereitung der Kartoffel, behauptete Schuch, hätten die Franzosen keine Ahnung. Für die Bouillabaisse, ein Gegenstück zu dem ebenso furchtbaren polnischen Karpfen der Sachsen, müsse man geboren sein, und der Knoblauch setze abgestumpfte Geruchsorgane voraus, nicht zu machen mit ihm. Bab, sichtlich abgekämpft, gab den Knoblauch preis, ließ aber nichts auf die sonstige eingeborene Küche kommen, die auf Rebenholz gerösteten Hammelrippchen, eine bei uns unbekannte Delice, und verteidigte noch mit letzter Energie die von Schuch beanstandete Verwendung des Olivenöls. Unser Schweinefett eignete sich besser für Wagenschmiere. Auch Lugi schätzte das Öl und fand schwarze Oliven für Saucen sehr geeignet. An das Öl werde sich Frank noch gewöhnen.

»Aber gewiss doch!«, sagte Frank Schuch, bereit, sich noch an ganz was anderes zu gewöhnen.

Sie gehörten nicht hierher, weder die Schuchs noch der Kassenarzt, noch der dunkle Student, der zuweilen am Fenster erschien, um zu sehen, ob wir noch da waren. Sie passten nicht. Damit hätte der Fall erledigt sein können, denn sie wollten nichts von uns, wir nichts von ihnen, und sie wohnten zum Glück nicht in Vadoule. Wir tauschten Belanglosigkeiten aus wie bei einem Tee bei Monsieur Grosjean, und der eine machte sich im Stillen über den anderen lustig. Doch bald gewann das nicht-richtig-hergehören der Schuchs eine ärgerliche Wichtigkeit. Versteckte Empfindungen schwangen mit, die sich nicht ganz mit der üblichen Unverbindlichkeit von Teebesuchen begnügten, sondern aus dem Umstand ergaben, dass wir Deutsch mit den Leuten sprachen, woraus automatisch eine ungewohnte Beteiligung, womöglich eine Verantwortung folgte, Regungen einer besonderen Neugier, eines Misstrauens, als seien wir, Gott weiß wie und von wem, zu Aufpassern jener Leute bestimmt; unbehagliche Regungen.

Mit dem Beitrag über die Provençaler Küche war Babs Beteiligung an der Unterhaltung erschöpft. Sie saß auf dem Sessel, wie gewöhnlich auf einem hochgezogenen und quer gelegten Bein und signalisierte mir, dass sie genug habe. Wir hätten gehen sollen, aber ich fand den Moment noch nicht passend. Das ist wie mit dünnen Frühkirschen, die eigentlich nur aus Kernen bestehen. Trotzdem sie nicht munden, isst man weiter, als könne die Menge den Geschmack verbessern.

Ich fragte Schuch nach seinen Plänen.

In Marseille, meinte er, gebe es massenhaft zu tun, um das verlauste Hafenviertel zu lüften. Die Siedlungen stellte er sich so vor wie L'Estaque, ein verträumtes Dorf bei Marseille. Eine reiche Dame in Marseille, die zufällig seine Arbeit kannte, wollte ihn demnächst dem Bürgermeister vorstellen. Es schien beinahe, als sei er bereits berufen.

Die kommenden Schwierigkeiten, auf die ich ihn hinweisen zu müssen glaubte, sein Deutschtum und die mangelhafte Beherrschung der Sprache, die üblichen Schikanen der Stadtverwaltung und so weiter, nannte er Klunkerchen. Es gab in seinem schönen Beruf immer viele Klunkerchen, namentlich mit Behörden, heute dicht und klotzig, unüberwindlich, morgen plötzlich wie weggeblasen. Er brauchte ein wetterfestes Plänchen, gut geschnitten, mit vielen großen und kleinen Taschen. Das hoffe er in einigen Wochen präsentieren zu können.

»Marsiglia!«, sagte der Klöppel. Zum. dritten Mal öffnete er die Lippen.

Im Grunde, meinte Schuch, sei es hier leichter als bei uns. In Dresden musste er die Bedürfnisse erst den Leuten einreden. In Marseille schrien sie von selbst laut genug.

Bab erhob plötzlich doch noch das Wort; sie begeisterte sich für das alte Marseille. Es gebe in der ganzen Welt keinen malerischeren Hafen, sagte sie

Schuch lächelte. »Jawohl, Marsiglia, und du riechst so prächtig!«

»Man braucht ja nicht die Nasen hinein zu stecken!« gab Bab zurück.

Wieso Nasen in Plural?

»Mein Geschäft, gnädige Frau!«, lächelte Schuch mit Monokel, ohne ihre Wut zu bemerken.

Lugi Schuch bot noch einmal Plätzchen an, aber jetzt war es höchste Zeit zu gehen. Nun allerdings verlängerte Babs zweiter Handschuh den Abgang, dessen Fehlen zur Durchsuchung des Schlafwagens zwang. Ich bat die Herrschaften, uns bald in Vadoule zu besuchen.

Draußen entlud sich Bab. Es handele sich natürlich nicht darum, ob der Mann Oliven schätze oder nicht, seine Sache, sondern um das, was dahinter stecke. Jeder Gedanke dieses Menschen, jedes Wort, jeder Blick, wie das alles passte! Sie hatte es schon vorher gewusst. Diese Leute gehörten eben nicht hierher!

Ich fand es merkwürdig, dass ihr Ärger so weit gehen und solche Bestimmtheit annehmen konnte. Persönliche Dinge mochten mitspielen, dieser Student mit dem bananenhaften Gesicht, der womöglich auch noch dazu gehörte. Und mit dem vertrottelten Amenophis war es auch kein Vergnügen. Alles das verschärfte die Reibung mit dem fremden Lande.

Aber Bab empfand kein Bedürfnis nach psychologischer Deutung. Warum kamen die Schuchs hierher? Gab es nicht genug Länder mit dicken Wäldern? »Das kann ich dir sagen, vor solchen muss man sich in Acht nehmen!«

»Na, sie beißen doch nicht!«

»Wenn sie könnten, würden sie auch beißen. Du natürlich musstest sie gleich einladen.«

Wir befanden uns nicht weit von der Pension Pronvencale. In einem Parterrezimmer las einer etwas vor, anscheinend auf deutsch. Wir konnten es nur schlecht verstehen, weil der Lautsprecher des Cafe de la Marine dazwischenknallte.

Ich zeigte auf das Meer. Dem Hafen näherte sich ein großes Segelschiff mit allen Segeln. Sie blähten sich wie auf alten Bildern. In der Ferne am Horizont manövrierten Toulouner Unterseeboote, von denen nur das nadeldünne Gestänge zu sehen war; eins nach dem andern tauchten sie, verscheucht von einem Luftzeuggeschwader. Es ratterte und blitzte. Bald waren alle Stangen verschwunden, und die Flieger zogen in geordnetem Schwarm nach Norden davon. Wir warteten auf das Wiederauftauchen der Boote, aber die waren unter dem Wasser längst irgendwohin entkommen.

Inzwischen hatte das Segelschiff die beiden Inseln passiert und fuhr gemächlich hinein, ein Dreimaster von geschwungener Form, vorn am Bug ein geschnitzter Frauenkopf mit Krone. *L'Imperatrice* stand in goldenen Lettern darunter. Jetzt kletterten kleine Matrosen in der Takelage herum, um die Segel zu raffen, denn das Anlegen am Quai stand bevor. Und Bab, begeistert, wollte es malen.

Ein verlorener Maler und die Reise in ein Mauseloch

Ich wäre am liebsten gleich nach Hause gefahren, musste aber noch zu meinem armen Freund Kasimir Klein. An der Apotheke begegnete mir seine Frau. Er habe heute Mittag nach mir gefragt, ja, gerade heute Mittag. Von Besserung merkte sie leider noch nicht viel. Schon nach ein paar Schritten müsse er sich wieder hinlegen, und der rechte Arm sei immer noch wie eingeschlafen, schon seit sechs Wochen!

Ihr hübsches Gesicht war noch nicht auf die ernste Lage eingerichtet; verschleierte Augen, die lieber lachen wollten, gehärmte, in der Eile geschminkte Wangen. Ich sah ihr den Kopfschmerz an. Der Lautsprecher vom Café de la Marine drang bis hierher.

»Und der Arzt?«, fragte ich.

»Ja, der Arzt.« Sie zog die Stirn zusammen und hatte Mühe, sich zu konzentrieren. Ja, der Arzt, die Blutuntersuchung, die drei Besuche, über siebenhundert Francs. Sie habe ihm bisher hundert angezahlt.

»Ich meine, was er sagt, seine Meinung.«

Sie machte mit den Schultern eine Bewegung, wie um sich zu befreien. Der Doktor habe so viele Fachausdrücke und spreche sehr schnell. Kein Schlaganfall, sondern eine Art eine Nervenzerrüttung, nicht gefährlich, aber langwierig. Der Arzt hoffe ganz bestimmt, ihn mit der Zeit wiederherzustellen. Ein guter Arzt, immer sehr freundlich. Die Wirtin wollte mit der Miete warten, auch der Arzt dränge nicht, wie gesagt, sehr nett. Nur, nur — sie nahm einen Anlauf —, wie sollte es weitergehen, wenn Klein so lange nicht werde malen können?

In ihrer Angst stellte sie die materielle Sorge voran, um der schwereren zu entgehen. Wir standen am Gartentor. Sie hatte die Hand auf der Klinke, zögerte aber und wartete auf meinen Zuspruch. Wie sollte es weitergehen, fragte auch ich mich, selbst wenn die Hoffnung des Arztes sich schneller erfüllte und Klein bald wieder malen konnte?

In Deutschland kaufte niemand mehr, und in Frankreich war er unbekannt geblieben. Monsieur Grosjean hatte vor einigen Monaten versprochen, zwei Landschaftsbilder von ihm zu erwerben, aber die standen noch bei uns im Schloss. Ich musste an mich halten, dass dies nicht von meinen Augen zu den ihren, die sich auf mich hefteten, hinüberlief. Sie gab sich mit meinem Nicken zufrieden und ging voran.

Klein saß in seiner weißen Jacke auf der berankten Terrasse des Häuschens. Er schien weniger zerfallen als das letzte Mal, aber das konnte auch am Licht liegen, das Reflexe des Laubes auf das Pergament des vom grauen Bart gerahmten Gesichts malte. Ich kannte Klein schon aus Berlin, seit vierzig Jahren; er musste rund zehn Jahre jünger sein als ich. Eigentlich wollte oder sollte er Philologie studieren, interessierte sich aber nur für Malerei. Nie hatte er eine Kunstschule besucht, oder einen Lehrer. Die Familie war polnischer Herkunft; sein Großvater, ein Offizier, hatte sich an dem gescheiterten Aufstand von 1831 beteiligt, musste danach fliehen und ging nach Schlesien. Auf diesen Großvater, einen Verwandten Chopins, war Kleinchen stolz.

Er empfing mich wie üblich; erfreut, mich zu sehen! Mit seiner sorgfältigen Verbindlichkeit im Ton. Er tat es nicht billiger. Ebenfalls wie üblich bedeckte ein Berg von Zeitungen den Tisch. Auf meine Frage nach Neuigkeiten meinte er, es gehe alles hübsch weiter, und wenn sein Zustand anhalte, hoffe er, den neuen Krieg noch zu erleben.

»Ach, Kleinchen!«, sagte Liese mit sanftem Vorwurf, als sei Krieg nicht gut für seinen kranken Arm.

»Ach, Lisette!«, lächelte er. Ob sie nicht meine gütige Anwesenheit nutzen und einen Spaziergang unternehmen wolle, aber Vorsicht vor den Autos! Vielleicht könne sie bei den Schuchs vorbeischauen und sie bitten, heute Abend nicht zu kommen, lieber morgen oder übermorgen?

Sie stand gleich auf, wollte mir eigentlich noch etwas sagen, ohne dass er es hörte, aber es bot sich nicht an, und sie sparte sich's auf Nachher. Bitte darauf achten, dass er nicht rauchte.

Au revoir! Und sie möge bitte das Abendblatt mitbringen.

Die Schuchs waren bereits mehrmals bei ihm gewesen, alle beide. Frank Schuch habe anscheinend Appetit auf ein Bild, den Strand mit drei Frauen, und wolle ihm dreihundert Mark dafür geben, sagte er.

Das rückte Schuch in ein vollkommen neues Licht, dreihundert Mark, achtzehnhundert Francs, immerhin! Ich fand das sympathisch. Aber Klein winkte ab. Lugi Schuch habe zu dem Bild ein Gesicht gemacht wie Lisette, wenn er eine Zigarette wollte, übrigens könnte ich ihm wohl eine geben. Ich bat, ein bisschen zu warten, und versuchte, ihm das Gesicht auszureden. Offenbar habe Schuch außer brasilianischen Schmetterlingen noch einige Banknoten mitgebracht. Und in Marseille schwärmte eine reiche Dame für seine Architektur. Klein brauche sich also nicht zu genieren, das Angebot anzunehmen.

Klein antwortete nicht.

»Übrigens, nette Leute!«, fügte ich hinzu.

»Findest du?« Wahrscheinlich waren die achtzehnhundert Francs das, worüber Liese mit mir reden wollte. Sie bewogen auch mich dazu, ihm mehr von Schuch zu erzählen. Der Schlafwagen sei sehenswert, eine Mordsenergie strahle der aus, sagte ich. Den Schwager, den komischen Kassenarzt, den könne er sich nicht vorstellen, Amenophis IV.

Freundlich lächelnd meinte Klein, er sehe auch keinen zwingenden Grund, sich dergleichen vorzustellen. Er bockte. Wenn Schuch mit ihm ebenso gesprochen hatte wie zu uns, dann war es kein Wunder. Aber ich gab nicht auf. Einer wie Schuch sehe zuerst nur die Schattenseiten einer neuen Umgebung. Aber er werde schon noch dahinterkommen.

»Ach wo!« Solche Leute kämen außerhalb ihres engen Interessenkreises nie hinter irgendetwas, sie wechselten die Umgebung, aber nur mit den Gliedmaßen, und blieben im Übrigen auf der derselben Stelle, meinte Klein. Für das Strandbild mit den drei Frauen wäre ihm Monsieur Grosjean lieber.

Grosjean, du lieber Gott!

»Nachdem dieser Herr«, fuhr Klein fort, »schon einmal den freilich unverständlichen Einfall gehabt hat, zwei meiner Bilder zu kaufen, übrigens jedes für zweitausend Francs, müsste ihm eigentlich der um ein Geringes besser gelungene Strand mit den Frauen mehr zusagen. Außerdem soll er vielfacher Millionär sein.«

Meine Dummheit, ihm damals statt Grosjean nicht irgendeinen in die Gegend verschlagenen Ausländer empfohlen zu haben! Über

Monsieur Grosjean dürfe er sich keinen Illusionen hingeben, ein heilloser Skythe, ein Barbar, beeilte ich mich zu sagen.

»Du hast ihn mir seinerzeit nicht so geschildert«, meinte Kleinchen, »sonst hätte ich gezögert, ihm die Bilder zu geben.«

Sonst wäre er lieber verhungert. Ich gab zu, Grosjeans künstlerische Gesinnung damals überschätzt zu haben. Übrigens sei der Mann keineswegs besserer Regungen bar, nur unberechenbaren Launen unterworfen, ein Maniak.

Klein nickte. Man sollte vielleicht gelegentlich die beiden Bilder zurückzukaufen suchen, falls er sie nicht etwa aus Laune in den Ofen gesteckt habe.

»Gelegentlich, gut. Jetzt aber solltest wegen des Strandbilds mit Schuch ins Reine zu kommen versuchen«, schlug ich vor.

»Er hat mir großmütig zu verstehen gegeben, dass er eigentlich nur Schmetterlinge an seinen Wänden duldet«, bemerkte Klein. »Du täuschst dich zuweilen über die Menschen deiner Kreise. Sollte es dir mit Herrn Schuch nicht ebenso gehen?«

Die Bemerkung über die »Menschen meiner Kreise« juckte mich. Und er sagte das auch noch mit der gelassenen Toleranz eines älteren, viel erfahrenen Herrn, freundlich lächelnd, obwohl er jünger war als ich. Und jetzt möge ich ihm endlich eine Zigarette erlauben.

Um ihn bei Laune zu halten, gab ich ihm eine meiner angeblich nikotinarmen grünen Gauloises. Darauf erkundigte er sich mit einem Blick auf die Zeitungen, ob ich die Rede von Eduard Herriot gelesen hätte, Frankreichs linken Premierminister.

»Nein«. Ich hatte keine Lust, mit ihm über Politik zu reden.

»Und die Rede von Marschall Pétain, der General?«

»Auch nicht.«

Er lehnte sich zurück. Wir rauchten schweigend. Mit dem fast weißen Bart um das Pergamentgesicht mochte Klein tatsächlich älter aussehen als ich. Als wir uns nach 1900 wieder in Paris trafen, war er gerade mündig geworden, und verheiratet. Er kam gewöhnlich abends spät bei mir vorbei. Er war ein Nachtmensch, der des Nachts auch malte. Tagsüber war er im Louvre oder im Café des Boulevard Raspail. Ein kleiner, gebrechlicher, zarter und zäher Mensch, machte er sich's mit seiner Planlosigkeit unnütz schwer, wusste es und machte so weiter. Das Kaffeepergamentgesicht hatte er schon damals. Sein Atelier lag in der Rue Danton, eine enge Bude voll von farbigen Legenden. Das Bad der Diana, Roger und Angelica, der Heilige Georg, Pan und die Nymphen. Das Nymphenbild entstand wohl erst in Neuilly. In dem Pariser Vorort stand auch eine Veranda mit Laub. Sogar dasselbe Häuschen wie hier, nur etwas größer.

Auf der Veranda in Neuilly sprachen wir oft über Eugène Delacroix, den monumentalen, romantischen französischen Maler. Nun verdrängte die Veranda von damals die Gegenwart, entfernte die verkrusteten Schichten der heutigen Belange, reinigte den Grund. Es gab keine Hintergedanken, keine Taktik, keinen Schuch und keinen Grosjean. Wir sprachen nur von Delacroix.

Natürlich haben wir uns auch über Alltägliches unterhalten. Wir sprachen auch keineswegs besonders klug über Delacroix; jeder von uns weiß heute besser um ihn Bescheid, hat mehr von ihm gesehen und über ihn gelesen, kennt seine Stufen, schätzt ihn mit eingeübten Organen. Damals aber entstand Delacroix in zwei verschiedenen Menschen und einte sie. Es war der Frühling einer Liebe, die das gemeinsame Objekt keiner problematischen Wirrung aussetzte, nicht hemmte, immer nur stärkte. Delacroix schwebte über uns, das Dritte. Wir redeten Nächte lang auf der Veranda von Neuilly und kam zu Augenblicken, wo das Aufgehen des einen in den anderen, die Gemeinsamkeit der Hingabe, so vollkommen gelang, dass wir, unfähig, etwas hinzuzufügen, schweigend der Fortsetzung in den Lüften folgten, überwältigt von Schwingung.

Auch der Garten in Neully war ähnlich verwildert wie hier; nur statt eines schmalen graden Wegs ein breites Gelände mit alten Akazien, und vorn an der Straße befand sich nicht wie hier ein Schuppen, sondern ein zerfallenes Gärtnerhaus, daneben eine dunkelbraune Hundehütte ohne Hund. Auf der saß rittlings Boguslav, der ältere Sohn; der kleinere, Wladimir, verkroch sich ins Innere der Hundehütte und bellte.

Kleinchen hatte schon damals eine Art Trockenheit, brauchte sie als Gegengewicht zur Romantik seiner Bilder. Er mimte Skepsis, klagte über seine angebliche Unfähigkeit, über seinen Mangel an ordentlicher, nie nachzuholender Schulung, wehrte sich wehleidig, wenn einer seine Legenden pries, er wisse nichts, könne nichts, alles nur Pfuscherei und Schwindel. Delacroix! Mensch, erzähle mir keine Geschichten!

Und ich mit meinem Kram, was konnte ich, was wusste ich, obwohl zehn Jahre älter? Schon gut, was weiß man heute? Natürlich blieb zwischen dem Gewollten und dem, was herauskam, immer die unendliche Spanne. Natürlich konnten wir alles. Kleinchen malte wie ein Wilder drauflos,antike Reiterschlachten. Natürlich schwindelten wir und pfuschten, immerzu, machten uns was vor, waghalsige Außenseiter, selig, wenn nur eine Ahnung Gestalt gewann. Nur so ungefähr schnell hinwerfen, ganz gleich wie, das Weitere fand sich später. Lass uns steil in die Höhe gehen, damit wir fliegen müssen! Nur fliegend kommen wir zusammen!

Denn wir waren allein, auf uns kam alles an, nur auf uns. Wir hatten die kümmerlichen Berliner Geschichten hinter uns, sahen Paris, das Paris von Delacroix, waren der Stadt seit der ersten Berührung verfallen, ich früher als Klein, er gründlicher als ich, da dem Maler der Kampf des Literaten mit der Sprache erspart blieb. Wir bildeten uns ein, Paris besser als jeder Eingesessene zu verstehen, und wir hatten recht, weil wir von draußen kamen, und weil wir, vom Alltag entbunden, nur mit dem Genius der Stadt lebten.

Paris! Von unserem fünften Stock blickten wir auf das Gewimmel und hörten aus den verworrenen Tönen die Harmonie. Nicht weil wir uns bemühten, das flog uns zu. Unversehens bildete sich eine früher nie geahnte geistige, politische, künstlerische Übereinkunft, ungreifbar wie Atmosphäre, zuverlässig wie die steinernen Quais der Seine. Das festigte unser Dasein.

Dabei war Kleins Existenz schon in Paris ungesichert, aber er lebte, wie er wollte, und man konnte, ohne sich für hirnverbrannt halten zu müssen, so leben. Die Helfer fanden sich von selbst. An jedem Finger hingen Mäzene. Er hatte sogar Frau und zwei Jungen, eigene Möbel und Dutzend Skizzen von Delacroix. Er führte ein achtbares Dasein, am Tag im Atelier, eine Treppe höher, wo er mehr sann als malte und sich gern unterbrechen ließ. Mein gutes Kleinchen! Mein guter Karl! Wie wär's mit einem Bummel durch den Jardin du Luxembourg?

Die Verbitterung kam nach dem Krieg, als er wegmusste und alles verlor, Frau, Kinder, Skizzen, Delacroix, die Gesundheit. Die schlimmste Einbuße war der Raum um die Dinge, unser Paris, die Veranda, wo wir über Delacroix sprachen. Mochten die Quais noch stehen, für ihn war Paris Ruine, der Unordnung preisgegeben, und nie, selbst wenn es ihm geschenkt würde, wäre er zurückgekehrt. Ich war wieder dort, sogar oft, aber nur als Fremder, von dem Gefühl bedrückt, mich einzuschleichen. Nie wäre mir in Sinn gekommen, dort wieder zu wohnen.

Nun hatte ich mich hier im Süden in einem Provisorium eingerichtet, das bisher gehalten hat. Bab weiß nichts von dem Früheren, und ich denke nicht an die Vergangenheit. Ein provinzlerhaftes Behagen, gemächlich, ein bisschen animalisch, ohne Erregung, nicht ohne stille Reize. Anstatt Delacroix eine friedliche Landschaft. Ich war genug durch die Welt gegondelt, um zu wissen, was wir hier hatten. Bab, deren Kindheit in den Krieg gefallen war, wusste es noch besser. Zu der Gemächlichkeit gehört eine gewisse mittlere Temperatur, Verzicht auf hitzige Kontroversen, an die ich früher geglaubt hatte und mit denen ich mich blamiert hatte, und auch Fatalismus. Warum soll es nicht so weiter gehen, fragte ich mich, ohne nachzudenken? Bab fragte nicht. Natürlich geht es so weiter, glaubte sie. Das südliche Klima hilft dem Fatalismus.

Für Klein war das Neue bei vielem weniger schön. Alles setzte aus, auch das Animalische. Die Sorge um den morgigen Tag, die ich auf Übermorgen verschieben konnte, isolierte ihn. Der Unterschied, ungeheuer und plump, trennte uns. Nie würde er, nie würde ich es zugeben, aber so war es. Die günstigeren Möglichkeiten des Literaten und meine bessere Gesundheit spielten, solange er das Minimum hatte, keine Rolle. Neid kannte er nicht. Alles Subalterne, selbst in geringsten Nuancen, lag ihm fern. Der Umstand, dass ich ihm nicht hätte helfen könnte, selbst wenn er sich von mir hätte helfen lassen, spielte keine Rolle. Das belastete höchstens mich, nicht ihn. Eine Mauer stand zwischen uns und wurde ständig größer. Eine dunkle Geschichte voller Anklage und Reue ohne jeden greifbaren Sinn.

Die Entfremdung hatte mit dem Krieg begonnen. Vielleicht der Entfernung wegen und weil er an meinem Leben nicht mehr teilnahm, vielleicht auch, weil ich mich so schnell wie möglich wieder an die Arbeit machte, während er sechs Jahre lang keinen Pinsel berührte. Drängte ich, lächelte er ironisch. Meine Erlebnisse fand er interessant, auch meine literarischen Pläne. Materiell ging es ihm zuerst erträglich. Ein Pariser Bekannter hatte seine sequestrierten Bilder und seine Delacroixs gerettet und gab sie ihm zurück. Die Skizzen waren inzwischen Handelsobjekte geworden und wurden verkauft.

Als er endlich wieder zu malen begann, waren Pan und die Nymphen verschwunden, schlichte Wiedergaben gesegneter Örtlichkeiten kamen auf die Leinwand. Einige Zeit lebte er in Saint-Tropez. Dort trafen wir ihn vor drei Jahren, gerade als ich Bab beim Vorbeifahren am Hafen von ihm erzählte. Er saß mit Liese vor einem Café. Liebes Kleinchen, lieber Karl! Wir stellten einander unsere Frauen vor. Er sagte Madame und Sie zu der seinen, worüber sich Bab amüsierte. Da ihm Saint-Tropez nicht mehr gefiel und er sich von Vadoule Anregungen versprach, kam das Paar zu uns. Aber die Hoffnung von Babs, er werde ihr mit seinen Erfahrungen hilfreich sein, blieb unerfüllt. Über ihr Talent erlaube er sich kein Urteil, sagte er. »Sie überschätzen mich, meine Liebe, einen Menschen von so geringer Kompetenz!«

Bab ärgerte sich und hielt ihn für eine kalte Hundeschnauze. Er zeichnete zuweilen von seinem Fenster aus die Natur, klagte über Rheuma und vergrub sich meist in der Bibliothek. Später ließ er sich mit Lisette in Madou nieder, angeblich weil ihn unsere Treppen überanstrengten, in Wirklichkeit der Mauer wegen, die zwischen uns war. Erst in Madou sind die Terrassenbilder von Vadoule entstanden, Hymnen auf die lächelnde Größe des Landes, mir fast lieber als seine alten Legenden.

Das Lächeln beschränkte sich nun auf die Leinwand. Damals halfen noch der Wein, und der Kaffee mit reichlichem Cognac. Wenn ich lange genug aushielt, taute er auf und produzierte gewagte Axiome, in einem tadellos gesetzten Französisch, mit unverkennbar deutschem Akzent.

An diesem Tag aber, als wir uns in Vadou wiedertrafen, hatte ihm der Doktor bereits jeden Tropfen Alkohol verboten und sogar den Kaffee, seine Hauptnahrung. Im allgemeinen hielt er sich streng an das Regime des Arztes, und Liese behauptete, seitdem er nicht mehr rauche, esse er viel besser und nehme zu. Er klagte nicht. Auf seiner

Brust trug er einen Lederbeutel mit dem eisernen Bestand in Schweizer Noten, dem Reisegeld nach Deutschland, denn er wünschte, seine Agonie jenseits der Grenze zu beenden. Das hat er mir noch vor seiner Krankheit eröffnet, eine der hübschen Unterhaltungen after Dinner. Doch will er leben, deshalb tut er, was man ihm verordnet und lässt sich pflegen. Warum, das bleibt dahingestellt, vielleicht, um die Zeitungen zu lesen?

»Wenn nur der Schuch das Bild nimmt!« rief er.

Die Zigarette war zu Ende. Eine weitere gab ich ihm nicht, und er verlangte keine. Nun könnte Bab endlich kommen. Ich wollte in meinem Zimmer sein, die Füße auf dem Bastteppich, die Zeder vor dem offenen Fenster. Klein erkundigte sich nach meiner Arbeit, und da ich über zu langsames Tempo klagte, riet er mir, auf Französisch zu schreiben. Als ob er ein Schlafmittel oder ein Laxativ empfehlen würde. Ich musste lachen. Er verzog nicht die Miene. Gutes Kleinchen!

»Lichtenberg«, sagte er, »ist auch da«.

»Paul Lichtenberg?«

»Ja, mit Frau und Kindern.«

Gerade heute hatte ich Lichtenbergs Buch in der Hand. Auch Klein schätzte das Buch. Für einen Deutschen sei das alles, was möglich sei. Gutes Kleinchen! Das wird schon bald zur fixen Idee.

»Lichtenberg«, fuhr er fort, »hat seinen Lehrstuhl aufgegeben. Es scheint ihm nicht sehr gut zu gehen. Sie wohnen in den Flots Bleus, nahe dem Hafen von Marseille. Kannst du nichts für ihn tun?«

»Schwerlich.«

»Vielleicht durch den Monsieur Grosjean. Sollte er sich nicht aus Laune für Philosophie interessieren lassen? Oder durch deinen Freund Schuch?«

Immer der hübsche Ton, anstatt vernünftig zu überlegen. Lichtenbergs Buch war erst vor kurzem übersetzt worden. Es hatte zwar in Paris Aufsehen erregt, der und der hatten darüber anerkennend geschrieben. Fragt sich aber, ob er für die erste Zeit gedeckt ist.

Frau Lichtenberg habe Streptokokken mitgebracht und liege zu Bett; ob sie Bargeld hätten, wusste Kleinchen nicht. Er habe seinen Arzt in die Flots Bleus geschickt, es soll weiter nicht schlimm sein.

Streptokokken, Flots Bleus. Obwohl es gar nichts damit zu tun hatte, stand plötzlich das Bananengesicht des Studenten mit den Negerlippen vor mir, wie es, als wir im Garten saßen, am Fenster erschienen war.

Nun sah ich, die weiße Jacke Kleinchens könnte durchaus mal gewaschen werden, und das Hemd hat am Hals dunkle Stellen. Waschen lassen aber kostet Geld. Ich wusste, dass ich nur die oberste Schublade in meinem Schlafzimmer aufzuziehen brauchte, um einen Haufen Hemden zu finden. Ausgezeichnete Hemden, noch aus der guten Zeit. Natürlich wären sie ihm viel zu groß gewesen. Lichtenberg hatte eher mein Format. Ich könnte ja zu Lichtenberg hingehen: Können Sie Hemden brauchen?

Nun endlich kamen Lisette und Bab den Gartenweg herab. Bab strahlte. Kleinchen ließ sich nicht davon abhalten aufzustehen, und er küsste auch Madame die Hand, charmiert, sie zu sehen. Bab lachte ihn an. Bab und Kleinchen. Eigentlich wollte sie etwas erzählen, hat es auf der Zunge, aber ich drängte zum Aufbruch, denn es ging schon auf acht. Klein dankte herzlich für den Besuch. Bedauerte unsere Eile, aber wolle uns nicht zurückhalten. Noch mal Handkuss.

Auf dem Wege zum Wagen berichtete Bab von ihrem Gespräch mit Liese. Liese habe behauptet, Mimi Löftz sei mit dem Herrn Wasservogel zusammen— eben dem bananenhaften Studenten —, versuche aber gleichzeitig, mit Schuch anzubändeln. Anfangs hätten Mimi und der Herr Wasservogel in der Pension Provençale logiert. Vor drei Tagen sei die Löftz plötzlich nach Toulon gefahren, komme aber immer noch täglich zu Schuchs.

Das war alles ungemein interessant. Bab fragte mich, wie ich Mimi fände. Das Haar halte sie für echt. Liese halte es auch für echt. Darüber vergaß sie, was sie mir eigentlich mitteilen wollte.

Wir bogen zum Hafen ein. Autos, Autobusse, Gedränge, Tuten. Aus einem Café rief mir jemand nach, aber ich sah nicht hin, sondern trat auf das Gaspedal, um die erste Steigung im Schwung zu nehmen. Flots Bleus, Streptokokken. Bab wusste nichts von Lichtenberg. Sie war mit Klöppel in der Apotheke gewesen und machte nun seine Stimme nach, wie er mit dem Apotheker gesprochen hatte, den er »Monsieur Pharmazeut« genannt habe! Der Apotheker sei noch ganz der Alte, Wackelkopf, Brille vorn auf der Nasenspitze, taub, meschugge sowieso. Als sie endlich glücklich herausgefunden hatte, was Klöppel wollte und es dem Wackelkopf ins Ohr schrie, kam der Klöppel immer noch mit seinem Quatsch dazwischen: Monsieur Pharmazeut!

Wenig später schaukelten wir durch die Schlucht zwischen den Felsen. Vor der großen steilen Kurve zweiter Gang, und zuletzt kroch der alte Kasten im ersten, mit Radau. La Villette. In der mittelalterlichen Gasse saßen die Leute vor den Türen. Der Turm mit dem Tor, und auf einmal lag das ganze Tal unter uns. Die Augen weiteten sich, die Lungen. Atmen, atmen, nur sehen und atmen. Eine kurze Strecke blieben wir auf der Höhe neben der halb aus Felsen gebauten Ringmauer; eine Erinnerung an die Terrasse von St. Germain, nur statt der Seine und den vielen roten Dächern ein einziges Parterre strotzenden Grüns. Sanft sanken wir ohne Motor bergab wie mit ausgebreiteten Schwingen. Von der Höhe zur Bergseite sahen uns steinerne Ungeheuer zu, der Orang Utang und die sitzende Mutter Mu mit dem säugenden Kind, wie die Einheimischen die Gipfel nannten.

Auf dem Platz von Barrigou wurde noch Boule gespielt. Ich ließ Bab allein weiterfahren und das Essen besorgen und stellte mich zu den Zuschauern zwischen Monsieur Puche und dem dicken Rey. Niemand achtete auf mich. Das wäre, auch wenn ich ein paar Jahre gefehlt hätte und aus China gekommen wäre, nicht anders gewesen. Der Fischer Martin führte gegen den Klempner Gabriel, oberfaul für Gabriel zwölf gegen drei, aber ich brachte ihm Glück. Dreimal hintereinander warf er Palais, einmal mit vier Punkten. Beide kamen auf neunzehn, und Gabriel siegte. Wir gingen zusammen zur Bar du Centre, wo Madame Gabriel unter der Platane saß, mit ihrer Schwester, die dicke Füße hatte. Die obligaten Witze über Bab, die mir ausgerissen sei. Für den Aperitif dankte ich und ging weiter, das feste Ausschreiten genießend. Sogar der unvermeidliche Gestank des Grabens hinter der Bahnüberführung tat gut.

Kurz vor dem Einbiegen in unseren Feldweg kam mir Louis auf dem Rad entgegen, im Sonntagsstaat, er fuhr zu Juliette, seiner Braut. Amüsier' dich, reib dich, mach's gut! Wie ich von seiner Mutter wusste, besorgte er das reichlich und er hatte das Mädchen, so drückte sich die alte Petitot aus, voreilig gefüllt, so dass sie demnächst heiraten mussten. »Was wollen Sie, das ist der Lauf der Welt.«

In der Abendsonne begann sich die Zeder zu schwärzen, und auf der Terrasse leuchtete das Tischtuch. Auf der Mauer stand der Korb mit Früchten neben dem langen Brot und der bunten Teehaube. Fanny, im Schürzenkleid aus fettem Weiß, begoss die Geranien, die das Haus säumten. Ein wahrer Schatz, die Fanny. Petitots saßen vor ihrem Kabaus. Der Alte hob die Hand zum Gruß. Er war zwei Tage auf der Farm der großen Pinie gewesen, um Vincent zu helfen, dem ein Eber das Bein aufgeschlitzt hatte.

Der Aschenbecher auf meinem Schreibtisch war ein alt-japanischer Topf aus gebranntem Ton, ein Raku, er stammte von Bing in Paris. Die Form unregelmäßig und plump, aber das Kolorit, dunkelbraunroter Grund mit ockerhaften und lachsrosa Überlauffarben und pupillenhaften schwarzgelben Punkten, war ungemein reizvoll. Vermutlich schon beim Brennen muss er beschädigt worden sein, denn der Sprung war mit Gold gekittet. Die schmale goldene Linie erhöhte noch das Farbenspiel.

Ich hatte eine sehr schlechte Nacht gehabt, verstrickt in das Gespräch mit Kleinchen, und stand sehr früh auf. Die Sonne war noch hinter den Hügeln. Auf dem Schreibtisch in dem dämmrigen Zimmer hockte ein unförmiges, krötenartiges Geschöpf. Es atmete, ich sah, wie der faltige Hals pulsierte, sonst rührte es sich nicht und sah mich mit schwarzgelben Augen unter schweren Lidern schläfrig an. Es wunderte ich mich nicht, weil ich schon in der Tür so etwas wie die Kröte erwartet hatte. Als ich nähertrat, hörte das Pulsieren auf und statt des Tiers stand mein Aschenbecher da, wie gewöhnlich halbvoll von Zigarettenenden und abgebrannten Streichhölzern. Ich versuchte, durch Drehen des Potts die Kröte wieder zu bekommen, aber vergebens.

Die nächsten Tage blieben wir in Vadoule, Bab ihren Klöppel zeichnend, ich am Schreibtisch über dem Roman des dummen Fritzen. Statt zu arbeiten, zankte ich mich in Gedanken mit Klein herum und hatte Mühe, eine bornierte Erbitterung, die keinerlei Rücksicht auf seinen Zustand nahm, zu überwinden. Nicht das geringste Bedürfnis, ihn wiederzusehen. Ich las ein Buch über englische Diplomaten.

Bab brachte den Klöppel zuerst als Szene zusammen mit dem Wackelkopf auf Karton, satirisch, ein bisschen zu witzig, dann allein auf unserer Terrasse, glänzend, die Landschaft mit dem Amenophis, die Struktur des kahlen Schädels wie gefunden für die Umgebung. Sie hatte es leicht. Sobald der Klöppel richtig im Bild sitzt, ist alles in Ordnung. Zwischen Zeder, Terrasse und Klöppel macht der Rhythmus keinen Unterschied, darf ihn nicht machen. Aus der Landschaft, für den Literaten Füllsel, ein Bindestrich, und selbst der muss noch das Glück oder Unglück des dummen Fritzen spiegeln, gewinnt der Maler unbegrenzte Strahlung, in die er alles, was ihn lockt, hinein tragen kann. Ich müsste malen können. Es geht mir mit der Malerei wie Bab mit dem Gesang.

Klein war mir unbegreiflich. Als Romancier so eine Landschaft haben, ganz offen und ganz abseits, gegenwärtig und von aller Gegenwart gelöst, die Landschaft als Vorder- und Hintergrund, als Handlung, als Glaubensbekenntnis. Findet der Literat solch ein Retiro, so bedroht in die Gefahr, sich in ein Loch, das er mit dem Kosmos verwechselt, zu verkriechen. Theoretisch ist jedes Mauseloch zum Palazzo geeignet. Was draußen pausiert, auch wenn da alles drunter und drüber geht, das braucht den Besessenen nicht daran zu hindern, seinen Palazzo mit Genueser Samt zu tapezieren. Die Ritzen werden säuberlich abgedichtet. Gerade so ein Mauseloch erlaubt, alle Kunststücke spielen zu lassen. Nur gehörten die krokodilene Besessenheit dazu und das Vergrößerungsglas.

Und wenn einer sich auf das Retiro verstand, war es Kleinchen. Als ihm im Krieg die pathetischen Klänge abhanden kamen, schuf er sich neue und gewann mit dem Verlust. Das hat ihm keiner nachgemacht. Andere malten weiter wie vorher, naive Krokodile, andere sattelten um, spuckten auf die Vergangenheit, begeisterten sich an dem Riss durch die Welt, schnitten Fratzen. Klein rettete die Lyrik; kein Malertrick, sondern die Tat eines abwendigen Geistes. So wie es geschah, eine mit Schmerzen geborene Verwandlung, die ein Beharren war, konnte es nur einem Deutschen gelingen. Dieses nebenbei, mein guter Klein, du mit deinem geliebten Polen und auch wenn du deutsche Hospitäler und sogar Hamburger Mettwurst verachtest: Nur Deutsche konnten Paris und Delacroix so sehen wie wir. Ein hübscher Einfall, ich solle französisch schreiben, und er kam vom Herzen. Wenn er gewusst hätte, dass seine Bilder deutsch, nicht polnisch sprachen, ein Deutsch von seltenster Reinheit, wäre er imstande gewesen, sie zu zerstören. Nur weil wir damals über Delacroix in unserer Sprache dachten, gelang uns, aus ihm Werte zu gewinnen, die den Engesessenen verschlossen oder für sie unwirksam blieben. Unsere Hemmungen wurden Hilfen.

Würde sich Klein noch einmal wandeln? Gab es für ihn ein drittes Retiro? Als ich sah, wie er alles, was auf ihn zukam und nicht aus der Zeitung stammte, höflich ablehnte, sollte ich es glauben, aber dieses Retiro schien wirklich nur ein Mauseloch zu sein. Ich glaubte fast, die Lähmung des Arms war ihm willkommen, um der Malerei enthoben zu sein und sich ganz dem Zeitungsblödsinn zu widmen. Er näherte sich einem Taubstummen, dem nur besondere Umstände die Zunge lösen. Wenn das der Preis ist, dachte ich, mag er mich zu den Würsten tun.

Das einzige, was mich noch interessierte, war Vadoule, unser vormärzliches Dasein in Vadoule. Weder Klein noch sonst jemand hätte es uns ersetzen können. Wir haben hier gelebt. Schon sprach ich im Imperfektum, schon drohte es, Erinnerung zu werden. Mit Händen und Füßen musste ich mich wehren. Wir hatten hier gelebt, verstehst du! Es war ein vom Himmel gefallenes Geschenk, die Zeder, die Hügelkette, die Terrasse, das Haus, Bab und ich. Wenn der Mistral kam, schlossen wir die Fenster. Es war ein listiger Raub, gegen alle Wahrscheinlichkeit geglückt und da nicht gesichert, aller Unsicherheit, so schien es, entrückt, eine Insel. Wir hatten gerade noch den rechten Moment erwischt, tauchten unter, begaben uns der belastenden Zugehörigkeit und tauschten die Ungebundenheit der Fremden ein. Der ganze verzwickte Wust fiktiver Beziehungen fiel fort. Wir lebten in einem Ballon, schwebten in unwahrscheinlichen Höhen, und nur, wenn es uns passte, näherten wir uns den Realitäten und spielten Boule. Wenn so etwas ein paar Jahre dauerte, würde es wie die Zeder und die Hügel und hielte ewig.

So dachte ich in aller Einfalt, verführt vom Kreislauf der Jahreszeiten, aber vielleicht hatte ich doch nur die Reise in ein Mauseloch gemacht, das ebenso undicht war wie alle andern.

Blumen auf dem Hügel und ein Bad im Meer

Wir wollten Vincent Petitot besuchen und fuhren über La Madrague, vorbei an Mon Repos. In der Gartentür stand Monsieur Grosjean in Hemdsärmeln und halb geöffneter weißer Weste und glaubte, wir wollten zu ihm. Da unser Klapperkasten die Steigung nur sehr langsam nahm, blieb uns nichts übrig, als auf einen Augenblick auszusteigen. Wir wollten uns nur nach Madame erkundigen, sagte Bab.

Sie sei sehr ermüdet, erwiderte er mit bedrücktem Ernst, sie habe seit dem siebzehnten Juni nicht das Bett verlassen.

Erkältungen seien im Sommer besonders hartnäckig, meinte Bab.

Er schluckte. »Es handelt sich nicht um eine Erkältung, meine arme Dame. Madame Grosjean wird das Bett nur mit dem Sarg vertauschen.«

»Mein Gott!«, sagten wir beide wie aus einem Munde und mussten nun natürlich in den Garten gehen. Er sah gewiss zu schwarz. Während wir uns zwischen den Beeten und dem plätschernden Springbrunnen ergingen, erläuterte er den Verlauf der Krankheit. Den Beginn vermochte er genau zu datieren, weil an jenem Tag, vor genau sechzehn Jahren, das Buch mit seinen Gedanken erschienen war. Eine leichte Verstimmung damals nur, die winzige dunkle Wolke am blauen Himmel, aber Vorläuferin des Orkans.

Das Bild lag nahe, weil kurz darauf eine gewaltige Sturmflut gekommen war, die große Teile des Landes verwüstete, am schlimmsten um St. Raphael, wo ein Vetter seiner Frau ein blühendes Gut besaß. Die Flut riss einen Teil des Hauses ein und kostete Menschenleben. Das elementare Ereignis hatte Monsieur Grosjean veranlasst, Mon Repos auf eine Höhe zu bauen, aber vergeblich suchte sich der Sterbliche gegen das Schicksal zu wappnen. Schützte er sich auf der einen Seite, brach es von einer anderen ein. Die Aussicht, ohne Madame existieren zu müssen, bedrückte ihn.

Aus Achtung vor seinem Schmerz versagten wir uns konventionellen Trost und nickten ergriffen. Bab sah verstohlen auf ihre Armbanduhr. Zwei Ärzte sahen täglich vorbei. Außer dem hiesigen, den wir kannten, kam der Spezialist Claude Saguin aus Toulon. Auch der berühmte Chirurg Martinet aus Paris wurde berufen. Alle stimmten überein: Es gab keine menschliche Hilfe. Madame wurde dauernd unter Narkose gehalten. Zwei Wärterinnen wachten Tag und Nacht. Monsieur Grosjean hatte in den letzten Wochen viereinhalb Kilo abgenommen. Zum Beweis zog er die weiße Weste stramm, die in der Tat vom Bauch abstand. Wir kämen wohl wegen des Hauskontrakts, fuhr er fort. Aber wenn wir nicht kündigten, setze sich der Vertrag stillschweigend um drei Jahre fort, und es bedürfe weiter keiner Formalitäten.

Der Übergang kam überraschend. Bab, mich anstoßend, antwortete, wir seien uns noch nicht klar. Die Krisis, unvorhergesehene Veränderung der Verhältnisse.

Er ersuchte uns, Platz zu nehmen. Ich fand es nicht ganz passend, ihm jetzt mit solchen Dingen zu kommen, aber Bab ließ sich nicht abhalten. Es sei uns nicht gelungen, den oberen Stock, den die beiden Damen in völlig verwohnten Zustand zurückgelassen hatten, zu vermieten. Ob Monsieur Grosjean unter diesen Umständen nicht eine Herabsetzung der Miete zubilligen wolle?

Ich war auf glatte Ablehnung gefasst, denn dank dem Bad und dem anderen von uns geschaffenen Verschönerungen im Parterre und im ersten Stock konnte es Grosjean kaum schwer werden, andere Mieter zu finden, ganz abgesehen davon, dass wir ihn nicht ernstlich in die Lage versetzen konnten, einen suchen zu müssen. Aber zu meinem Erstaunen ließ er sich darauf ein. Nun forderte Bab, ohne mit der Wimper zu zucken, einen Nachlass von tausend Francs im Jahr.

Grosjean fand den Anspruch übertrieben. Wohl würdigte er unsere Lage, aber die seine habe sich nicht weniger verschlechtert, denn seine Güter brächten nicht die Hälfte des Ertrags von vor drei Jahren, und in welchem Umfang seine Ausgaben seit der Krankheit seiner Frau gestiegen seien, das entziehe sich unserer Vorstellung. So ein Krankenlager war, ökonomisch betrachtet, ein mit nichts vergleichbarer Luxus, denn während jede andere Ausgabe, etwa ein Kunstgegenstand oder ein kostbares Möbel, einen Wert hatte, zog in diesem Fall der Aufwand eine noch größere Einbuße nach sich und ließ eine klaffende Lücke zurück.

Bab nickte, sie könne sich's denken, ich nickte auch, merkte aber, dass er nachgeben würde. Offenbar hatte das Leiden der Gattin seine Widerstandskraft geschwächt, von deren Zähigkeit ich mich vor drei Jahren hatte überzeugen können, und er war weicheren Sinnes geworden. So kam Bab erstaunlich schnell ans Ziel. Nach kaum einer Viertelstunde zogen wir mit der Zusage ab. Herzliche Grüße an Madame!

Als wir wieder im Wagen saßen und die Höhe zur großen Pinie erklommen, machte Bab die Rechnung. Gelang es nun noch, den obersten Stock günstig zu vermieten, und das musste jetzt mit aller Energie betrieben werden, so verringerte sich unser Budget um fast ein Fünftel, eben jenes Fünftel, das uns der schwer tragbare Verzicht auf Fanny einbringen würde. Um den freilich, meinte Bab, kämen wir nicht herum, wenn Paternoster widerhaarig blieb und ich den Roman über den dummen Fritzen nicht abschloss. Sie saß am Steuer und sah geradeaus. Ja, der dumme Fritz. Sie wusste nicht, dass ich am liebsten das ganze Buch von vorne angefangen hätte. Jedenfalls musste ich den Zufall, der uns hatte halten lassen, und Babs Geistesgegenwart preisen. Die mittelbare Verpflichtung gegen Madame Grosjean erhöhte meine Teilnahme an ihrem Schicksal. Ich fand es notwendig, zum Begräbnis einen Kranz zu stiften.

Bab meinte, zunächst lebe sie noch.

Vincents Bauernhof lag auf einem der nahen Hügel und begann bei einer großen Pinie, die eigentlich aus drei Bäumen bestand. Von hier aus führte eine ebene Allee zu dem Haus, eingefasst von Agaven. Die Agaven, gewöhnliche borstige, proletarische Kakteen, blühten lichterloh. Jede trieb einen kerzengraden, drei Meter hohen massiven Stängel, an dem in regelmäßigen Abständen runde, lampenartige Blüten saßen, indigogelb mit flirrendem Haar, als flammten sie; eine Allee festlicher Kandelaber. Das Haus, ein alter behäbiger Kasten, lag einsam. Bis zur nächsten Behausung würden wir zu Fuß eine gute Stunde brauchen. Der geräumige Platz davor grenzte an Felder, die zum Meer hinabfielen, meist Reben. Unten weiß gewaschene riffige Klippen, schwer zugänglich, und eine der fischreichsten Buchten der Provence.

Vincent kampierte im Freien auf gleich zwei Stühlen, weil sein Bein hoch liegen musste, und zupfte Immortellen-Ableger für eine neue Pflanzung. Seine von dem Eber gerissene Wunde heile nur langsam, und die Nachwirkungen der Tetanus-Spritze fühle er immer noch, aber ohne die Spritze hätte es das Bein gekostet, sagte er. Er dankte für die Bücher, habe sie noch nicht ausgepackt, denn jetzt komme er nicht zur Lektüre. Erst müsse er wieder laufen können.

Nun kam sein Vater aus den Schweineställen und begrüßte uns. So ein Eberzahn, pardi! Es war die neue Methode, den Eber aus seinem Stall zu den Damen zu bringen, was Löcher im Bein riskierte. Nach der alten Methode führte der Bauer Madame zu Monsieur, denn die Damen hatten, Gott sei Dank, keine Hauer.

Vincent schien nicht zuzuhören. In vier Wochen könnten wir die ersten weißen Frühtrauben kosten, sagte er. Er hatte vor, das Gut mehr auf Primeurs einzurichten, denn bei diesen Blumen war er oben auf dem Hügel den unten gelegenen Höfen voraus. Die schlechteren Äcker für Immortellen, die immer noch exportfähig bleiben und die ganze übrige Blumenzucht aufgeben. Die Narzissen brachten nicht mehr den Lohn fürs Pflücken und verdarben auf dem Feld.

Er sprach anders als sonst. Auch Bab fiel es auf. Rauheit in der Stimme, als habe er vorher geschrien und bemühe sich nun, ruhig zu reden. Auch das Quantum der zu kelternden Trauben müsse beschränkt werden, denn der Wein werde dieses Jahr kaum sechzig Centimes den Liter bringen. Dafür mehr Tafelobst. Der alte Petitot brummte wieder etwas von neuen Methoden. Vincent fragte unvermittelt, ob wir gern Absinth tränken.

Nein, und übrigens gebe es gar keinen, der richtige Absinth sei doch verboten.

Das war das Stichwort für den Alten. Verboten hin, verboten her, in dem Café am Bahnhof nach der Unterführung konnte jeder so viel Absinth haben, wie er wollte, und noch etwas dazu, den echten, selbstgemachten. Da hole sich mancher sein Gläschen gegen das Ungemach.

Vor Jahren, meinte Vincent, habe wer den Café-Wirt deshalb einmal angeschwärzt und die Bude wurde geschlossen. Das sei natürlich eine Gemeinheit, denn das gehe den Staat nicht die Krume an.

»Pardi!«, sagte der Alte und ergoss seinen Zorn über den Staat.

Seitdem aber hielt Vadoule dicht, und sobald eine Kontrolle von Toulon kam, benachrichtigte Monsieur Puche von der Mairie den Wirt, wie es sich gehörte, und Toulon konnte sich kratzen. Und wenn dann so einer, meinte Vincent beiläufig, den Kürbis voll hatte, konnten sie alles mit ihm machen; er ließ sich umdrehen und auf den Kopf stellen. Das war die alte Methode.

Der Blick veranlasste Petitot, sich zu den Schweinen zu trollen, und Vincent kam auf seine Pläne zurück. Sobald er wiederhergestellt war, wollte er nach Avignon und Pfirsichbäume kaufen, eine Sorte, die schon im April trug. Es berührte mich sympathisch, dass er nicht von dem alten Grosjean sprach. Bab berichtete von unseren Besuch in Mon Repos. Vincent widerlegte unsere Ansicht mit gewohnter Sachlichkeit. Die Mitleidenschaft mit der kranken Madame, oh du Göttchen! Das Mitleid hinderte Monsieur Grosjean nicht, täglich mindestens eine seiner Hennen hoch zu nehmen; er hahnte nicht schlecht für sein Alter. Früher habe die Frau ihn ein bisschen gebändelt, und es mochte ihm vielleicht gar nicht angenehm sein, den Zügel zu verlieren, denn sie hielt das Ganze. Die Weitung der Weste aber besorgten die Hennen.

Bab amüsierte sich, hatte sich's gleich gedacht. Auch blieb, schätzte Vincent, immer noch Bauch genug. Andere machten Kuren in Bädern. Und den Mietnachlass verdankten wir nur dem Wunsch des Patrons, die Fortsetzung des Mietkontrakts zu sichern. So leicht nahm ihm heute keiner unser Haus ab. Den zweiten Stock, ja, weil er wenig kostete. Madou war nicht Vadoule. Viele Villen am Strand standen leer.

In seiner Einsamkeit auf dem Berg wusste er alles, und wir wussten nichts. Nun kam seine Frau mit dem kleinen Roger den Feldweg herauf. Bab ging ihr entgegen, und ich blieb mit Vincent allein. Alles in allem, fand ich, und abgesehen von dem Bein, konnte er hier ganz zufrieden sein.

Er nickte. »Ein bisschen schwer im Anfang, weil der Marquis, der Besitzer, früher nichts für die Farm getan hat, aber viel besser als da unten.«

»Da unten« hatte einen sonderbaren Ton. Ich sah ihn an.

»Ich wäre verreckt da unten, Sie können es mir glauben.« Es war sonst nicht seine Art, zu übertreiben. Mochte Grosjean ihn ein wenig gezwiebelt haben.

»Ach, Grosjean, mit dem würde ich schon fertig, Grosjean mit seiner Weste, ein Spaß. Aber das Ganze! Zu viele Menschen, verstehen Sie, meine Frau im Laden, ich abends in der Stadt. Wo viele Menschen sind, gibt es Stank. Wir können nicht da unten, nein!« Seine Worte überstürzten sich in ungewohnter Hast. Sein Gesicht war rot.

»Aber Vincent, Vadoule ist doch nicht Paris!«

»Das sagen Sie, weil Sie nicht drin sind, Sie mit Ihrer Frau, und ich sage Ihnen, Vadoule ist genau wie Paris, eher noch schlimmer. Ich rede doch nicht von der Deputierten-Kammer und dem Präsidenten der Republik. Hol ihn der Teufel! Vadoule hat keine Oper, keine Boulevards, keine schicken Bordelle. Aber das andere, die Hauptsache, die Menschen, da fehlt nichts, dieselbe Schweinerei!« Er richtete sich auf. »Was denn, Sie können sich doch nicht die Ohren zustopfen und die Hände festbinden, sich dumm stellen, als wenn Sie nicht drin wären. Und dann müssen Sie sich noch, wenn's beliebt, Pferdeklappen vor die Augen halten und nicht denken. Ich denke doch!«

Er zitterte. Schweiß stand ihm auf der Stirn.

»Aber, Vincent, Ihre Frau, der Roger, das andere Wurm, ihre Arbeit!«

»Ja, ja, ich weiß, es ist genau wie in Paris, Familie und Arbeit, Arbeit und Familie. Sehen Sie bitte her!« Er hob die Hand und schnellte mit zwei Fingern. »Haben Sie gesehen? Weg!«

»Wieso denn!«

»Zum Beispiel, meine Frau, nur zum Beispiel, was wissen Sie von meiner Frau? Nun gut, Sie sehen sie, guten Tag, Madame, wie geht's? Auf Wiedersehen! Weil Sie nicht drin sind, Ihre Chance. Sie brauchen nicht hin zu sehen, noch zu hören, haben was anderes zu denken. Eine nette Frau, gerade gewachsen, gesund. Du Gottchen von Gott, Sie würden sich schön wundern. Ich drehe mich um, nur zum Beispiel, und kaum umgedreht, weg ist sie, als werde das Licht geknipst. Sie hat keine Schuld, ich hab keine Schuld, so was kommt da unten ganz von selbst, nur weil man drin ist. Beinah wäre ich weggelaufen.«

»Das können Sie einem anderen erzählen.«

»Ein Haar, sage ich Ihnen, wie ich hier sitze.«

»Mit einer anderen Frau?«

Er zuckte die Achseln. »Die findet sich immer da unten.«

Da unten waren Capua, Sodom und Gomorra. Mir schien es aber leichter, die plötzliche Verwandlung Vadoules in einen Höllenpfuhl glaubhaft zu finden, als Vincents Veränderung hinzunehmen. Ich hatte ihn immer für das gesicherte Zentrum der Petitots gehalten. Er besaß die Autorität, die eigentlich dem Vater zukam, führte die Familie wie ein ordentlicher Pächter seine Farm. Die anderen redeten durcheinander, die Alte krähte, und dann kam er und entschied. Man sah ihm sofort die Zugehörigkeit zur Erde an. Das beengte ihn nicht, machte ihn nicht zum Knecht des Berufs. Er hatte Mühe, sich auszudrücken, aber das Sichtbare an ihm, das von den Augen beherrschte Gesicht, gut geschnitten wie frühe Gotik, ergänzte unzweideutig die Worte. Seine Andeutungen über da unten widersprachen dem Gesicht. Nie entging ihm, was er zu tun und zu lassen hätte, und es war ihm weder zu viel noch zu wenig, ein regsamer Mensch, aber einer ohne dunkle Winkel, zu gesund, um sich mit Verworrenheiten abzugeben.

So hatte ich ihn immer gern gesehen, am liebsten von allen. Oft hatte ich gewünscht, ihm näher zu kommen als die begrenzten Gelegenheiten erlaubten, und jetzt, wo sich eine Möglichkeit bot, zögerte ich befremdet und fand keine Worte. Schon der Umstand, dass er des Beins wegen der Ruhe pflegen musste, trübte meine Vorstellung von seinem Wesen. Unwillkürlich, obwohl es sehr dumm war, verband ich seine Andeutungen mit dem äußerlichen Umstand. Das sehe ihm alles nicht ähnlich, sagte ich.

Er nickte gleichmütig. »Ja, ich weiß. Für Sie sieht es mir nicht ähnlich. Für die da unten bin ich erst recht so einer, versteht sich.« Er zog den zweiten Stuhl näher, um die Lage des Beins zu verbessern, und nahm einen neuen Berg von Immortellen auf seinen Schoss. Während er zupfte, fragte er beiläufig, ob so etwas Gabriel ähnlicher sähe, nur zum Beispiel.

Gabriel sei natürlich ein anderer Typ, antwortete ich ausweichend, obwohl es vielleicht wirklich nur ein Beispiel sein sollte.

Vincent fragte, ob ich noch auf der Terrasse Boule spiele.

Nein, leider nicht, und ich vermisste das sehr. Louis komme nur selten vorbei und Bab machte sich nicht viel daraus. Mit Frauen war Boule ohnehin nicht das Wahre.

Er antwortete nicht, hatte vielleicht nicht zugehört. Ich sah der regelmäßigen Bewegung der ausgearbeiteten starken Hände zu, die erstaunlich schnell, ohne dass er hinsah, die Pflanzen zerpflückte. Der breite Daumen spürte die Stelle.

Er hielt an und sah schräg. »Kann passieren«, sagte er, »kann passieren. Plötzlich will man alles hinwerfen, nur weg!« Als er mein Gesicht sah, lachte er. »Oh, lala. Zuletzt tut man's doch nicht!«

»Natürlich nicht!«

»Weil ich nämlich zu trocken bin, Sie verstehen.« Er lächelte mit einer Art Verschmitztheit. »Höchstens mit dem Kopf! Mit dem Kopf bin ich schon beinahe in Toulon gewesen.« Sonderbarerweise näherte sich sein Gesicht in diesem Augenblick den Zügen Gabriels, wenn der seine Witze machte, obwohl sie sonst gar nichts gemein hatten.

Ich ließ mich nun über Einbildungen aus. Die flögen herum wie Mikroben und gefährdeten empfindliche Stellen. Zufällige Anlässe ohne die geringste Bedeutung trieben zu verkehrten Vermutungen. Aus dem Möglichen wurde das Wahrscheinliche, aus dem Wahrscheinlichen unversehens Wirklichkeit.

Er sah mich an, als verstehe er nicht, was ich wollte. Er hatte wohl eine andere Antwort erwartet. Dann nickte er verschmitzt. »Sie glauben aber doch ein bisschen daran, wie? Nicht ein kleines bisschen?«

Jetzt machte ich große Augen. Er lachte laut. »Man muss doch dem Besuch etwas vorzusetzen haben. Wenn nichts Besseres, wenigstens Einbildungen.« Er tat so, als sei ich ihm auf den Leim gegangen. War mir ebenfalls recht.

Nun traten seine Frau und Bab aus dem Haus und kamen zu uns. Die Frau, früher immer farblos, war aufgeblüht. Ihre gutturale Altstimme umhüllte die Worte. Sie war wohl froh, den Laden in der Stadt hinter sich zu haben, das dunkle Loch.

Vincent ließ gebrannten Wein bringen. Ein verfluchtes Loch, brachte kaum die Kosten. Die neuen Besitzer hatten es leichter, weil der Mann gleichzeitig Aushilfe bei der Post war und Zeit genug behielt, das Schriftliche zu besorgen. Auch half eine Schwester der Frau, und deren Eltern hatten ein großes Lebensmittelgeschäft in La Ciotat, kauften billig en gros, die Hauptsache in dem Geschäft.

Er war wieder ganz der Alte.

Sie gaben uns einen Korb mit gelben Spätpfirsichen mit, deren Fleisch den Kern umhüllt, groß wie Äpfel. Solche gab es da unten nicht. Der alte Petitot bat, mitgenommen zu werden, und kroch in den Notsitz. Wir rollten durch die Allee der gelben Kandelaber und passierten die dreifache Pinie. Bab wollte wissen, was mir Vincent zu erzählen gehabt hatte. Da der Alte hinter uns störte, vertröstete ich sie auf später. Mir ließ das Gespräch mit Vincent ein dummes Gefühl zurück, als hätte ich mich ungehörig benommen.

Auf unserer Terrasse in Vadoule wartete Besuch: die beiden Schuchs und Paul Lichtenberg mit Betty und seine erwachsenen Kindern, Otto, einem blonden, hochgeschossenen Jüngling, der sich flott gab, und der sehr hübschen Tochter Lolo, einer schweigsamen Brünette mit träumerischen Augen, die ich schon als Kind gekannt hatte.

Die ganze Familie hatte auffallend wenig gemeinsame Züge. Lichtenberg war etwas voller und merkbar grauer geworden. Er lachte immer noch lautlos, und sein Spitzbart hüpfte beim Sprechen. Er trug einen dunklen Cut, hohen Kragen mit Schlips, Lackschuhe und hätte soeben aus dem Kolleg kommen können. Bab bekam eine regelrechte Verbeugung ab, wobei Hals und Kopf um ein Geringes seitlich glitten, die Augen aber ernst auf Babs Gesicht gerichtet blieben. Die Landschaft fand er noch geruhsamer als in Madou, obwohl sie dort, auf dem Hügel Mariette, ein bezauberndes Häuschen gefunden hatten, mit Blick aufs Meer. Hier aber sei die Stimmung horazisch. Ob ich ihm sagen könne, was die dunklen Fleckchen an den Zweigenden der Zeder zu bedeuten hätten?

Es waren immer noch die vergessenen Raupenbeutel.

Er wandte sich an seine Frau. »Raupenbeutel, hörst du, Betty, also animalischen Ursprungs. Mir schien gleich die organische Zugehörigkeit der Gebilde zweifelhaft und ich neigte dazu, sie für Schmarotzer zu halten.«

»Nun schön!«, sagte Betty mit einer wie seit Jahren genährten Ungeduld. Sie trug ein langes, eng anliegendes Kleid aus leuchtendem Indigo, das an die Kandelaber bei Vincent erinnerte. Ein ausgesprochen exotischer Typ mit Berliner Energie. Die Streptokokken, wohl eine Übertreibung Kleins, waren überstanden. Zum Kranksein habe niemand auf dieser Lustreise Zeit, wie verhielten sich die Lebensbedingungen in Vadoule zu denen in Madou? Wurde einem wenigstens Milch und Brot ins Haus gebracht? Für Leute ohne Auto eine Überlebensfrage. In Madou brachte man nicht. Die Lieferanten hatten es nicht nötig. Uns brachte man das kleinste Stück Rindfleisch, und alles, was wir wollten, zweimal am Tage die Post, und für Telegramme wurde kein Botenlohn verlangt.

Bab lobte die Läden und den Markt in Madou. Butter beispielsweise sei in Vadoule unmöglich zu finden.

»Butter!« Betty Lichtenberg wölbte, wenn sie satirisch wurde, den Oberkiefer. Butter war ein Luxusartikel. Dagegen setzten sie die verglichen mit Deutschland unerschwinglichen Fischpreise in Erstaunen. Bei uns war der Schellfisch, die Scholle eine Volksnahrung. Natürlich konnte es in einem Land ohne Wiesen keine Kuhherden geben, aber wo seien all die Fische abgeblieben, oder fuhren die vielen Fischerboote nur zum Spaß auf dem Meer herum?

Es gebe hier viele Mysterien, bemerkte Schuch.

Lichtenberg delektierte sich an den Pfirsichen, dergleichen er noch nie gesehen habe; die Größe, die makellose Form, der Geschmack, vor allem der Duft. Er hielt seiner Frau einen unter die Nase, auch den Kindern. Lolo glich selbst einem Pfirsich, errötend, während sie daran schnupperte. Frau Lichtenberg gab ihm Recht; dies sei ein guter Pfirsich. Im Übrigen schien ihr die Auswahl der Früchte hier recht beschränkt. Wenig Äpfel und Birnen, gar keine Pflaumen. Bei uns wüchsen so viele Beeren, Johannisbeeren, Himbeeren, Stachelbeeren.

Otto, der Filius, amüsierte sich, wie oft Mamachen »Bei uns« sagte. Wenn er jedes Mal einen Franc bekäme, würde er reich.

Fanny brachte den Tee. Kurz darauf regte Schuch die Besichtigung des Hauses an. Die unteren Räume, Esszimmer und Bibliothek, wurden wie Fürstengemächer bewundert und erschienen mir selbst plötzlich der Gewohnheit entrückt und übertrieben üppig, so dass ich sie am liebsten zugedeckt hätte. Den Frauen gefielen insbesondere die aus alten gesteppten Bettdecken der Provence hergestellten Stuhlbezüge und Tischdecken. Die gesteppten Quadrate erhöhten die Farbigkeit der Muster und veredelten den Stoff. Die Bezüge im gelb gestrichenen Esszimmer waren in den Farben Eidotter und blau, in der weißen

Bibliothek aber rot mit hellgrünen Sternen. Angesichts der elf Bände Immanuel Kant und der großen Schopenhauer-Ausgabe entrang sich der Brust Lichtenbergs ein Seufzer, da er seiner in Deutschland gebliebenen Bücher gedachte und nicht ahnen konnte, wann er die sich nachkommen lassen konnte.

»Nächstens!«, tröstete Betty und ließ die Backenmuskeln spielen.

Mit Kennerblick griff er nach dem Diktionär von Pierre Bayle, dem Lieblingsbuch von Friedrich II, eine der Quellen Voltaires, vor Jahren in einem der Bücherkästen am Quai in Paris gefunden.

Als ich ihm die Bibliothek zur Verfügung stellte, dankte er gefällig mit nickender Kopfbewegung. Seine Frau aber meinte, das sei nicht das Gleiche. Während er sich in den Bayle versenkte, entdeckte sie auf dem Kamin unseren Stolz, das Röhrengefäß aus dem Alten Reich. Lugi Schuch, bis dahin zurückhaltend, ging bewundernd aus sich heraus und suchte hinter der dunklen Brille die Augen ihres Mannes, um den Genuss an der Form mit ihm zu teilen. Schuch erkundigte sich nach dem Material der Vase und staunte, als Bab »Alabaster« sagte. Das Wort wurde in verschiedenen Tonarten wiederholt, von Betty Lichtenberg in spöttischem Pathos.

Die glatte Oberfläche zog alle Hände unwiderstehlich an. Der Hinweis, in solchen Vasen hätten die Ägypter die Eingeweide lieber Toten aufbewahrt, vergrößerte noch die Lüsternheit der Betrachter. Betty Lichtenberg legte die Hand an das steinerne Rund und genoss die Kühle. Lugi Schuch fühlte sich versucht, Gleiches zu tun, tippte aber nur zaghaft. Lolo und ihr Bruder klopften mit gekrümmten Zeigefinger, und Otto hielt ein brennendes Streichholz ins Innere wegen der Transparenz. Als Bab, nach dem Alter des Gefäßes gefragt, frühe Dynastien nannte und in das dritte Jahrtausend vor unserer Ära stieg, erhöhte sich noch der Glanz des Zimmers und mit ihm mein Unbehagen, als seien die Jahrtausende mein erschlichener Besitz, mit dem ich Wucher trieb. Um abzulenken, berichtete ich von Fälschungen ägyptischer Heiligtümer in Bunzlau. Diese Vasen würden am Nil aus gestampftem Käse, einer Art Parmesan gefertigt, doch fehlte ihnen die Transparenz, und sie hielten auf die Dauer nicht die Farbe. Kenner prüften sie mit den Zähnen.

Wir begaben uns in den ersten Stock, wo ich Schuch die Skizzen von Klein zeigte, und erfuhr, dass er tatsächlich das Bild vom Strand mit den Frauen gekauft hatte. Er fand es allen anderen von Kleins und wohl auch den meisten Bildern, die heute noch gemalt würden, überlegen. Es sei eines der letzten beachtlichen Zeugnisse einer erledigten Epoche, als solches mindestens ein Kuriosum.

Seine Frau widersprach leise hinter der Brille. Das Strandbild schien ihr ernstlich zu gefallen, und warum es zu den letzten Zeugnissen gehörte, sah sie nicht ein. Er lächelte. Ich wollte ihr die Skizze mit dem weißen Haus über dem Kamin zeigen, aber sie blickte kaum hin.

Schließlich wurde Bab genötigt, auch den unbewohnten zweiten Stock zu öffnen, und damit gewann der Besuch eine unverhofft praktische Bedeutung. Die Aussicht von oben ging über die Bäume hinweg und übertraf den Blick aus den unteren Fenstern. Oft hatten wir bedauert, nicht nachträglich das Parterre gegen diese Etage tauschen zu können. Fünf Zimmer und Küche, konstatierte Schuch und fragte nach dem Preis. Die zweitausend waren genau das Drittel der Miete seines Schlafwagens in Madou. Tapeten und das bisschen Anstrich spielten keine Rolle. Ohne seine Marseiller Pläne nähme er die Wohnung sofort.

»Also scheiden Sie aus?«, fragte Frau Lichtenberg.

»Jawohl, alles für Sie!«

Außerdem, meinte Bab, müssten sie für die Herrichtung zwei- bis dreitausend rechnen, denn die Plafonds bröckelten ab, auch fehlten Bad und Keller. Sie verschwieg keine Schattenseite. »Im Winter ist es kälter als unten, im Sommer heißer.« Darüber hätten die alten Damen, die früheren Bewohnerinnen, oft geklagt, auch über die Treppen.

»Na ja, alte Damen«, sagte Schuch.

Betty Lichtenberg warf hin, möglicherweise liege uns nichts daran. Wenn wir's nicht nötig hätten zu vermieten, sei unser Wunsch, allein zu bleiben, verständlich. Bab widersprach ihr um einen Ton zu heftig. Betty mahlte mit den Zähnen: Oder wir hätten bereits einen uns zusagenden Reflektanten. Bab schüttelte den Kopf, ohne sich weiter zu äußern, worauf ich mich beeilte, zu versichern, dies sei nicht der Fall.

Lichtenberg fand es der Überlegung wert. Für seine Frau aber gab es kein langes Gezottele. Sie seien zu dem angegebenen Preis bereit, die Wohnung ab 15. Oktober zu mieten. Bis dahin saßen sie leider auf der Mariette fest. Das fehlende Mobiliar würden sie gebraucht kaufen. Schuch empfahl dafür den Flohmarkt in Toulon, jeden Sonntagvormittag; Gelegenheiten in Fülle. Billige Lastautos stünden für den Transport bereit.

Otto und Lolo machten sich stark, das Streichen zu übernehmen, das sei weiter kein Kunststück, und Lugi Schuch sagte ihre Hilfe zu. Auch ihre eigene Wohnung hätte sie, unterstützt von dem Klöppel, selbst gestrichen. Bab machte dazu ein Gesicht, als sei sie selber dazu bestimmt, angestrichen zu werden.

Nachher saßen wir noch einen Augenblick auf der Terrasse und hörten Lichtenberg zu, der das Horazische mit den Reizen des Chateau Boeuf zu verbinden suchte. In den geruhsamen Maßen des Hauses, das nicht gebaut, sondern gewachsen schien, sah er das Gemeinsame. Die tänzelnden Bewegungen des Spitzbarts ergänzten und erweiterten das Gesagte. So glücklich wirkten die Verhältnisse der Räume, dass sie selbst den verwahrlosten Zustand im oberen Stock überwanden.

Alle waren seiner Meinung, und es befriedigte sie, dies zu erkennen zu geben, sei es, weil sie selbst dergleichen fühlten oder weil die Stimmung das Bedürfnis hervorrief, sich auf irgendeine leicht zu gewährende Art gemeinsam zu äußern.

Nur Schuch tat, wie zu erwarten war, nicht mit. Die Zustimmung entlockte ihm ein skeptisches Lächeln. Er sah in den nicht zu leugnenden Vorzügen älterer Bauart das Produkt einer Zeit, die weder nötig hatte, sich mit Forderungen des modernen Komforts oder mit ökonomischen Fragen den Kopf zu zerbrechen, noch daran dachte, dem Diktat aristokratischer Überlieferung zu trotzen und die geheiligte Symmetrie des Vierecks zu verändern.

Die anderen machten Gesichter, als wollten sie ihm zustimmen, sagen, verharrten aber zögernd. Lichtenberg aber, dem offenbar die Neuerungen in der Architektur entgangen war, bat um Aufklärung: erstens, warum dem viereckigen Haus eine spezifisch aristokratische Tradition innewohne, zweitens wieso Symmetrie der Wirtschaftlichkeit widerspreche. Sein laienhaftes Begriffsvermögen habe bisher das Gegenteil vermutet. Verbindliches Lächeln begleitete die Frage. Seine Frau lächelte um einen Ton derber mit.

Auch Schuch lächelte mit dem Monokel-Auge, Diskussionen abhold, denn alles, was sich darüber sagen ließ, sei längst erledigt. Der Gegensatz zwischen überlieferten Normen und den keineswegs überlieferten Bedürfnissen moderner Menschen, tja. Natürlich bliebe die Symmetrie die Seele vom Buttergeschäft, aber deshalb brauche doch derselbe alte Stiebel nicht ewig weiter zu gehen. Der Rhythmus in allen Künsten, die Einführung neuer Baumaterialien…

Die jüngere Generation ließ Ungeduld erkennen. Betty Lichtenberg mahlte mit dem Gebiss, Lugi Schuch glomm hinter der dunklen Brille. Aus den Mitteilungen glaubte Lichtenberg entnehmen zu dürfen, dass die Entwicklung in der Architektur vom Materialismus bestimmt werde.

»Na und ob!«, sagte Schuch energisch und machte Monokel. Lichtenberg hätte manches zu erwidern gehabt, denn der Kampf gegen den Materialismus war seine vornehmste Aufgabe, aber Schuch hielt es an der Zeit, die Rückfahrt anzutreten. Betty Lichtenberg bat uns, wenn wir endgültig mit der Vermietung einverstanden seien, um eine Zeile.

Beim Abendbrot auf der Terrasse wehte ein leichter Mistral. Fannys Kombinationsvermögen traf sofort den Punkt und fand die Familie trinkbar, namentlich den älteren Herren, wohl auch ein Dichter. Die Erwartung der Mitbewohner regte sie an. Als sie sich nach dem Essen ins Haus verzog, kam die alte Petitot, von Neugier getrieben, an den Tisch und ließ ihre Augen schweifen, auf Mitteilung wartend. Offenbar ahnte auch sie, da ihr das Öffnen der Fenster im zweiten Stock nicht entgangen war, den Zweck der Besucher. Das seien wohl Freunde aus unserem Lande?

Jawohl, sagte ich. Bab schwieg.

Freunde, fand Madame Petitot, konnte man für alles brauchen. Ohne sie war das Leben nur halb. Freilich gab es solche und solche. Die meisten kamen, wenn sie etwas wollten, und wenn man selbst etwas brauchte, stellten sie sich tot. So war es und nicht anders. Damit wolle sie aber, Gott behüte, nichts gegen unsere Freunde sagen. Sie lobte den prachtvollen Wagen. Der Herr, der fuhr, war vermutlich der Besitzer, und die Dame mit der schwarzen Brille, die neben ihm saß, seine Frau. Ganz richtig. Sie wartete auf weiteres, aber ich ließ sie zappeln, und Bab war mit dem Stricken der neuen, fast fertigen Mütze beschäftigt. Die schwarze Brille beunruhigte Madame Petitot. Es sei, als wolle die Dame ihren Blick verbergen. Im Sommer 1914, gleich nach dem Ausbruch des Krieges, sei eine Dirne mit ähnlicher Brille verhaftet worden.

Um ihre Fantasie zu dämpfen, machte ich ihr klar, dass es sich im vorliegenden Fall um kranke lichtempfindliche Augen handele und nicht um zweifelhaftes Versteckspiel.

Das habe sie sich gleich gedacht, natürlich eine Krankheit, die arme Dame, vielleicht sogar schön, aber was war eine Frau ohne Augen!

Fanny kam abräumen. Sofort erhob sich Madame Petitot und watschelte davon, gefolgt von den Blicken Fannys.

Die kurze Unterhaltung mit der Alten hatte den Vorteil, die anfangs bedrohliche Aussprache über den zweiten Stock aufzuschieben. Die Petitot verdrängte den Gedanken an Betty Lichtenberg. Nachher probierte Bab vor dem Flurspiegel das neue Barett aus rostroter Wolle, etwas höher als die andern Mützen und oben offen. Das schräg aufgesetzte Ding gab ihrem Gesicht etwas Kosakenhaftes.

Am gleichen Abend gegen elf nahmen wir das erste Nachtbad im Meer. Meine lächerliche Haut verbrennt, sobald ich sie nackt der Sonne aussetze, selbst einer bedeckten Sonne, nur das Gesicht widersteht. Ich litt daran schon als junger Mensch. Infolgedessen waren mir Bäder im Freien untersagt, und wenn Bab mittags schwamm, blieb ich zuhause. In dieser Nacht aber entdeckten wir, dass die Sonne nur am Tag scheint, weshalb es mit der von meiner Epidermis vorgeschriebene Enthaltsamkeit vorbei war.

Im Handumdrehen war ich aus den Kleidern. Bab hingegen brauchte ewig. Sie hielt eine besondere Frisur für nötig, und legte Rouge auf ihren Wangen auf. Wir hingen uns Badetücher um und fuhren nach Vadoule-Plage. Wir passierten den neuen Strandpavillon, wo getanzt wurde und wo Monsieur Grosjean mit der Familie die Brise genoss, ließen lustwandelnde Paare und eines, das sich auf einer Bank umarmte, hinter uns und wählten eine einsame Stelle. Es war trotz der Sterne ziemlich dunkel, denn es herrschte Neumond. Ich tappte im Sand und hielt mich in der Nähe der schimmernden Silhouette von Bab. Die fremde Masse vor uns war das Meer. Es streichelte die Füße.

Der Grund senkte sich so sachte, dass wir viele Meter weit gehen konnten, bis das Wasser an die Brust stieg. Erst hemmte es, dann war es wie ein gemeinsames Atmen. Bab, die schon schwamm, verlangte ich solle — weil es das erste Mal sei — wieder zurückgehen. Ihre Stimme kam, schien es, aus weiter Ferne. Als ich abstieß, sah ich einen Augenblick ihr kosakenhaftes Gesicht hoch oben auf einer bekränzten Welle. Das Wasser wurde zur Luft, die mich trug. Ich stieß kräftig drauf los, aller Bedenken ledig, der ganze Körper in einer seit undenklichen Zeiten nicht geübten, regelmäßigen Bewegung, mit der im Gleichklang das Firnament mit allen Sternen auf und nieder ging.

In diesem Augenblick wurde ich jung. Es fiel mir ein, mich auf die Seite zu legen, den Arm weit vorgestreckt, was meine Länge bedeutend vergrößerte. So hatte ich es als Junge gemacht, in dem Tümpel bei Burgsteinfurt, der wie ein mit Nixen bevölkertes Meer schien. Eine der Nixen hieß Wawerda. Das Bad im Meer dauerte wohl nur ein paar Minuten. Dann meldete sich die Realität und fragte, ob es für die Muskeln nicht angebracht sei, den Rückzug anzutreten.

In diesem Augenblick rief mir Bab etwas zu. Ich ließ die Beine hinunter und stieß unverhofft gleich auf Grund. Ohne es zu wissen, war ich im Bogen auf das Ufer zugeschwommen. Ich hätte schon längst wieder gehen können. Nun stand ich über dem Wasser, nahe dem Strand, ganz wie damals in dem Burgsteinfurter Tümpel. Ich hockte mich hin wie in einer Badewanne. Das Erlebnis war etwas lächerlich, aber tat wohl. Wir rieben uns trocken und spazierten eine Weile eingehängt auf der Fahrstraße in dem für uns nicht mehr undurchdringlichen Dunkel, die keimende Wärme der Haut und die neue Bewegung auf fester Erde genießend.

Es gab Zigaretten im Wagen. Lichtenberg, meinte Bab, sei doof, aber harmlos, die Kinder sympathisch, der einzige Übelstand die Frau. Der mussten wir sofort klar machen, wo ihre Wohnung aufhörte und die unsere begann. Im Grunde war es vielleicht nicht so schlimm, nachdem wir nun einmal vermieten mussten. Wir behielten genug Platz, und außerdem hatten wir noch Zeit, uns zu entscheiden.

Ganz meine Ansicht. Wir konnten über den Tag froh sein, erst Grosjeans Nachlass, dann die bevorstehende Vermietung. Von jetzt an wollten wir jede Nacht, solange es warm blieb, ins Meer gehen.

Das Konzert der Fremden unter fallenden Sternen

In den Sommermonaten wurde Madou zum internationalen Sitz von Intellektuellen. Mehrere englische Kulturträger verbrachten an dem heiteren Strand ihren Sommer; ein übermäßig langer Cambridger Biologe namens O'Murphy, der Physiker Bernulli sowie Sir John Richard, ursprünglich Diplomat, jetzt einer der angesehensten Journalisten Londons, im Nebenamt Germanist und begeisterter Freund Deutschlands. Er erschien immer in Begleitung eines gut gewachsenen Neffen von lässigen Formen, unbekannten Berufs und leicht geschminkt, über den Madame Ferramonte viel zu sagen hatte. Er bewohnte ein weitläufiges Gehöft, zusammen mit dem Neffen und einem Amerikaner namens Katapolk, Verfasser der *Memoiren eines Menschenfressers* und dessen Freundin, einer Miss Grown. Das Gehöft lag am Strand unterhalb der Villa der Lichtenbergs und umschloss einen großen, mit Bäumen besetzten Platz.

Wir kannten das Gehöft von früher; im Winter war es nicht heizbar und feucht. Katapolk war ein jovialer, schwer alkoholisierter Naturbursche, der sich unter wilden Völkerschaften herumgetrieben und überall fotografiert hatte. Seine Literatur beschränkte sich eigentlich auf Beschriftungen der Fotos in einem drastischen Telegrafenstil. Auch Miss Grown schrieb und trank. Sie versilberte ihre Nägel an Händen und Füßen, trug dick geplustertes Haar, saß immer steif da, ohne den Mund zu öffnen, und wenn es doch geschah, sprach sie leise wie Laub. Die Ferramonte behauptete, Katapolk und seine Freundin bearbeiteten sich gegenseitig aus erotischem Drang mit Nilpferdpeitschen und leugneten es so wenig, wie sie in Abrede stellten, an Gelagen der Anthropophagen mit Appetit teilgenommen zu haben. Prahlerei liege ihnen fern.

Wir trafen uns nachmittags zur Stunde des Aperitifs auf der

Terrasse des Café du Port. Kleinchen, solange er sich einigermaßen fühlte, fehlte nie. Er kam gewöhnlich schon vormittags wegen der Zeitungen. Es fanden sich oft einige Italiener ans Brignolle ein, darunter Alessandro Conti, Urheber eines Attentats auf Mussolini und Danteforscher, und der strahlende Baron Beneto, Professor der Sympathicotherapie an der Genfer Universität, der sich um Kleinchens Leiden bemühte. Madame Ferramonte kam nicht aus Italien; sie war Wienerin. Sie war eine geschiedene von Valk und geborene Freiin von Hupf. Sie diente dem Völkerbund von Madou als Verbindungsoffizierin und habe zuvor in Mitteleuropa gesellschaftlich geglänzt, hieß es.

Wir wussten wenig von ihr, aber umso mehr wusste sie von den anderen. Sie brachte gewöhnlich den russischen Fürsten Jurusoff mit, einen liebenswürdigen alten Herrn mit Vollbart und nur einem Auge. Sein Vermögen, das einst, wie Madame Ferramonte behauptete, aus Latifundien bestand, war nun zu Anekdoten und zwei ovalen Fragonards von zweifelhafter Echtheit geschmolzen, für die er Käufer suchte. Auch Skandinavier kamen vorbei, und sogar ein Türke, Keremet Pascha, der Widersacher von Kemal Pascha. Nur Franzosen waren nicht vertreten. Die Deutschen überwogen unverhältnismäßig, teils Optimisten, teils Pessimisten. Jeder suchte, den täglich eindringenden Ereignissen mit seiner mehr oder weniger feststehenden Meinung zu begegnen und übte sich im Formulieren, was eine auf die Dauer erschlaffende Monotonie ergab, den Gesprächen von Sommergästen über das Wetter vergleichbar.

Die Frauen blieben der Natur verbundener, munter und beweglich. Während die Männer still saßen und redeten, besorgten sie kreisend ihre Gänge, gaben Pakete ab und holten neue, immer in lächelnde Grazie; Betty Lichtenberg, stets in demselben strahlenden Indigo, das an das Tahiti Gauguins erinnerte. Nach Erledigung ihrer Besorgungen griff Betty kräftig in die Unterhaltung der Männer ein, wobei sie sich nichts vormachen ließ. Die Schuch hatte es mit ihr schwer. Ihr Mann zog es vor, sich die Neuigkeiten berichten zu lassen, und blieb tagsüber am Schreibtisch, dem zweiten Teil seiner *Fragezeichen* gewidmet.

Den Kreis schmückten einige reizvolle Mädchen. Zilly Müller trat als Grotesktänzerin in Hyères auf und hatte für den Winter Aussichten in Paris. Die blonde Mimi Löftz, rosig, vollschlank, etwas dummdreist, beschäftigte sich mit Kleinplastik von Tieren und modellierte im Café du Port die kleine Angorakatze von Lolo Lichtenberg, die im Körbchen mitgebracht wurde. Ihre Freunde nannten das Kätzchen Mimi, wie die Künstlerin. Die Löftz hatte sich, schien es, von dem Studenten und von Schuch gelöst. Betty Lichtenberg hatte ein Auge auf sie. Das Blond begeisterte die Provenzalen, aber im Interesse aller verbot Betty ihr Beziehungen zu Touloner Mariniers, da die Franzosen im Kriegshafen auf Spione scharf war. Außerdem kannten Lichtenbergs die Mutter des Mädchens in München.

Madame Ferramonte bewegte sich im Café du Port wie in einem Salon. Sie teilte Worte wie Sandwiches aus, stets geschwellt von einem in ihrer Pension ungenügend gestillten Redebedürfnis, warf gelegentlich die Dinge durcheinander, wodurch sie an Reiz gewannen, und hatte ihr Stühlchen an jedem Tisch. Sprach sie mit einem, so sah sie gewohnheitsmäßig schon den nächsten an, dem sie etwas mitteilen wollte, und war, um es nicht zu vergessen, genötigt, das Gesicht zu verfinstern, was von Leuten, die sie nicht näher kannten, missverstanden wurde.

Ihre Zerstreutheit hatte sie vor Jahren ihres einzigen Kindes beraubt, dem sie aus Versehen ein Klistier mit Karbol verabreicht hatte, und seitdem ließ ihr Gleichgewicht ein wenig zu wünschen übrig. Doch war sie von geschäftiger Gefälligkeit für jedermann. Sie entwarf für Schuch Briefe an die Behörden, half dem Fürsten, betupfte plaudernd Katapolks mächtig behaarte Brust, kümmerte sich um Kleinchen, der es ihr nicht dankte, bot, um Babs Wohlwollen zu gewinnen, die Zärtlichkeit einer mütterlichen Tribade auf und ließ sich unbegrenzt von allen malträtieren.

Auf der Mariette ging sie täglich ein und aus, versorgte Lichtenberg, der für Klatschgeschichten eine Schwäche hatte und arrangierte abendliche Konzerte. Die fanden auf der Lichtenbergschen Veranda statt, von der aus Stufen in den Garten führten. Die Ferramonte trieb die Instrumente auf, für Betty eine passable Geige, für Lolo die Flöte. Der düstre Student, der von Schuchs entwichen war, blies das Saxophon. Zuweilen trug Lugi Schuch, begleitet von einer Zither und zu Babs

Entzücken, verwegene Bänkellieder mittelalterlicher Prägung vor. Sobald ein Stück zu Ende war, bemühte sich Madame Ferramonte um das nächste. Die Zuhörer saßen im Dunkeln zwischen den Gehölzen und sahen die Fischerboote mit ihren kleinen Lichtern, die des Nachts das Meer an dieser Stelle unterhalb des vorspringenden Hügels befuhren. Und regelmäßig strich der Scheinwerfer von Cap Martin über die Veranda hin.

Die ganze Familie Lichtenberg war erstaunlich musikalisch. Otto komponierte tänzerische Stücke, Katapolkas, und dirigierte das Quartett mit einer Ziehharmonika, die dudelsackartige Klänge produzierte. Bald schwang er das lang gezogene Instrument in runden Wogen über den Kopf, wobei ihm eine blonde Locke in die Stirn fiel. Er sang mit. Bei leisen Stellen hielt er die fast geschlossene Harmonika nahe vor das Gesicht und schnitt Grimassen. Klatschten wir Beifall, so klappte er den Rumpf wie ein Taschenmesser zusammen, wobei ihm der Hut, eine viel zu große Melone seines Vaters, vom Kopf fiel.

Der Student wurde immer düsterer. Betty wiederum schob beim Geigen den Kiefer vor. Am liebsten hatte ich es, wenn sie energisch strich, um die Melodie zu behaupten. Dann marschierte sie soldatisch über alle Hindernisse hinweg. Lolo, sonst immer sehr still, blickte herausfordernd und gab flötend ihr Innenleben preis. Das passte zu der Rolle der Flöte, die immer den andern Stimmen widersprach und oben im Raum auf eigene Rechnung tirilierte. Mit Dissonanzen wurde nicht gespart. Wenn Katapolk die Musik hörte, kam er aus seinem Gehöft herauf, nur mit einem Schurz bekleidet, voll von Gin, und vollführte schwerfällige Solotänze. Sobald die Musik aufhörte, verschwand er wieder, ohne sich zu äußern. Bei Lichtenbergs gab es nur Tee.

Obwohl Bab ihr Unvermögen, die Marseillaise von der Lorelei zu unterscheiden, allen gestanden hatte, legte Otto auf ihr Urteil Gewicht. Er plante einen Film mit Gesang, *Das Mädchen von Madou,* mit Bab in der Hauptrolle. Gewöhnlich kam er am Sonntag mit dem Autobus zu uns und trug Dispositionen vor. Bab benutzte ihn, um nach der Elektrizität zu sehen und den ewig gestörten Wasserzug des unteren Badezimmers zu regulieren. Otto schwankte noch zwischen Musik und Feinmechanik.

Auch literarische und wissenschaftliche Abende fanden statt. Bei diesen trug Schuch seine Ideen über modernen Städtebau vor, der russische Fürst referierte über Ikonen, ein Tübinger Privatdozent entwickelte die Quantentheorie von Max Plank weiter. Mimi, nicht die Katze, sondern das lockere Mädchen, benahm sich bei dieser Gelegenheit einmal ungehörig und zog sich einen Verweis Bettys zu. Ein andermal führte Madame Ferramonte das Ehepaar Müntz ein, das in Madou auf das Reisegeld nach Südamerika wartete; er ein überaus temperamentvoller Soziologe, der einem die Hand beim Drücken zerquetschte, sie eine sanfte Taube. Er war mehrere Male auf der Terrasse der Lichtenbergs gewesen, um Vorträge zu halten, und besaß ein eigentümlich geformtes silbriges Kreuz, eine Ehrung. Die Cuna-Cuna-Indios in Panama und die tapferen Aymara am Titicacasee trügen es als Freiheitszeichen auf ihren Fahnen, sagte er. Am liebsten hätte er uns alle mitgenommen. Der Klöppel erkundigte sich, ob Ärzte mit deutschem Patent zugelassen würden.

Bei seinem Vortrag über Mexiko hatte Müntz von Anfang an Mühe, auf dem Stuhl zu bleiben. Zuerst die Religion der alten Inkas, der Sonnentempel von Tschuanacu und wie anders es wurde, als die mörderischen Spanier ihr Papsttum brachten. Der Tod Atahualpas durch den Goldfresser Pizarro. Er sang die klangvollen Namen und glich dabei einem rothaarigen Inka. Nun der Einfall der verbrecherischen Neuzeit. Er sprang auf, lief nach vorn bis hart an die Stufe. »Ich muss Euch sehen!«, schrie er, vergaß Ort und Zeit, nahm uns für Gauchos. Wehren sollten wir uns gegen die furchtbare Erpressung durch die Hyänen des Broadway. Die rote Mähne flatterte. Er ballte die Fäuste. »Brecht den Bann, schüttelt die Halunken mit den Checks von Euch ab, zerschlagt die Traktoren, behaltet den Pflug, bleibt Gauchos!« Den Augenblick, den er, um der Erregung Herr zu werden, warten musste, hätte drüben tosender Beifall gefüllt. Zuletzt kam er auf das infame Gesetz der Machthaber von Rio de Janeiro. Da uns das Gesetz nicht geläufig war, fiel der Schluss etwas ab. Seine taubenhafte Frau wischte ihm das erhitzte Gesicht.

Der Kreis erweiterte sich, wenn Lichtenberg ein Stück aus seinen *Fragezeichen* vorlas. Es geschah, soweit wir dabei waren, nur ein einziges Mal an einem besonders bemerkenswerten Abend. Er schilderte die unaufhaltsame Eroberung der Welt durch den Materialismus, die Vertreibung des Menschen als Verteidigers der Humanität aus den Domänen des Geistes, auch aus Berufen der reinen Erkenntnis wie Kunst, Dichtung oder Philosophie, deren Wesen gerade auf der von endlichen Zwecken genesenen Unabhängigkeit beruhte. Dies seien bedrohliche Perspektiven.

Jeder Satz war überaus sorgfältig geformt und unwiderleglich, aber die Wirkung blieb trotzdem verworren. Wäre nur das Auge, nicht das Ohr, Empfänger gewesen, so hätten wir eine witzig beleuchtete Begebenheit aus dem Leben des Vortragenden vermutet, denn ein zierliches Nicken des spitzbartigen Kopfes, vertikal oder seitlich, begleitete stets die ätzende Rede, und er lächelte dazu. Die finsteren Gefahren unserer Gesittung konnten, wollten wir der Gebärde trauen, muntere Knaben sein, die ein reizvolles Spiel trieben, oder leicht beschwingte Blumenmädchen, bemüht, unser Dasein zu umgaukeln. Fäulnis, nickte er zierlich, als meine er das Paradies; Tod und Vernichtung, ei ei. Ich bin mir nie klar geworden, wie weit ihm dieser Widerspruch bewusst war und ob nicht die mildernde Gefälligkeit als raffiniertes Mittel der Steigerung benutzt werden sollte.

Nach Beendigung der Vorlesung sah er misstrauisch zur Seite, zupfte mit zwei Fingern an der großen, etwas steilen Nase und wandte sich an Lolo: »Verzeihung, liebes Kind, ich glaube, es riecht nach Mimi, ich meine die Katze.« Es wirkte sehr komisch.

Wir fühlten das Bedürfnis nach Musik, und Lichtenberg räumte die Veranda. Kurz darauf wurde eine neue Katapolka aufgeführt, bei der die Flöte führte. Kurz vor dem Finale erschien wieder Katapolk, das üppige Brusthaar in Dauerwellen, begleitet von seiner schweigsamen Freundin. Er berichtete von Wandlungen der Gegenstände seines Gesichtsfelds unter dem Einfluss von Klängen. Die Streichholzschachtel stellte sich auf und spazierte über den Tisch. Hohe Geigentöne machten sie länger, sodass — erklärte Katapolk — beinahe ein hopsender Storowit daraus würde, ganz deutlich, indeed. Wenn die Flöte dazukam, erhielte der Storowit ein Hütchen mit Hinterbau, unter Umständen sogar das Spitzdach.

Ob der Storowit ein Haus sei, fragte Mimi. Müntz riet auf einen zum Kriegstanz gerüsteten Neger, Otto auf ein Känguru. Kleinchen kam der Wahrheit am nächsten, indem er Storowit mit Sliwowitz oder Gin zusammen brachte.

Als die Gäste der vorangegangenen Vorlesung zurückkehrten, wandte sich Katapolk an Lichtenberg und gratulierte dem Herrn Senator zu seinen glänzenden Ideen. Betty ernannt er zu Frau Senator. Nach dem Entweichen des Paars wollte Lichtenberg, der Katapolk als Fremdkörper empfand, den Abend nicht so beschließen und bat nochmals um Tee. Madame Ferramonte huschte herum und verbreitete, die Frau des Hauses habe morgen, also in einigen Minuten, Geburtstag, den einundfünfzigsten. Lichtenbergs Gedanken glitten nach Tutzing, wo die Familie den fünfzigsten begangen hatte. Deutlich stand der gemeinsame Spaziergang im Wald bei Tutzing vor ihm. Das Vogelkonzert, das Rudel Hirsche, das Alpenglühen. Betty erinnerte sich eines Zanks mit dem Gatten auf diesem Spaziergang und wurde von Otto ersucht, hier nicht mit zerrüttetem Familienleben zu renommieren. Von Alpenglühen habe er nichts bemerkt, dagegen habe es mittags Forellen gegeben. Lichtenberg wollte eine lächelnde Bemerkung einschieben, aber der Himmel kam ihm zuvor. Es regnete Sterne.

Vom Großen Bären bis zur Milchstraße lösten sich ohne Unterbrechung und an vielen Stellen zugleich ganze Massen von glitzernder Materie und durcheilten den Äther, Raketen von oben nach unten. Wir standen zwischen den Gehölzen. Niemand hatte je dergleichen erlebt. Madame Ferramonte schwankte zwischen der Befriedigung über das Schauspiel, an dem sie sich am liebsten ein kleines Verdienst zugesprochen hätte, und der schlecht verhehlten Befürchtung, die Erde könne in Mitleidenschaft gezogen werden. Otto bot ihr für den Nachhauseweg einen Regenschirm an.

Die Uhr der Mairie von Madou schlug zwölf, und Lichtenberg umarmte die Gattin. »Liebe Betty, die Leoniden und Perseiden grüßen dich, und der Heilige Laurentius weint Freudentränen. Eine bessere Ovation wäre dir auch in Tutzing nicht zu bereiten. Die Sterne steigen herab, und die Erde blüht dir entgegen.«

»Hurra!« klirrte Müntz. Es regnete Küsse und Händedrücke. Auch Bab und Betty umarmten sich.

Auf der Heimfahrt giftete Bab über eine angeblich gehässige Bemerkung Kleinchens, die mir entgangen war. Sonst fand sie die

Abende auf der Terrasse sehr ulkig. Eigentlich wunderte sie sich, wie sie früher jahraus, jahrein ohne dergleichen ausgekommen war.

Das fand ich weiter nicht merkwürdig. Hatte sie denn das Bedürfnis nach dergleichen bisher gespürt?

Nein, gab sie zu. Und das hätte ja auch nichts genutzt.

Wir würden es uns bald wieder abgewöhnen müssen, denn demnächst drohten unserem kleinen Völkerbund die Auflösung, oder zumindest arge Lücken. Schon rüsteten sich viele zur Abreise. Die Müntz fuhren nächste Woche, und Katapolk sah nach Abschaffung des Alkoholverbots in den Staaten keinen Grund, sich seinem Land vorzuenthalten, und wollte nach New York.

Nun ja, der Katapolk, meinte sie geringschätzig. Es komme auch gar nicht auf diesen oder jenen an. Sie konnte in der ganzen Gesellschaft keinen Einzelnen nennen, auf den sie sich angewiesen fühlte. Trotzdem fand sie die Abende sehr ulkig.

Jawohl, trotzdem. Auf alle Fälle blieben uns Lichtenbergs. Er sollte zu Beginn des Herbstes Vorträge in Paris und Brüssel halten. Nach seiner Rückkehr wollten sie einziehen. Vielleicht, meinte Bab, könnten wir solche Abende auch auf unserer Terrasse machen.

Möglich. Mir gefiel am besten an den Abenden die Heimfahrt am Meer entlang, namentlich, wenn die Nacht hell war.

Wir badeten noch und schwammen diesmal bis zur Insel und saßen dort, die Füße im lauen Wasser. Ja, die Abende in Madou waren ulkig, ein Gemengsel aus Bruchstücken unseres früheren Daseins, das vergessenen Regungen ein bisschen Nahrung zutrug. Aber dieses Vergnügen trübte alles, was wir früher an Vadoule geschätzt hatten, sonst könnte sich Bab nicht wundern, wie sie es vorher ohne den Zeitvertreib ausgehalten hatte. Früher waren wir für einen Tagesablauf dankbar, der uns daran hinderte, sich nach solchen Vergnügen der Vergangenheit zu sehnen und der solche Bedürfnisse gar nicht erst aufkommen ließ. Der erlaubte uns auch, die Menschen des Landes, die Verwandten der Rebenfelder, der Bäume, Hügel, und Kinder des gebenedeiten Hammels zu sehen; eine früher nur von Hörensagen gewusste, nie erlebte Beziehung.

War sie minderen Wertes als das, was uns mit einem Katapolk oder anderen ulkigen Leuten verband? Empfingen wir weniger, gaben wir weniger? Anderes, ja. Die Konzerte in Madou waren leicht und einfach, wir brauchten uns nur hinzusetzen und Madame Ferramonte gewähren zu lassen. Und wenn sich Madou demnächst auflöste, bekamen wir zum Andenken ein paar Ansichtskarten mit herzlichen Grüßen. Auf dergleichen war in Vadoule natürlich nicht zu rechnen.

Ich überschlug die Vergangenheit. Wenn ich die vielen großen und kleinen Konzerte bis zurück in die Klippschule durchsiebte, hinterließen sie mehr als Ansichtskarten mit Grüßen? Doch, beim näheren Hinsehen blieb schon etwas, nur fiel es einem nicht gleich ein. Natürlich gab es Konzerte, die durchaus nicht ulkig oder nicht nur ulkig waren. Was mir aber sofort einfiel, waren Erlebnisse außerhalb solcher Konzerte.

»Jedenfalls«, sagte ich, »sollten wir uns hüten, zwischen zwei Stühle zu kommen.«

»Wie?« fragte Bab, die mich nicht verstanden hatte.

Ich antwortete nicht. Es fielen immer noch Sternschnuppen, die Tränen des Heiligen Laurentius.

»Wenn ich wenigstens singen könnte«, klagte Bab.

Ein Begräbnis mit Pferden und eine Pyramide im Garten

Der Tag begann mit Madame Petitot, die auf der Terrasse erschien und schluchzend den Tod von Madame Grosjean meldete. Gestern kurz vor Mitternacht während des Sternschnuppenregens sei es passiert. Bei diesem Himmelszeichen hatte sie gleich an ein Unglück gedacht, entweder der Wallach Blond oder die Patronin, und ob wir es glauben wollten oder nicht, den Wallach hätte sie leichter verschmerzt.

Sie nahm Platz. Selbst das Erscheinen Fannys in einem Fenster des Esszimmers vermochte nicht, sie zu vertreiben, nur drehte sie sich halb um, sodass ihr Gesicht vom Haus aus nicht beobachtet werden konnte und ihre Worte ins Weite gingen. So eine Dame, eine Gemahlin, eine Mutter, püh! Eine Hausfrau! Genau war sie, ein Auge, O lala. In einem langjährigen Dienst wie dem ihren kam vielerlei vor, was wollen Sie, sie war nicht unfehlbar. Sie sagte nicht viel, aber sie wusste Bescheid, ein bisschen trocken, ja, das war sie, das kam auch von ihrem Leiden, und deshalb hielten dumme Leute sie für eine Birne, Gottchen von Gott. Mochte wohl sein, dass sie sich, wenn es vorkam, Birne stellte, denn was sollte sie machen? Jetzt würden wir etwas erleben.

Der alte Petitot mischte sich ein und fand ihre Rede zu lang. Madame war tot, es lebe Madame!

Sie fuhr ihn an, den Schmutzkerl, sei er eine Art Satyr? Wenn sie an Stelle der Patronin auf der Bahre läge, würde er geradeso sprechen?

Er lachte. Da täusche sie sich, denn dann würde er ganz anders sprechen. Ich konnte es so und so verstehen, und damit ich's richtig verstehe, nannte er alte Weiber Fässer aus verfaultem Holz mit verrosteten Reifen, nicht mal zum Heizen verwendbar.

Das Esszimmer schloss sich klirrend, und dahinter glaubte ich, Fanny prusten zu hören. Sofort erhob sich Madame Petitot und watschelte davon. Er turnte hinter ihr her. Vermutlich war er zur Feier des Tages schon am Vormittag in der Absinth-Kneipe gewesen.

Wir sahen uns nicht sofort nach einem Kranz um, weil es möglich war, dass die Hinterbliebenen sich Blumen und Besuche verbitten würden, weshalb wir die Annonce abwarten wollten, und am nächsten Tag hatten sich in ganz Vadoule die Preise infolge der Nachfrage verdoppelt. Bab fuhr mit Madame Petitot bis zu dem Fleuristen von Aubagne, einem Schwager von Vincent.

Es wurde ein großes Begräbnis, laut den heimischen Zeitungen das größte der Lokalität seit der Überführung der Heiligen Vadoule im Jahre 1863, an die sich vereinzelte Greise noch erinnern konnten. Gabriel fand, mit Recht komme der Leiche einer notorischen Millionärin bedeutenderes Gepränge zu als den dürftigen Resten der Heiligen, deren Echtheit infolge der Unbilden der Zeiten ohnehin in Frage gestellt schien.

Wir versammelten uns um elf Uhr vormittags in Mon Repos. Der Sohn des Hauses, Hauptmann der Artillerie in Uniform, begrüßte die Trauergäste am Tor. Monsieur Grosjean, umgeben von der Familie, empfing im Zimmer »Berthe«. Das Bild der Verstorbenen war mit schwarzem Flor verschleiert, ebenso die Elfenbeingruppe, die Löwin mit dem Jungen und das Medaillon im Rahmen des Sofas mit dem schnäbelnden Taubenpaar. Grosjeans Gesicht zeigte die übliche Starre, die für solche Gelegenheiten vorbestimmt schien. Sein Frack erhöhte die Würde. Er begrüßte jeden Teilnehmer mit Handschlag. Verwandte bekamen Küsse auf beide Wangen. Die beiden Töchter verharrten versteinert. Madame Vauban zog die Hand, die ich an die Lippen führen wollte, mit einem Ruck zurück, worauf ich es bei ihrer Schwester, Madame Augier, unterließ.

Der Sarg stand in dem schwarz ausgeschlagenen Löwensalon nebenan auf einem Katafalk, dicht bedeckt mit Kränzen. Auch die geschlossenen Fenster waren schwarz bezogen. Vier Kandelaber mit zahlreichen brennenden Kerzen erhellten den Raum und erhöhten die Temperatur. In Silberschrift stand quer über der Wand ein Spruch aus den *Gedanken*, der von der geistigen Verbindung zwischen Mann und Frau handelte.

Jeder Ankommende näherte sich nach Begrüßung des Witwers dem

Sarg, blieb einen Augenblick in Andacht stehen und begab sich dann zu der übrigen Gesellschaft. Nur der Geistliche im Ornat nebst seinem jungen Assistenten hielt sich zur Rechten des Katafalks, Gebete verrichtend. Der Junge mit dem Rauchfass, ein Sohn der Hebamme Le Luc, war krebsrot und schwitzte. Längst war die vorgesehene Stunde überschritten, als zuletzt der General Croquemouche, der Bruder der Verblichenen, in großer Uniform mit allen Orden erschien, und nun endlich das erwartete Signal zum Aufbruch gegeben wurde.

Während sich die Gesellschaft auf die Veranda und in den Garten begab, wurde der Sarg zu dem vierspännigen Leichenwagen getragen. Von jetzt an ging es verhältnismäßig schnell. Die auf dem Leichenwagen nicht untergebrachten Kränze wurden auf ein vom Wallach Blond gezogenes und von Petitot kutschiertes Halbverdeck gepackt, das wohl noch aus der Zeit des Vaters von Grosjean stammte. Unser Kranz, kenntlich an den mit gelben Maréchal-Niel-Rosen gemischten, leuchtend roten Tulpen, schmückte den Leichenwagen und hing gut sichtbar auf der rechten Seite der Bedachung.

Der Zug ordnete sich. Unmittelbar hinter dem Sarg schritt barhäuptig Monsieur Grosjean mit seinem Sohn und den beiden Töchtern, dann die Schwiegersöhne und der General. Es folgte sonderbarerweise die Halbverdeck-Kutsche der Petitots, die einen sehr wenig feierlichen Eindruck bot, zumal der alte Petitot sich schlecht auf dem Bock hielt und wie üblich den Wallach mit groben Anrufen traktierte, denn das Tempo war für Blond ungewohnt. Besser hätte der Wagen den Zug geschlossen. Folgten die Frauen, immer vier in einer Reihe. Bab ging mit Madame Barrigou, Madame Gabriel und der Frau Vincents und vermied, zu uns herüber zu sehen. Der eilig gefertigte schwarze Tüllhut machte sie fremd. Dann die Männer, ein endloser Zug.

Bis zur Kirche brauchten wir eine gute halbe Stunde. Trotz des schattenlosen Wegs blieb Monsieur Grosjean unbedeckt. Sein weißes seidiges Haar leuchtete. Ich konnte ihm die Strapaze nicht ansehen, während General Croquemouche hingegen mitten auf dem Weg ausbrach und eins der nachfahrenden Autos benutzte. Ich ging zwischen Vincent und Louis, hinter uns Barrigou, Gabriel und der Frisör am Platz. Ein paar Reihen vor uns schritt der Maire und Notar Monsieur Falouze, zwischen Monsieur Puche und dem kurzsichtigen Polizisten, der den Kranz der Mairie trug, ein umfangreiches und bereits stark gelockertes Gebilde.

Der Maire, wie immer sehr gepflegt, trug als einziger im Zug einen tadellos gebügelten Zylinder, Bratenrock und Lackschuhe mit schneeweißen Gamaschen; er hätte in einem vornehmen Pariser Begräbnis mitgehen können. Die Vadouler hatten sich immer noch nicht an seine Feinheit gewöhnt und sagten ihm nach, er betrachte Vadoule nur als Zwischenstation, ein gewitzter Angler nach der Schärpe des Deputierten. Andererseits waren sie stolz auf den eleganten Maire und hatten keinen Anlass zu klagen. Vadoule lief unter ihm wie auf Rollen. Die Touloner Elektrizitäts-Gesellschaft legte das Licht bis zu den entferntesten Bauernhöfen, und wenn Gabriel im Zentrum dies nicht zu würdigen brauchte, einer, der wie Vincent auf dem Berg saß und ebenso gut wählen ging, dachte anders. Nächstens sollte Vadoule sogar Laternen an der Strandpromenade bekommen. »Und als Neujahrsgeschenk die Zementfabrik!«, höhnte Gabriel, auf ein viel umstrittenes Projekt anspielend, gegen das sich die Majorität, namentlich Vadoule-Plage, mit Händen und Füßen wehrte.

Der Friseur am Platz äußerte die Befürchtung, Monsieur Grosjean könne sich bei dem Sonnenbrand einen Stich zuziehen, worauf Gabriel behauptete, den habe er schon. Louis ärgerte sich über die Kutschiererei des Vaters, und dass er statt Blond nicht Bijou genommen habe. Da die Familie sich ohnehin statt des Vadouler Leichenwagens eines von den Pompes Funèbres in Toulon bediente, hätten die auch ein passendes Gefährt für den Blumenkondukt kommen lassen sollen, ebenfalls schwarz, meinte er. Beim Begräbnis des Premierminister Aristide Briands habe es mehrere solcher Wagen gegeben. Louis hatte Abbildungen gesehen.

Vincent stieß mich an und wies auf das Halbverdeck, das gerade bei der Clay'schen Hühnerzucht die Kurve nahm und sich in der Breite darbot. Dabei schwankte der alte Petitot hin und her, als habe sich etwas in seiner Wirbelsäule gelockert, und kam nicht mehr aus der Pendelbewegung heraus. Zweimal blieb Blond stehen und zwang den ganzen Zug zu halten. Inzwischen war Petitot eingeschlafen. Zog der Wallach endlich an, fiel Petitot mit gelockerten Beinen nach hinten und nur die altmodische hohe Lehne des Bocks verhinderte, dass er stürzte. Dann schwankte er gemächlich weiter. Es sah spaßig aus, der Torkler über den Köpfen des Zuges, ein Guignol, der mit den Gliedern wirft, als vernähme er, was alles hinter ihm gedacht und gesprochen wurde, und wolle sich auf seine Art dazu äußern. Unmittelbar vor der Steigung zum Platz hielt Blond ein drittes Mal, aber der Zug hatte hier Raum genug und ließ ihn beiseite.

Außer der Familie nahmen nur Frauen an der kurzen Zeremonie in der Kirche teil. Die Männer warteten in Gruppen draußen, Gelegenheit zu einer Zigarette. Der Maire begrüßte mich. Monsieur Grosjean werde unsere Beteiligung zu würdigen wissen. Seine Krawatte schmückte ein gut geschnittener Skarabäus aus schwarzem Basalt, anscheinend echt.

Bis zum Kirchhof waren es nur wenige Schritte. Als der Sarg vor der Gruft stand, gab der Maire einen kurzen Überblick über das Tun der Verblichenen und nahm Abschied von der verehrungswürdigen Patronin des Vadouler Altersheims. Im Auftrag der hohen Präfektur habe er die Erklärung abzugeben, dass sich Madame Berthe Grosjean, geborene Croquemouche, um das Land verdient gemacht habe.

Hier legte der General die Hand an die goldgestickte Kappe.

Das horizontale Einschieben des Sarges in die Gruft nahm geraume Zeit in Anspruch und war überaus peinlich, da die Arbeiter sehr laut mit dem Sarkophag herumbullerten, als sei der eine Traubenpresse. Bab stand abseits neben der alten Petitot, deren Kuhaugen sich langsam verglasten. Grosjean verzog keine Miene. Madame Vauban reckte, krampfhaft lächelnd und einer Ohnmacht nahe, den Kopf nach oben. Zum Abschied gab Monsieur Grosjean jedem die Hand, und jeder Verwandte männlichen und weiblichen Geschlechts erhielt wiederum zwei Küsse, einen rechts, einen links, und zwar nicht obenhin, sondern deutlich vernehmbar, langsam und gründlich. Gabriel wollte über sechzig gezählt haben.

Mochte vielleicht mancher, seinem Geschmack gemäß, eine stillere Trauer vorziehen, keiner konnte der Energie, mit der dieser Mann die einmal gewählte Form bis zum Ende durchführte, die Anerkennung verweigern. Da stand er breit und fest, das Gesicht starr, unerschütterlich, Träger einer Anschauung, die uns nichts mehr zu sagen wusste, aber als Kraft erstaunlich, ein Kämpe. Nichts war seinem Äußeren unähnlicher als der reiche Mann, als welcher er überall bekannt war. Die den Luxus begleitenden und zersetzenden Keime hatten ihn unberührt gelassen. Eher wirkte er wie ein Bauer, ja, einer von den Leuten, die den Acker bestellten und denen es oft nur an den Händen anzusehen ist. Als niemand mehr zum Händedruck und schmatzenden Wangenkuss da war, setzte er sich in seinen Wagen und fuhr los.

Nachher spielten Gabriel und ich auf dem Platz vor Barrigou gegen Vincent und Louis Boule, während Bab mit Gabriels Frau in der Bar du Centre Eindrücke austauschte. Ich warf miserabel, ganz aus der Übung. Gabriel schrieb es meiner Ergriffenheit zu. Die Eingeborenen sprachen noch lange von dem Begräbnis, selbst die in Madou. Die tote Madame Grosjean gewann eine ungleich höhere Bedeutung, als die lebende je besessen hatte. Ihr Nachleben sollte sogar auf unerwartete Weise in das Dasein verschiedener Personen unseres Kreises eingreifen und auch mich selbst berühren. Denn ihr verdankt die Geschichte eine neue Wendung.

Schon kurz nach der Beerdigung plante Monsieur Grosjean ein Denkmal für seine Gattin im Garten von Mon Repos und überraschte mich mit der Bitte um Rat. Wie ich zu der Ehre kam, weiß ich nicht, er tat so, als habe er ernsthafte Gründe, sich an mich zu wenden. Für die recht beträchtlichen Kosten, die er aufzubringen bereit war, hätte er jeden bedeutenden Künstler haben können, sogar Aristide Maillol, aber es war mir klar, dass seine Geschmacksrichtung ein ernsthaftes Werk kaum zuließ, weshalb mich zunächst das Projekt nur mäßig interessierte. Bab, der Teestunden vor drei Jahren gedenkend, erklärte jeden Versuch, mich mit ihm abzugeben, für Wahnsinn.

Ihre Übertreibung stimulierte mich aber wieder in die entgegengesetzte Richtung. Denn sobald sich nur die geringste Aussicht bot, einen reichen Mann für Kunst zu gewinnen, legte mir die einfache Pflicht den Versuch nahe, ihn auf den rechten Weg zu bringen. Das sagte ich ihr, meinte es aber im Grunde weniger pflichthaft, sondern folgte mehr dem Kitzel der Neugier. Es würde sich sehr bald herausstellen, wie weit Bab Recht hatte. Mindestens bewies die von Grosjean in Aussicht genommene Summe seine Opferwilligkeit. Er hatte von hunderttausend Francs gesprochen. Bab fand nicht die Summe, sondern meine Einfalt enorm. »Jedenfalls lass dir ein dickes Honorar zahlen«, empfahl sie, »aber praenumerando! Wir können es brauchen.«

Natürlich wurde Grosjean, als er wieder bei uns vorbeikam kam, mit gebührender Skepsis behandelt. Wohl lasse sich, schien mir, seine Absicht unter gewissen Bedingungen künstlerisch verwirklichen, und der Garten von Mon Repos mochte sich dafür eignen. Die Wahl des Künstlers, sobald er sich über die erforderliche Leistung klar sei, dürfte kaum große Schwierigkeiten bereiten, aber selbst wenn ich eine brauchbare Meinung zu äußern imstande sein sollte, könne ich mir nicht schmeicheln, meiner Stimme ein Gewicht zu verleihen, das nicht von einem Dutzend anderer, ihm vertrauterer Ratgeber aufgewogen würde, und daher fände ich es angemessen, ihm und seinen Freunden nicht vorzugreifen.

Ich hatte nicht an Taktik gedacht, hätte aber kaum eine bessere finden können. Er habe, antwortete er, seit seines Bruders Tod überhaupt keinen Berater in solchen Dingen. Seine Kinder ständen Kunst und Philosophie teilnahmslos gegenüber und lehnten dieses Projekt gänzlich ab. Dies sei einer der Gründe, die das Einvernehmen mit den Seinen beträchtlich gefährdeten. »Ich weiß heute erst, was meine Frau dem Hause war. Der Friede scheint mit ihr entflohen.«

So ein Geständnis hätte ich ihm nie zugetraut. Mehr noch überraschte mich, dass diese Mitteilung ausgerechnet mir zuteil wurde. Ich suchte, seine Beschwerde über die Seinen leicht zu nehmen, sprach von Stimmungen in Folge der schweren Erschütterung, von begreiflicher Empfindlichkeit. Schmerzliche, aber vorübergehende Reibungen.

Er nickte kurz. Umso lebhafter wünschte er das Gedächtnismal. Ohnehin pflege er, bedeutende Ereignisse so zu verewigen. Der Bacchus auf dem Platz erinnere an die silberne Hochzeit, und der Brunnen in Vadoule-Plage an die Geburt des ersten Enkels. Der Tod sei ihm bisher als Anlass erspart geblieben. Über die von mir erwähnten Bedingungen wünschte er Aufklärung. Natürlich kannte er nicht den Namen des größten Bildhauers Frankreichs. Wie sollte er? Grosjean und Aristide Maillol! Die elfenbeinerne Löwin mit den Jungen, der Löwe mit den Glasaugen, der sich die Flanken peitscht.

Ob ich in meiner Bibliothek Abbildungen besitzen würde?

Gewiss besaß ich die, aber ich zögerte, dieses Terrain zu betreten.

Wie konnte es gelingen, ihn mit der schweigsamen Fülle einer für sich selbst sprechenden plastischen Form vertraut zu machen? Jede figürliche Interpretation musste bei ihm zum Kitsch führen. Hier half nur ein radikaler Schnitt: Verzicht auf jede Plastik, eine ausschließlich architektonische Lösung. Dieser Weg — ich sah ihn noch nicht deutlich — schien mir das Ei des Columbus, und ich hielt es für möglich, ihn gangbar zu machen. Er müsse sich, setzte ich ihm vorsichtig auseinander, über das Prinzip klar werden. Der von den früheren Beweggründen nur zu verschiedene traurige Anlass bedinge eine von Grund aus geänderte Form.

Das fand er richtig. Ein das Leben bestätigender Bacchus oder dergleichen komme nicht in Betracht

Oder dergleichen, betonte ich. Alles, was in diesem Bereich lag, auch getragenere Figuren, erst recht jede porträtartige Verewigung der Verblichenen schien mir nicht ernst, nicht feierlich genug. Wir mussten etwas ganz anderes finden, einfach und groß.

Ich wartete einen Augenblick. Während des Sprechens war mit der Weg klar geworden. Wenn überhaupt, ging es nur so. Ich nahm Anlauf und schlug einen Obelisk vor, besser noch eine Pyramide, jawohl, eine Pyramide wuchtigen Umfangs aus dunklem Granit. Ein geschickter Baumeister hatte sie zu entwerfen und für geeignete Vorbereitung des Platzes im Garten zu sorgen. Ich dachte an Schuch.

Die Pyramide schien Monsieur Grosjean ein origineller Gedenke, und der Granit gefiel ihm. Dunkel gefleckten Granit hatte er schon einmal verwendet, als Sockel für die Bronze im Löwensalon. Claude Molineer, ein Neffe der Verblichenen, der im Jura ein paar Granitbrüche besaß, hatte ihn geliefert. Claude war der Sohn des verstorbenen Procureurs der Republik in Bésançon und er hatte am Begräbnis teilgenommen. Er werde sich die Verwendung seines Steinbruchs zur Ehre anrechnen.

Offenbar überwog die Vorliebe für den Granit des Neffen das Interesse Grosjeans am Problem der Form. Als ich dies mit Hilfe einiger Ansichten Kairos vor ihn hinstellte, brach er aus. Wie denn, so ein dreiseitiges Ding, meinte ich das im Ernst? Niemand könne doch von einer derart nackten Geometrie die seiner Gattin Berthe zugedachte Ehrung und das zu verewigende Wesen der Beklagten ablesen. Wir lebten doch nicht vor undenklichen Zeiten in der Wüste. Eine Pyramide, warum nicht? Aber doch nur als Begleitung einer Allegorie, die erst dem nackten Stein Sprache verlieh.

Die Allegorie, da saß ich. Irgendwo kicherte Bab. Ob mit oder ohne Pyramide führte die Allegorie zum Kitsch, und das er an der Allegorie festhielt, festhalten musste, dafür war er Grosjean.

Gib's auf! mahnte eine innere Stimme; Übung am ungeeigneten Objekt, Zeitverschwendung. Bab hat Recht. Neunzig von Hundert greifbaren Umstände sprachen für Bab, ja, sogar neunundneunzig. Ja, wenn Vadoule nicht Vadoule und mein Gegenüber nicht gerade dieser Beharrungsapostel gewesen wäre, hätte ich den Rat befolgt und das Vernünftige getan. Dabei warnte mich eine dunkle Wolke von schwer greifbaren Gründen, die weniger von der Vernunft als vom Instinkt bestimmt wurden, und auch diesen verweigerte ich die Geltung. Widersteht man aber den schwer greifbaren Gründen, so verlieren die anderen, die Greifbaren, erst recht ihre Bedeutung und können sogar mit Hilfe einer gefälligen Dialektik geradezu zu Gunsten des Unsinns sprechen.

Ich sagte mir zum Beispiel: Wäre es nicht anormal, wenn ein bürgerlicher Mensch wie Monsieur Grosjean, einer mit solchem Beharrungsvermögen, auf Anhieb eine Form akzeptieren würde, gegen die sich vermutlich auch mancher um vieles besser vorbereitete verewigungssüchtige Witwer gesträubt hätte? Grosjean hatte bereits zugestanden, die Pyramide zuzulassen. Diese auch mit dem Granit des Neffen gewonnene Etappe war ein gutes erstes Resultat. Warum sollte es mit einer umsichtigen Taktik nicht gelingen, der begleitenden Pyramide die tragende Rolle zuzuweisen?

Ich zündete mir gelassen eine Zigarette an. Obelisk und Pyramide galten seit den alten Ägyptern, die in den Pyramiden ihre gottähnlichen Könige bestatteten, als höchste Erinnerungsmale, und daher konnte die Symbolik dieser angeblich nackten Geometrie nicht in Frage gezogen werden. Das müsse er zugeben.

Da er sich nicht im Mindesten rührte, wollte ich ihm einen Schritt entgegenkommen. Mit dem Vorwurf der Nacktheit habe er unbewusst eine historische Tatsache aufgegriffen. Einst waren die Pyramiden mit polierten Granitplatten bekleidet. Der gegenwärtige Zustand gab keinen Begriff von dem ehemaligen Zauber der Flächen; ein Zauber, der im Garten von Mon Repos wieder erweckt werden konnte.

Er schloss einen Augenblick die Klappaugen, sichtlich angetan. Ich wies auf Europa, das solche Zeugnisse der Bürde von den Ägyptern übernommen habe; die Pyramide des Sextus in Rom, die Obelisken im Herzen vieler Städte, auch auf der Place de la Concorde in Paris.

Das war ein Fehler. Grosjean hatte nie den Zweck des Obelisken in Paris begriffen und sah in ihm einen Willkürakt des verhassten napoleonischen Regimes, den Finger des Tyrannen. Er könne mir nicht verschweigen, dass er überzeugter Legitimist sei, ohne deshalb alle Handlungen der Action Française zu billigen. Es folgte eine längere Darlegung, warum er in Napoleon den größten Schädiger Frankreichs erblicke. Mit seiner beklagten Gattin habe er in dieser Frage vollkommen übereingestimmt. Er wolle nicht leugnen, dass seit der nächtlichen Beleuchtung der Place de la Concorde durch Scheinwerfer das Ding, der Obelisk, eine gewisse Magie gewinne, aber darin sei ihm der beleuchtete Eiffelturm weit überlegen. Im Ganzen machte er sich nicht viel aus solchen Errungenschaften. Die Lichtreklame der Geschäftshäuser sollte verboten werden.

Ich hatte Mühe, ihn von der Illumination zu entfernen. Als das gelungen war, erinnerte er mich an den großen König, dessen erhabenes Reiterdenkmal bis zur Revolution die Mitte des Platzes der Concorde behauptet hatte. So ein Monument übertraf an Schönheit der Form und nicht weniger an Symbolik alle Geometrie primitiver Völker.

Fast wäre mir der Vorschlag entfahren, seine Frau zu Pferde bildhauerisch abbilden zu lassen. Doch schwieg ich. Etwas müde, widmete ich mich dem Gefieder der Zeder.

Seine Frage, was ich von öffentlichen Preisausschreiben halte, ernüchterte mich vollends, und ich verbarg nicht den allen Mehrheitsbeschlüssen gebührenden Hohn. Mein undemokratisches Verhalten sagte ihm zu, doch sei es möglich, der Jury die letzte Entscheidung zu entziehen. Er sei bereit, einen ansehnlichen Preis auszusetzen, deren Verteilung den Juroren zufiel. Dagegen blieb ihm die Vergebung des Auftrags vorbehalten, auch an einen nicht preisgekrönten Bewerber.

Ein ausgezeichnetes Verfahren, nur schien mir fraglich, ob sich unter solchen Bedingungen eine Jury finden ließ.

Daran zweifelte er nicht. Womöglich hatte er schon mit Marseiller Bonzen gesprochen. Auch Nichtfranzosen, erklärte er, seien zugelassen, denn in der Kunst gebe es keine Grenzen.

Er bot mir einen Sitz in der Jury an. Ich lehnte höflich ab und fragte, ob er entschlossen sei. Er verneinte. Ein Ja hätte mich zum endgültigen Rückzug bestimmt. Offenbar schmeichelte das Preisausschreiben seinem Geltungsbedürfnis. Was ihn hemmte, war die seinem Temperament widersprechende Umständlichkeit des Verfahrens.

Bevor er sich empfahl, bat er um meinen Besuch, um den Platz im Garten zu begutachten. Ich hatte die Schwäche zuzusagen.

Sein neuer Acht-Zylinder machte dieselben Kapriolen auf dem Feldweg wie alle früheren Wagen und sackte bei der Mündung zwischen den beiden Zedern ab, bevor er in die Chaussee einbog.

Bab interessierte sich nur für den Anfang der Unterhaltung, von dem sie Bruchstücke erwischt hatte, Grosjeans Hinweis auf den aus Mon Repos entwichenen Frieden. Gab es Krach in dem Affenkasten? Sie winkte Madame Petitot, die, hingegossen vor dem Kabaus, schon darauf gewartet hatte, und bot ihr einen Sitz an. Die Alte hielt mit Sorgfalt die Hand an der Brust, als berge sie dort eine Kostbarkeit.

Es war ein halb ausgekrochenes Küken, dem sie mit der Wärme des mütterlichen Busens die letzte Brütung zuteilwerden ließ. Sie gewährte uns einen Blick. Der kahle Kükenkopf hatte bereits die Schale des Eis durchbrochen. Spuren der feuchten Herkunft beeinträchtigten die Lieblichkeit des Anblicks. Noch eine Stunde, höchstens, meinte sie, und deckte es wieder zu.

Befragt über Mon Repos, wallte sie heftig auf. Das sei genauso, wie es sei, und nicht für einen Sou anders. Dem Patron lag nach dem Tod der Madame nichts mehr an der Winterwohnung in Nizza, denn was sollte er allein in dem großen Haus? Also hatte er zu einer der beiden Töchter ziehen wollen, von denen jede ein geräumiges Haus besaß, die Vaubans in Marseille, die Augiers in Hyères. War das von einem Vater, dem sie alles verdankten, zu viel verlangt? Unter armen Leuten arrangierte man sich, ohne das Meer zu trinken. Am liebsten wäre er zu den Vaubans gegangen, weil er Marseille mochte. Aber die Reichen, was wollen Sie, oh du Gottchen! Erst hatte Madame Vauban abgesagt, dann, als er sich zu Hyères entschloss, die andere. Wunderte sich jemand, wenn ihm das ins Blut ging?

Bab meinte, sie würde sich auch für ihn bedanken. Madame Petitot erklärte, warum das nicht dasselbe sei. Töchter hatten die Verpflichtung, das wisse sogar der Mond. Für Veränderung konnte niemand, sie kam, ob wir wollten oder nicht. Veränderung war schlimm, aber es lag an den Menschen, sie noch schlimmer zu machen oder das Loch zuzuziehen. Gebe man nicht Acht, konnten aus dem einen Loch viele werden.

Und nun? fragte ich.

Nun habe der Patron in Marseille eine Villa gekauft, nicht weit von den Vaubans. Würde schon eine Villa sein, wie sich's gebührte, aber wenn es auch das schönste Palais des Prado wäre, was wollen Sie, war es nicht das Tochterhaus. Ihr konnte es nicht gefallen.

Sie öffnete die Bluse und sah in ihr Inneres. »Mein Poupoulchen krabbelt schon, kann es nicht erwarten.«

Ein paar Tage später empfing mich Monsieur Grosjean in Mon Repos, mit Aktionslust geladen. Wir setzten uns auf die Veranda und tranken Kirschwasser mit Eis. Das Denkmal stellte er sich unmittelbar vor der Veranda vor, dort, wo sonst der lange Tisch stand. Diesen hatte er entfernen lassen und durch den Granitsockel ersetzt, um schon einmal die Wirkung des Steins draußen zu erproben, und zwar den Sockel ohne einen Löwen. Die Sonne wärmte die kühle Glätte des Materials und entlockte dem Schwarz silbrige, früher nie wahrgenommene Töne. Grosjean fand den Versuch ungemein befriedigend.

Allerdings blieb, wie ich ihm darlegte, die Wirkung beschränkt, da es sich nur um einen kleinen Würfel mit vertikalen Seiten handelte. Wie anders würde sich das Licht auf den schräg zur Spitze laufenden Flächen der Pyramide spielen. Das hatten die Ägypter begriffen.

Grosjean nickte. Diese Leute waren gar nicht so dumm. Ich überzeugte ihn mühelos, dass die Veranda nicht die Nähe des Denkmals vertrug. Es hieße, die Prosa des Alltags mit dem Heiligtum mischen. Er musste es möglichst weit in die Tiefe rücken und dem Denkmal dort die beste Ansicht gewähren. Das bedingte allerdings wesentliche Eingriffe in die Anlage. Der Garten, an sich groß genug, entsprach in seiner Anlage dem Haus. Mit Beeten, Büschen, verschlungenen Wegen, mit Palmen, künstlichen Felsen, Lauben, Springbrunnen war alles getan worden, um ihn zu verkleinern, sodass er einem überfüllten Zimmer glich.

Die Änderung des Gartens schreckte Grosjean nicht. Die hintere Grenze wurde von einer dichten Reihe von Zypressen gebildet, die nach Landessitte zum Schutz gegen den Mistral gepflanzt worden waren. Diese, jetzt verdeckte Wand war freizulegen und als Hintergrund zu benutzen. Von hier aus sollte ein breiter und kerzengrader Weg zum Haus angelegt werden, der geschmacklose Springbrunnen ins Abseits gestellt werde, statt dessen sollten zwei Springbrunnen rechts und links stehen, aus demselben Granit. Und im rechten Winkel zu dem Weg ein zweiter, ebenso breiter nach Norden und Süden.

Die Idee gefiel Monsieur Grosjean ausnehmend, namentlich die beiden Springbrunnen aus dem Granit des Neffen. Am liebsten hätte er auch noch den zweiten Weg mit Springbrunnen flankiert, begriff aber, dass dadurch die Hauptansicht gefährdet werde. Wir sollten, meinte er, die neue Disposition des Gartens unbedingt festhalten und sie, falls er sich doch noch zu der Konkurrenz entschließe, den Preisbewerbern vorschreiben. Ich hingegen fand, da wir schon so weit seien, sei ein Preisausschreiben überflüssig. Wir bräuchten nur einen begabten Architekten.

Er stutzte. Ein Architekt baue Häuser mit Bad und Heizung, aber sei doch unfähig, ein Monument zu schaffen. Vielleicht könne er den Garten und die Springbrunnen anlegen, aber die meisten seien Esel. Das Denkmal aber bedurfte der Hand eines wahren Künstlers. Nur ein Genie sei imstande, der Pyramide die sinnbildliche Bedeutung zu verleihen.

Er glitt wieder zurück. Noch ein Ruck, und wir saßen am Anfang.

»Aber«, fragte ich, »mit der Pyramide sind Sie einverstanden?«

»Mit der Pyramide und den beiden Springbrunnen.«

»Daran wollen Sie festhalten?«

»Unbedingt!«

Natürlich sah ich, was in ihm vorging. Er hatte die Allegorie noch lange nicht überwunden. Vielleicht war es mir gelungen, ein Stückchen, eine Ecke abzubrechen und ihm beizubringen, dass es außer der

Allegorie noch andere Dinge gab, mit denen er sich bei Errichtung eines Denkmals beschäftigen konnte, aber sobald er diese Dinge zu sammeln und zum Entscheidungskampf auszuspielen suchte, kehrte er um und lief wieder in seinen Stall. Es lag nahe, keine Entscheidung zu erzwingen, sich mit dem Stückchen Erfolg zu begnügen. Möglicherweise kam der Hammel von selbst zur Hinsicht. Andererseits schien seine Stimmung für einen weiteren Vorstoß nicht ungünstig, und ich gestehe, diese Angelegenheit fesselte mich so stark, dass ich ungern abgebrochen hätte. Überdies fühlte ich mich in Form.

Niemand könne, hub ich an, seinen Anspruch auf die sinnbildliche Bedeutung in Frage ziehen.

»A la Bonheur!«, sagte er befriedigt. Offenbar sei mir über den Nebensachen der Hauptzweck in Vergessenheit geraten. Den Fehler begingen viele Menschen, namentlich in der Politik.

Über das Sinnbild, fuhr ich unverdrossen fort, dachten die Menschen nach dem Grad ihrer Bildung verschieden, ganz wie über die relative Ähnlichkeit, die der Besteller eines Porträts erwartete. Es könne sich doch wohl nicht um den Versuch handeln, die leibliche Hülle der Beklagten zu wiederholen, ein Irrtum, den schon Goethes scharfsinniger Vergleich mit der verdoppelten Gans erschöpfend dargelegt habe.

Monsieur Grosjean war das Zitat nicht geläufig, doch bezweifelte er nicht die Erkenntnis und bestätigte seine schon früher einmal geäußerte Schätzung Goethes. So ein Denker fehle heute.

Ich hielt ihn fest. Wenn er sich darüber klar sei, galt es nur noch, die Pyramide zweckentsprechend zu verwenden.

»Ganz meine Ansicht!«, sagte Grosjean lebhaft. »Ich habe mir schon verschiedenes ausgedacht. Etwa eine trauernde Figur, die sich an den Granit lehnt. Berthe könnte auch durch eine torähnliche Öffnung in die Pyramide hineingehen und den Kopf zum Abschied zurückwenden, möglichst Profil nach links, denn dies war ihre günstigste Seite.«

Warum könnte sie nicht oben auf der Spitze sitzen und sich wie ein Kreisel drehen? Oder beflügelt als Engel oder Dämon darüber schweben und ihrem sturen Gatten Kusshändchen zuwerfen? Ich hatte wie eine Strafe ständig das Gesicht der Verstorbenen vor Augen, denn weniger als mit Grosjean, dem ich schrittweise Terrain abgewann, rang ich mit ihr, der Beklagten, die gar nicht da war, mit ihrer mühseligen Trockenheit, ihrem verblassten Lächeln, ihrer zeitlebens gestorbenen Existenz, der Grosjean den unsinnigen Anspruch auf plastische Form entnehmen zu dürfen glaubte. Entsprach es, fragte ich, der Würde der stillen Frau, sie an die Oberfläche zu zerren und den Gaffern auszuliefern? Soweit ich die Ehre gehabt hatte, mit ihr in Berührung zu kommen, schien jede ihrer Äußerungen Reflex eines nach innen gerichteten Daseins.

Er knickte merkbar, sog durch die Nüstern. »Sehr wahr!«, murmelte er mit Kopfton.

Wenn ich meinen Gedanken offenen Ausdruck geben dürfte, schrecke mich an der beabsichtigten Kombination mit dem Figürlichen nicht etwa, wie er vielleicht glaubte, der Bruch mit einem unpersönlichen Stilgesetz, sondern die Blasphemie.

Obwohl ich ihn absichtlich nicht ansah, schien er nochmals um ein Geringes zu knicken. Ich lächelte. Es war so einfach. Die Fläche des schwarz-gefleckten Granits vertrug es durchaus, eine Schrift anzubringen, ja, sie verlangte sogar danach. Jeden Obelisk schmückten Hieroglyphen, beispielsweise den der glorreichen Königin Hatschepsut in Luxor, der von oben bis unten dicht bedeckt war (blöde Idee, mit der Hatschepsut zu kommen. Schon verfinsterte er sich.) Er möge sich die Front der Pyramide mit dem Namen der Beklagten in klarer, weit sichtbarer Schrift vorstellen.

Er fand es originell, aber ungenügend, hatte wer weiß was erwartet und war durch die Hatschepsut auf ein falsches Geleis gelangt. Ich bemühte mich, ihm die dekorative Wirkung gewählter Typographie nahe zu bringen; das Verhältnis der Schrift zur Fläche, ihre Arabeske. Das Material vermählte sich mit dem Stein. Ich dachte an eingelassene oder aufgesetzte Blätter aus Bronze. Berthe in den Geschwungenen Kapitalien, wie sie die Römer in den Stirnen ihrer Tempel benutzten.

Zumindest, meinte er, gehörte der Familienname dazu: Berthe Grosjean. Kleiner darunter ihr Mädchenname nebst Geburt und Sterbedatum.

Er kam näher. Gegen die Angaben hatte ich nicht das Mindeste einzuwenden. Im Gegenteil, maßvolle Vermehrung des Textes bereicherte die Ornamentik. In diesem Augenblick durchzuckte mich blitzhaft ein entscheidender Gedanke: »Sie könnten am Fuß der Pyramide in diskreter Form einen Spruch anbringen, ein Spruchband.«

Er sah auf. »Vielleicht eine Sentenz aus Ihren Gedanken.«

Doppeltes Augenklappen, Schnaufen, apoplektische Röte. Es saß.

Ich wisse zwar nicht, warf ich hin, ob es etwas Passendes in der Sammlung gebe…

»Wird sich finden«, sagte er. »Bitte das mir zu überlassen!«

Ich erhob mich. Ein besserer Abgang war nicht zu finden. Es sei nun an ihm, zu überlegen und zu beschließen.

»Ich bin entschlossen!«, sagte er rau.

Ich nickte und bot ihm die Hand zum Abschied. Seine kalte, gepolsterte Flosse hielt die meine fest. Es werde ihm eine Freude sein, sich mir erkenntlich zu erweisen. Mindestens müsse ich ihm erlauben, in mir den Träger des ersten Preises einer Konkurrenz zu sehen, die er sich nun sparen könne. Er hatte beinah eine Art Herzlichkeit.

Ich wollte meine Hand zurückziehen, aber er ließ nicht locker, räusperte sich und sprach: »Wenn ich ein Ziel habe, gehe ich darauf los. Da Sie meine künstlerischen Absichten erraten haben, wäre ich bereit, Ihnen die ganze Sache zu übertragen. Abgemacht?«

Echt Grosjean. Wenn er marschierte, sah er sich nicht um, der zweckbewusste Kämpe. Wahrscheinlich vermutete er, der Wunsch, den Auftrag zu erhalten, habe mein Interesse bestimmt. Doch ging die Anfertigung von Denkmälern über meine Kräfte. Ich vermochte nicht, ein Wasserglas zu zeichnen, geschweige diese Pyramide. Doch sei ich auf Wunsch bereit, seinem Architekten Richtlinien zu geben.

Mein Verhalten missfiel ihm. »Richtlinien!«, murrte er verächtlich. Keiner seiner bei dem Bau der Villen in Vadoule-Plage beschäftigten Unternehmer habe das Zeug.

Darauf ließ ich verlauten, der Zufall habe einen mir befreundeten Baumeister, namens Schuch, einen unserer besten, auch in Pariser Fachkreisen bekannt, nach Madou geführt. Mit dem könne ich gelegentlich reden. Willige er ein, so bringe ich ihn her.

Er erhellte sich und war einverstanden. Er bat sogar um Beschleunigung. So verblieben wir.

Die Stunde des Architekten und seiner stillen Frau

»Siehst du«, sagte ich zu Bab, »so bist du. Schon stahl mir Grosjean meine kostbare Zeit, und ich war die übliche Birne. Und das alles verdanke ich nur meiner von dir veräppelten Taktik vor drei Jahren.«

Sie brachte es nicht fertig, die Sache ernst zu nehmen und wollte abwarten. Sie fand Grosjean und seine Pyramide zum Piepen. Es entging ihr, führte ich aus, dass viele bedeutende Werke mit dem in Mon Repos zu errichtenden Granit zum Lachen komisch wären, wenn sie die vergessenen Nebenumstände bei ihrer Genesis zur Beurteilung heranziehen würde.

Dagegen reagierte Schuch, den wir bei den anderen im Café du Port in Madou trafen, auf die erste Andeutung elektrisiert, gern bereit, da sich Marseille hinzog, mit bescheideneren Aufgaben vorliebzunehmen. Überdies witterte er hinter Grosjeans Pyramide weitere, namhaftere Projekte.

Die Nachricht von dem neu entdeckten Bauherrn interessierte den ganzen Kreis. Madame Ferramonte behauptete, von Monsieur Grosjean gehört zu haben, verwechselte ihn aber mit einem reichen Warenhausbesitzer ganz unähnlichen Namens in Nizza, der in der Leidenschaft den Verführer seiner Frau, einen Architekten, erschossen hatte. Kleinchen riet, falls das derselbe merkwürdige Herr sei, der zwei seiner Bilder besitze, zu äußerster Vorsicht. Jurusoff hoffte für seine Fragonards. Die dummdreiste Mimi äußerte den Wunsch, Monsieur Grosjean etwas anzudrehen, und erklärte sich zu Probeleistungen auf verschiedenen Gebieten bereit. Und Otto Lichtenberg erkundigte sich nach der Zugänglichkeit des Mäzens für Katapolkas.

Auf der Rückseite eines Briefbogens skizzierte Schuch das Schema der Disposition; die Becken der beiden Springbrunnen verhältnismäßig niedrig und achteckig, und das Wasser lief über etwas erhöhte breite

Stufen; mehr Quellbrunnen als Fontäne. Dahinter zentral die kräftig aufsteigende Pyramide, im goldenen Schnitt zur Höhe der Zypressen. Die beiden Wege würde er mit dicken Leisten aus dem gleichen Granit säumen und an die Enden schwere Kugeln oder dergleichen hinsetzen. Etwas viel Text, aber die Lösung ließ sich finden. Für die Typographie besaß Schuch in seiner Frau eine glänzende Gehilfin. Von ihr stammte die für den Drucker Hegendorf gezeichnete Schuch-Schrift. Außerdem hatte sie verschiedene Ehrenbürgerbriefe der Stadt Dresden, Muster ihrer Art, kalligraphiert. Das traf sich günstig.

Wir verabredeten uns mit Monsieur Grosjean in Mon Repos. Schuchs sicheres Auftreten wirkte auf den Bauherrn günstig. Kleine Schwierigkeiten der sprachlichen Verständigung glich ich mühelos aus. Während Schuch das Terrain sondierte, setzte Grosjean mir den gewählten Spruch vor. Es war natürlich der längste, der sich finden ließ. Der Besitz einer Frau kann Verlust sein. Oft gewinnst du sie erst, wenn sie dir verloren gegangen ist.

Ich gratulierte zu der Wahl. Diese Sentenz habe mir schon immer besonders zugesagt.

»Sie irren«, entgegnete er kühl, »der Gedanke ist uneditiert. Ich habe ihn einer neuen Serie entnommen, die ich der geplanten zweiten Auflage meines Werkes einzufügen gedenke.«

Ich zog mich mit einer leichten Quetschung aus der Affäre und legte ihm nahe, den Text nebst den Daten meinem Freund auszuhändigen. Grosjean hatte bereits alles zu Papier gebracht und überreichte mir den Zettel. Bei »Croquemouche« wollte mich plötzlich bedünken, ich hätte den Namen schon in der Geschichte Napoleons gelesen. Um keinen neuen Fehltritt zu begehen, verschwieg ich die Wahrnehmung. Unter dem Spruch stand Théophile Grosjean, noch eine Zeile.

Schuch begutachtete den Granit und fand ihn geeignet. Der Neffe besaß auch eine Steinschleiferei. Wenn der Auftrag perfekt würde, musste Schuch in den Jura, um alles an Ort und Stelle zu vereinbaren. Binnen sechs Tagen verpflichtete er sich, das vollständige Projekt vorzulegen. Auf Kürzung der Zeit ging er nicht ein. Dieser Termin ließ sich nur einhalten, weil er im Interesse der interessanten Aufgabe alle andern Arbeiten zurückstellen würde. Grosjean fügte sich seufzend.

Es sei auch ein bisschen schneller möglich, meinte Schuch, als wir uns von Mon Repos entfernten, aber bei solchen Leuten gehe es besser so. Das Schloss hatte ihn erschüttert. Dergleichen gebe es bei uns nicht einmal im verrufensten Winkel. Wenn der gute Mann der geplante Gartenpracht zustimme, wäre er genötigt, den Kasten abreißen und sich einen neuen bauen zu lassen, übrigens eine reizvolle Idee.

Seine Folgerung schien mir nicht zwingend, aber ich sah keinen Anlass, die stimulierende Hoffnung voreilig zu ersticken.

Schuch widmete sich der Aufgabe mit einer Umsicht, als handle es sich um ein Millionenprojekt. Ich täte ihm unrecht, wollte ich bei ihm nur Spekulation vermuten. Ich möchte eher eine zärtlich zu nennende Fürsorge annehmen. So regt sich ein von seinen Fesseln Befreiter, so dankbar äußert sich ein Vereinsamter für den geringsten Zuspruch. Redend gab er sich kalt und machte Witze über die Lappalie. Das verhinderte aber nicht, dass in Schuchs Pyramide wirklich etwas von der Hoheit der ägyptischen Form wiederkam.

Schuch gab sich alle Mühe, damit wir uns die Idee vorstellen konnten und die Abstraktion gemildert wurde. Neben dem Gesamtplan und einer perspektivischen Ansicht in gewinnendem Aquarell, neben allen Details, darunter der Schrifttafel, einem Meisterwerk der Typographie, schuf er ein vollständiges kleines Modell des neuen Gartenteils aus kolorierter Pappe, ungemein reizvoll, an dem außer Lugi Schuch auch Mini Löftz klebend mitgewirkt hatte. Um das Größenverhältnis anzudeuten, wandelte auf dem bekiesten Weg ein weißhaariger Herr. Bab fand Geschmack an dem Modell und bat es, wenn Grosjean, wie sie annahm, ablehnen sollte, für sich aus.

Aber davon war keine Rede. Die Vorführung in Mon Repos zur angesetzten Stunde brachte eindeutigen Erfolg. Grosjean las mit halblauter Stimme den Spruch. Der Text war nicht, wie ursprünglich geplant, unten angebracht, sondern säumte wie eine Schmuckleiste die beiden aufsteigenden Seiten des Dreiecks, wodurch sich seine Bedeutung noch erhöhte. Die Buchstaben, Bronze mit Schattentönen, standen in Relief, Keilschrift. Dank der glücklichen Verteilung in verschiedenen Graden entsprach der Umfang des Textes durchaus der verfügbaren Fläche. Er hätte um nichts geringer sein dürfen.

Überdies einigten sie sich noch über das Honorar. Es war weder zu hoch noch zu niedrig. Er sehe, sagte Grosjean, den Auftrag als perfekt an. Schuch aber, die Korrektheit selbst, ersuchte den Bauherrn, die Werkzeichnungen zuvor der Steinschleiferei einzusenden, damit sie sich über die Ausführbarkeit äußere. Grosjean wollte noch heute die Sendung veranlassen und umgehende Antwort verlangen. Schuchs Verhalten mochte ihn etwas befremden, da es die übliche Routine unterwürfiger Unternehmer beiseite ließ, aber es imponierte ihm noch viel mehr. Technische Schwierigkeiten sah Schuch nicht voraus. Als Belag der Pyramide hatte er Granitplatten von dreißig Millimetern vorgesehen, deren Stärke, wenn der Schleiferei daran lag, etwas modifiziert werden konnte. Die Kugeln und die Leisten für die Einfassung der Wege sollten massiv sein.

Grosjean regte an, auf den Kugeln das Monogramm der Beklagten anzubringen, bestand aber zum Glück nicht darauf. Zum Schluss ließ er seine zweite Tochter, die gerade in Mon Repos weilte, zur Besichtigung kommen. Madame Vauban, das mütterliche Lächeln auf den Lippen, äußerte sich mit säuerlicher Süße und fand alles gentil, bevor sie es betrachtet hatte. Nur dass es zwei gleiche Springbrunnen gab, fiel ihr auf. Der Vater erklärte ihr ausführlich, warum das so sein müsse.

Derweil war Lugi Schuch bei Bab geblieben, um das Resultat abzuwarten. Ihr Gesicht wechselte die Farbe. Sie war genötigt, die Brille abzunehmen, weil ihr Tränen der Freude in die Augen traten, schüttelte krampfhaft den Kopf, griff, ohne zu wissen, was sie tat, nach den Händen Babs und küsste sie. Offenbar hatte sie sich maßlos geängstigt.

»Na, nun ist aber Schluss, Lugi!«, mahnte Schuch.

Sie nickte gehorsam, fuhr sich über die Augen, setzte die dunkle Brille auf und war wieder wie sonst.

Ich gratulierte ihr zu der Schrift. Ihr Anteil habe sehr viel zum Gelingen beigetragen.

Sie zuckte die Schultern.

»Das war die Hauptsache!«, sagte Bab energisch. Sie ärgerte sich über Lugis ewige Duckmäuserei.

Schuch bestätigte, für Schriften sei sie Eins A. Lugi strahlte.

Wir behielten beide zum Essen da. Es gab unser nie versagendes Schnitzelgericht, im Topf gebacken, mit Kartoffelstücken und Parmesan, und nachher Fruchtsalat. Wir tranken auf Schuchs ersten französischen Bauherrn. Schuch suchte zu ergründen, ob der Mann Einfluss in Marseille besaß und den Umbau des Hafenviertels fördern konnte. Daran war nach meiner Ansicht kaum zu zweifeln. Seit Camille Grosjean, dem ersten bedeutenden Seifensieder, wuchs das Ansehen der vielfach versippten Familie ständig im Land.

Schuch fand Grosjeans Bauspekulationen in Vadoule, über die er sich im Vorbeifahren orientiert hatte, kümmerlich, ganz abgesehen von den lächerlichen Häuschen. Marseille war ein vernünftiges Objekt. Er brauchte für den Anfang nur einen Bankkredit von hundert Millionen.

»Kleinigkeit!«, lachte Bab

Schuch nickte. Es sei ein geringeres Risiko als die putzigen Häuschen am Strand.

Ich kannte die finanzielle Kapazität Grosjeans nicht und verstand zu wenig von solchen Dingen. Mehr interessierten mich andere Möglichkeiten Grosjeans, die dem tatenlustigen Architekten ferner lagen. Der Abschluss von heute war ein Zeichen für die Annäherung zweier sich widerstrebender Anschauungen. Ein bescheidenes Zeichen, Grosjean blieb Grosjean.

Doch gab es des Öfteren Fälle von Wandlungen gegen alle Wahrscheinlichkeit. Manchmal ohne erkennbaren Anlass, etwa der vor kurzem verstorbenen Monsieur Grandet. Der heute berühmte Grandet, der sein Vermögen mit dem Bau algerischer Eisenbahnen verdient hatte und danach stillvergnügt als Rentner in Paris lebte, begann eines Tages, Bilder zu kaufen. Nicht etwa aus Eitelkeit, geschweige aus Bildungstrieb oder Liebe zur Kunst, sondern aus primitivster Spekulation. Sein Onkel, ein großer Händler, zu dem er Vertrauen hatte, verriet ihm die Künstler, die steigen würden. Er wurde in nur wenigen Jahren der erlauchteste Sammler, nicht nur ein auf erlesene Dinge gerichteter Kenner, der den Onkel weit hinter sich ließ, sondern ein Fanatiker. Er verwendete sein ganzes Vermögen für die Liebhaberei, ließ sich von keinem Angebot verleiten, etwas herzugeben, und vermachte die Sammlung dem Staat.

Schuch meinte, solche Geschichten spielten in einer undurchsichtigen Welt und hätten keine Bedeutung. Seine Frau schien anderer Ansicht. Und Bab, die mit mir bei Grandet gewesen war, funkte spöttisch; Grandet und Grosjean?

Frauen verstehen leider selten, Metaphern richtig zu werten. Jedenfalls entstand nun ein Denkmal, von einem von uns für die andere Seite geschaffen, von einem der Fremden, die sonst zur monumentalen Gestaltung nicht zugelassen wurden, für ein Frankreich, das manchen von uns Deutschen noch mit scheelen Augen ansah.

»Die Pyramide soll leben!«, rief Bab. Wir stießen an und tranken.

»Und die Fortsetzung!«, sagte Schuch.

»Meinetwegen, aber die richtige!«

»Ja«, sagte Lugi Schuch, »auf die richtige Fortsetzung!« Sie hob ihr Glas mit rundem Arm wie eine Bacchantin. Ich vergaß fast die Brille, oder vielmehr, das Dunkel der Gläser unterstützte den geahnten Ausdruck.

Schade, dass Bab am hübschesten war, wenn sie Sport ausstrahlte. Oder auch nicht schade, gerade recht so! Wir seien alle kleine Steinchen und dienten ahnungslos einer Ordnung, rief ich. Auch Monsieur Grosjean mit seinen Klappaugen und der Allegorie; lächerlich kleine Steinchen, Muschelkalk oder so was.

»Hoch der Muschelkalk!«, rief Bab. Schuch stieß mit ihr an. Komisch, obwohl sonst die beiden nie übereinstimmten, schienen sie hier für einen Augenblick eine gemeinsame Front zu finden, während Lugi zu mir hielt.

Schon gut! Auf einmal, als ich am wenigsten darauf hoffte, entstand eine Brücke zwischen hüben und drüben, zwischen früher und heute, sonderbar, wie! Meinetwegen, fuhr ich fort, zunächst nur schmal, gebrechlich, mit Vorsicht zu benutzen, ein Steg, gleichviel. Wer sich seit dem Krieg in Frankreich nur als Zaungast gefühlt hatte, traute sich hinüber.

Bab verstand nicht, wollte nicht verstehen. Wieso Zaungast? Sie fühlte sich nicht im Traum als Zaungast.

Nun ja, eine Frau in Frankreich, Kunststück! Zumal eine, die so strahlte, bemerkte ich.

Lugi behauptete, die mächtigsten Brücken seien unsichtbar und der Willkür der Politiker entrückt. Deren werde es immer geben. Sie könne sich wenigstens den Abbruch nicht vorstellen. Sie sprach leise hinter ihrer Brille, bemüht, möglichst wenig Raum einzunehmen.

»Bravo, Lugi!«, sagte Schuch in seinem Ton. Er sah in wirtschaftlichen Bedürfnissen die Brücke zwischen den Völkern. Solange es Geschäfte gab, bestand die Verbindung.

Bab ärgerte sich über den Ton, und auch weil Lugi die Worte ihres Gatten wie ein Evangelium hinnahm. »Geschäfte!«, murrte Bab und kräuselte die Oberlippe, fand aber keine schlagende Antwort und begnügte sich mit dem Hinweis, es gebe hier wohl auch noch einige andere Dinge.

Darauf machte sich Schuch ohne Übergang über das Prestige Frankreichs her, kniff das Monokel-Auge zu, und ging methodisch vor, erstens, zweitens, drittens. Ihn verblüffte das Nachlassen des Geschmacks, verglichen mit Deutschland.

Er sehe wohl den Affenkasten von Grosjean als Muster, sagte Bab.

Nein, das sei ein Museumsstück, außer der Reihe, aber auch in Marseille, sogar in Paris könnten wir unser blaues Wunder erleben, was schlechte Architektur angehe, oh ja, auch in Paris. Sobald sich sie Franzosen nicht auf ihre alten Geschichten bezögen, sei es eine beklagenswerte Pleite. Der moderne Puls fehle.

Bab verteidigte den modernen Puls in Frankreich. Die französische Geschichte sei seit hundertfünfzig Jahren voll davon. Wenn sie hier mit einem Bauern spreche, fühle sie ihn, und wenn sie mit einem deutschen Geheimrat spreche, fühle sie ihn nicht. Hoch der moderne Puls! Sie stieß mit Lugi an, die zögernd folgte.

Schuch sah den Mangel an neuen Formen in Frankreich auf Schritt und Tritt. Von Städtebau und Wohnungskultur wolle er gar nicht reden, aber wenn er irgendein auf moderne Formen angewiesenes Gebiet betrachte, Eisenbahnen, Seefahrt, Luftschiff. Es genügte, die Autos zu vergleichen: den deutschen und den französischen Wagen.

Bab allerdings wollte unseren Vorsprung, falls er denn existierte, auf die Technik beschränkt wissen, gut, das Maschinelle, meinetwegen. Aber Schuch sah gerade in der Form unserer Wagen eine unbestreitbare Überlegenheit. Wo blieb die berühmte französische Eleganz? Die Entwicklung der Karosserie lag bei uns.

»Bei uns, bei uns, wie alles Gute und Schöne!« Warum gründe er nicht einen Bei-uns-Verein? Ausgezeichnet für seine Projekte.

Ich drängte zum Kaffee auf die Terrasse.

Beim Nachtbad auf der Insel berichtete Bab einiges davon, was ihr Lugi am Nachmittag anvertraut habe. Er sei hinter allen Frauenzimmern her. Ob ich nicht beim Essen sein Getue mit Fanny bemerkt habe?

Das war mir entgangen, und ich hielt das Gelüst für unwahrscheinlich, da er schließlich Auswahl besaß, etwa Mimi Löftz.

Mit der war's längst vorbei. Natürlich hatte ihr Lugi nur Andeutungen gemacht. Solche Dinge dürfe sie einem Genie wie Schuch nicht nachtragen. Wenn er ihr sagen würde: Spring ins Wasser! würde sie springen. Das waren aber alles nur Kleinigkeiten. Manchmal steigerten sich seine Nervenkrisen zu Tobsuchtsanfallen, ein brutales Vieh, schlug alles kurz und klein. Auch zu dem Klöppel war er ekelhaft. Mit dem düsteren Studenten hatte er sich sogar einmal geprügelt.

Der Klöppel konnte einem schon ein bisschen auf die Nerven gehen, und der Student ebenfalls. Bab aber fand den Klöppel rührend und den Studenten sehr sympathisch. Über Schuch sei ihr noch anderes bekannt, das sie für sich zu behalten verpflichtet sei. Wüsste ich's, würde ich vielleicht den Ehrenmann etwas anders bewerten.

Schuchs Moral interessierte mich nicht besonders. Die Sache für Grosjean werde er ordentlich zu Ende führen.

»Wenn du nur deine Pyramide kriegst!«

»Richtig!«

Sie stützte den Kopf in die Hand. »Ohne die dumme Brille wäre Lugi schön. Ich bin sicher, die muss sie auf seinen Befehl tragen, weil er vor Eifersucht platzt.«

»Na na!«

»Und wie sie singt!«

»Ja, sehr nett!«

Sie fand mein Lob ungenügend. Wenn sie selber nur ein kleines bisschen von Lugis Gesang hätte, würde sie sich freuen. Lugi wäre ihr als Mitbewohnerin auf hundert Meilen lieber als die Lichtenbergs. Sie glitt von der Insel und teilte die Fluten.

Komisch, wie es mit den Dingen ging. Kaum näherte sich das Projekt der Verwirklichung, setzten sich kleine Dummheiten an, wie Schnecken an Gräser nach dem Regen.

Bab schwamm noch ins Weite und kehrte nach einem Bogen, der den erleuchteten Pavillon streifte, zurück. Die Wogen hatten ihre Erbitterung auf Schuch nicht wegzuspülen vermocht, dagegen das mir vorenthaltene Geheimnis gelockert. Die arme Lugi fürchtete, von dem Mann verlassen zu werden. Neulich habe er den Plan geäußert, allein nach Deutschland zurückzukehren, angeblich wegen der Architektur. Seitdem habe Lugi keine ruhige Minute.

Wieder enttäuschte ich Bab, weil ich ihre Empörung nicht mit der erwarteten Unbedingtheit teilte. Offenbar hatte Schuch unter der Verstimmung des Arbeitslosen gelitten, die aber mit dem Auftrag von Grosjean überwunden war. Auch dieses Resultat konnten wir der Pyramide zuschreiben.

Eine ganze Weile hörten wir nichts. Für die Korrespondenz mit der Steinschleiferei rechnete ich eine Woche, denn der Neffe mochte sich trotz Grosjeans Drängen Zeit nehmen. Schuch hätte gleich hinfahren müssen. Als die zweite Woche begann, machte ich mir Gedanken, und deren Schwere wurde durch eine unerwartete Neuigkeit nicht erleichtert. Madame Petitot behauptete, der Patron habe eine neue Henne. Vincent wollte sie gesehen haben, eine ganz junge, schön wie ein As, und sie wohnte, eine Ausnahme von der Regel, im Schloss.

Mir kam es bei seinen Jahren recht unwahrscheinlich vor, konnte es doch auch ein Besuch sein, eine der hundert Nichten.

Die Petitot wusste es besser. Aber ja, ein Besuch, eine Nichte. Vincent war kein Blinder, er kannte alle Nichten und Besucher. Der Patron und Alter, wieso denn? Dem musste man noch eine mit ins Grab legen. War schon noch trinkbar als männlich, darauf konnte ich mich verlassen, und hatte Zuckerchen, um sich zu versüßen, was wollen Sie!

Fanny, die wie gewöhnlich auch davon gehört hatte, teilte die Mannhaftigkeit in drei Perioden, von denen die erste am meisten versprach und am wenigsten hielt, Strohfeuer. Ihre Erfahrungen lagen eher gegen Ende der zweiten. Die dritte kam seltener vor und konnte Monsieur Grosjean zufallen. Sie sehe das am Schnitt des Daumens.

Wenn das zutraf, fürchtete ich, dass das Interesse an der neuen Erwerbung das an der Pyramide verdrängen würde. Aber am Ende der zweiten Woche erschien ein Bote von Grosjean. Er habe, schrieb er, eine Antwort des Neffen erhalten und den Herrn Baumeister um seinen Besuch wegen Entgegennahme des Auftrags gebeten. Eine Kleinigkeit wünsche er zu ändern, ich bräuchte mich aber deshalb nicht zu bemühen.

Sonst pflegte er immer persönlich zu kommen. Die schriftliche Nachricht schien die Fesselung an das Haus unter Einfluss des neuen Magnets zu bestätigen. Nun brannte Bab darauf, Näheres zu erfahren.

Noch am gleichen Tag kam Schuch von Mon Repos zu uns. Den Auftrag habe er in der Tasche. Außerdem schiene Grosjean geneigt, ihm eine in La Madrague zu bauende Mietsvilla für zwei Familien, interessantes Terrain am Meer, anzuvertrauen und hatte um eine Skizze gebeten. Mit dem Mann ließe sich viel machen.

So weit war alles in Ordnung, nur gebe es mit der Gartenpracht eine unangenehme Überraschung. Wenn es nicht so hanebüchen wäre, könnten wir darüber lachen, sagte Schuch und entledigte sich des Rocks. »Denken Sie, ich habe einen Mitarbeiter bekommen, einen Bildhauer. Sie werden Augen machen. Der gute Mann will vor meine Pyramide einen Löwen hinlegen. So etwas wäre bei uns denn doch nicht möglich.«

» Ein Löwe vor die Pyramide?«

»Angeklatscht an den Granit, Hochrelief, Bronze, das Biest wird dreiviertel der unteren Breite einnehmen. Er hat bereits eine Skizze in Gips im Maßstab des Modells.«

»Das müssen wir ihm ausreden. Oder wollen Sie sich so einen Eingriff bieten lassen? Ich habe ihm schon Verschiedenes ausgeredet, um Ihnen einen akzeptablen Auftrag bieten zu können. Natürlich glaubte ich, auf Sie rechnen zu können. Mit so einem hingepappten Löwen ist die ganze Pyramide erledigt.«

Schuch zuckte die Achseln und behauptete, alles Menschenmögliche getan zu heben. Eine volle Stunde habe er auf Grosjean eingeredet. »Er ließ mich ruhig mein Französisch produzieren und blieb steif wie ein Bock.«

»Sie müssen eben auch Bock sein, sehr einfach!«

»Das heißt, nach Hause gehen, bonjour, Monsieur! Das kann ich mir heute nicht leisten.«

»Sie haben angenommen?«

»Was sollte ich machen? Zöge ich zurück, ließe er das Ding von einem anderen machen und verhunzte es vollends. So kann ich wenigstens das Opus ohne die Zutat fotografieren lassen und in die Zeitschriften bringen. Vadoule wird schwerlich ein Wallfahrtsort werden.«

Damit tröstete er sich. Ich erkundigte mich nach dem Löwen.

Er könne ihn in diesem kleinen Maßstab kaum beurteilen, aber auf die Qualität komme es nicht an. Selbst ein Künstler von Gottes Gnaden müsse in diesem Fall versagen.

Ja, darauf kam es nicht an.

»Natürlich gefällt dem Mann der Löwe besser als die ganze Gartenpracht.«

Da Schuch damit abgeschlossen hatte, fand ich weiteres Gerede über den Fall überflüssig. Außerdem hatte er es eilig. Er wollte noch vor der Abreise in den Jura die Mietsvilla unter Dach und Fach bringen. Kühler Abschied.

Die Abneigung gegen Schuch trieb Bab auf die Löwenseite. Der Besteller habe mehr Charakter als der Lieferant.

Charakter war kaum der zutreffende Ausdruck für die Sturheit eines Analphabeten. Mein Interesse an der Sache entging ihr. Ich aber gab noch nicht auf und fuhr am nächsten Vormittag nach Mon Repos. Bab kam mit, weniger interessiert an meiner Auseinandersetzung mit Grosjean als der Hoffnung wegen, die neue Henne zu Gesicht zu bekommen.

Grosjean behauptete, mein kunstsinniges Auge werde sofort die entscheidende Verbesserung wahrnehmen. Was ich wahrnahm, war ein Gemisch von der Katze Mimi und dem Bronzelöwen, der sich die Flanken peitscht. Das klebte angepiekt an der Fläche des Modells wie eine billig gestanzte Attrappe, bronzen bemalter Gips. Dies sei natürlich nur eine Skizze, auf Andeutung des Volumens und der Gliederung des Motivs beschränkt, sagte Grosjean. Er bediente sich der Fachausdrücke wie geschmiert, hatte überhaupt eine gewisse Flüssigkeit im Organ. Keinen Augenblick schien er eine gegensätzliche Meinung zu vermuten, der Kämpe. Wenn uns daran liege, könnten wir das im Werden begriffene Original in Augenschein nehmen. Der Artist arbeite nebenan.

Er führte uns in einen im Garten gelegenen Schuppen, dessen Tür offen stand. Es war das Atelier. Entgegen kam uns im Arbeitskittel das dumme Mädchen Mimi Löftz. Hallo!

Sie stotterte ein bisschen und war rot. Ja, ein merkwürdiger Zufall, eine ganze Kette von Zufällen.

Ich bat sie, sich nicht zu bemühen. Herzlichen Glückwunsch!

Sie suchte Bab klar zu machen, wie sie sich zuerst gesträubt habe, nein, wirklich. Nur weil der alte Herr so väterlich darum gebeten habe, aus Gefälligkeit, habe sie an dem Kopf die Skizze hingewischt, ohne zu vermuten, es könne ernst werden. Wie peinlich es ihr wegen Schuch gewesen sei, und wenn Schuch nur das Mindeste einzuwenden gehabt hätte, na, das verstand sich unter Kollegen von selbst. Aber Schuch hatte dem alten Herr gesagt, dass er durchaus einverstanden sei und sich sogar freue. Da habe sie sich auch gefreut, denn auf so einen Löwen laure sie schon lange. Der alte Herr habe bisher von Kunst wenig Ahnung, aber sei ein lieber väterlicher Mensch, ein Goldstück. So einen gebe es nicht alle Tage.

Bab fand sie zum Piepen und tat, als ob sie nicht wusste, ob der Löwe oder der väterliche Herr gemeint war. Mimi solle sich nur mal feste hineinknien.

Das tue sie, sagte Mimi. Sie habe in Marseille nach einem Zirkuslöwen Naturstudien gezeichnet, aber nun gehe sie aufs Ganze. Monumentalplastik sei doch ganz was andres als das fitzelige Kleinzeug. Während sie sprach, sprühten die blonden Locken vor Unternehmungsgeist. Der alte Herr zeige guten Willen und lasse ihr freie Hand. Sie hoffe, ihm das Verständnis beizubringen.

Die Anfänge des Löwen lagen auf einem niedrigen Holzgerüst und versprachen ein Monstrum. Grosjean lobte den Schwung. Das Hinterteil mit den aufliegenden Schenkeln verrate bereits die künstlerische Intention. Die Vollendung habe Mademoiselle für Mitte nächsten Monats zugesagt.

»Nicht fest!«, wehrte sich Mimi, »nur wenn ich Glück habe und im Zug bleibe. Kann auch anders kommen.«

Bei Verspätung, lächelte Grosjean, werde sie die Konventionalstrafe zu tragen haben. Das Lächeln Grosjeans, ein Novum. Wenn er sonst eine seine seltenen humoristischen Bemerkungen fallen ließ, behielten die Klappaugen ihre gebietende Kälte und sein Körper die gewohnte Starre; nur akustisch äußerte sich eine Regung, die nach Übereinkunft seiner intimen Freunde als Heiterkeit galt, von weniger Vertrauten aber als Missfallen und Abwehr, wenn nicht Verachtung gedeutet werden konnte und wohl auch gedeutet wurde. Denn offenbar hing seine geringe Popularität in Vadoule damit zusammen.

Jetzt aber lächelte er wirklich, und zwar nicht wie einer, der es zu verbergen trachtet, sondern offenbar bemüht, es eindeutig zu erkennen zu geben. Es gelang ihm nicht restlos. Aber die Erstarrung wich aus den Augen, die wärmer wurden und sich dem früher naheliegenden Vergleich mit den eingesetzten Steinen der Löwenbronze entzogen. Sie gewannen eine noch stockende, von den schweren Lidern gehemmte, aber durchaus merkbare Beweglichkeit, und sein Mund, sonst auch eine Art Klappmechanismus von sehr begrenzter Modulation, strebte nach einer neuen Form. Seine übliche Starre blieb auf den Rest des Gesichts und die Körperhaltung beschränkt, und diese Divergenz verlieh dem Ausdruck etwas Rührendes. Es ging Monsieur Grosjean wie dem gefleckten Granitsockel, als er ihn ins Freie gebracht wurde und die Sonne dem Stein neue Töne entlockte.

Eine Fortsetzung des Kampfs für das Denkmal gegen die vereinte Übermacht verboten mir Vernunft und Anstand. Doch blieb in dem Gesicht Grosjeans ein Reflex zurück, gewiss keine Entschädigung für das, was seine Torheit verdarb, aber ein winziges Zeichen der Möglichkeiten, denen er nahe gewesen war. Mochte seine Berührung mit der Pyramide noch so oberflächlich gewesen sein, sie hatte genügt, seine Starrheit zu lindern und ihm einen lichten Schimmer zu geben.

Wir nahmen einen Aperitif auf der Veranda. Mimi hatte ihren lichtgrünen Arbeitskittel abgelegt und trug nun einen Pyjama, der Bab in die Augen stach. Wir sollten die Freunde in Madou grüßen, sagte sie. Sie komme nur noch sehr selten hin, wegen der Arbeit. Jeden Morgen um acht beginne ihre Schicht. Aber vielleicht könnten wir uns mal gegen Abend im Pavillon an der Plage treffen.

Auf dem Heimweg sprach Bab von der Nachtschicht Mimis mit dem Löwen. Ich verstand nicht gleich, weil ich mit den elenden Bremsen zu tun hatte. Keinen Augenblick hatte ich Mimi für die neue Henne gehalten. Das liege, behauptete Bab, an meiner langen Leitung. Ihr sei es sofort klar gewesen. Beweisen brauche sie nicht, das könne sie sehen.

Sicher, Mimi war alles zuzutrauen. Diese Frechheit, einfach hinzugehen, nur gestützt auf ihre blonden Haare und ihren runden Busen. Grosjean dagegen, wenn man das Geschwätz der alten Petitot außer Acht ließ....

»Zuckerchen!«, unterbrach Bab lachend. »Und der Pyjama, ein Pariser Modell aus dem teuren Laden der Rue Ferréol in Marseille. Und die Augen Grosjeans, jeder Blick, hingeschmolzen, na, weißt du!«

Dieses Na weißt du! bekam ich in den nächsten Wochen genügend zu hören. Das ganze Café du Port, vielleicht nur Lichtenberg ausgenommen, stimmte Bab ohne weiteres zu, weil alle Mimi genügend kannten und den männlichen Partner, von dem keiner etwas wusste, nach dem hergebrachten Schema beurteilten. Meine Hypothese von dem Einfluss der Kunst auf Grosjean wurde von dem Kreis entschieden zurückgewiesen, zumal von der jüngeren Generation, und wurde auch von mir aus begreiflicher Scheu ungenügend verteidigt.

Ein Magdeburger Nervenarzt sah in der Verwandlung Grosjeans infolge erotischer Wallung einen eindeutigen Schulfall. Müntz wies auf die Zeugungskraft der Inkas und zitierte einen im Kampf gegen die Spanier ausgezeichneten Häuptling, von dem die Sage ging, er habe mit zehn Jahren das erste, mit hundert das letzte Kind gezeugt. Lichtenbergs Abneigung, der allgemeinen Plattheit zufolge, mindestens sein Zögern, tat mir wohl. Nach seiner Meinung konnte die von der Pyramide geleistete Vorbereitung des alten Herrn das Erblühen der Neigung zu Mimi gefördert haben, einer Neigung, die man nicht voreilig der grobsinnlichen Kategorie zuschreiben dürfe.

Betty wackelte mit dem Kopf und streckte den Kiefer vor. Auf Lichtenberg sei insofern nicht viel zu geben, weil er jede ihm zugetragene Episode als willkommene psychologische Übung, die er gern ausdehnte, benutze und daraus Würze ziehe, sagte sie.

Die Skeptiker behielten Recht. Madame Ferramonte erwischte

Grosjean und Mimi im ersten Stock des Restaurants Basso in Marseille bei einer Bouillabaisse. Mimi habe kleiner Papa zu ihm gesagt und Grosjean sie geduzt. Der Fürst meinte, in Russland sei kleiner Papa keineswegs kompromittierend, und ein Mann im Alter dieses Herren könne ein so junges Mädchen, ohne sich etwas zu vergeben, als Kind behandeln. Madame Ferramonte wies auf den Ton, der die Musik mache. Eine Zeitlang schienen alle Interessen des Kreises, der sich rühmte, aus Intellektuellen zu bestehen, von dieser Angelegenheit absorbiert. Es blieb kein Zweifel, und so kam es, dass ich den Rest der Pyramide verlor.

Schuch war des Öfteren in Mon Repos, um die Arbeiten zu beaufsichtigen und blieb auch zu Malzeiten. Mimi benahm sich tadellos, dirigierte, wenn sonst keine Familie teilnahm, die Dienerschaft und hatte den Alten am Bändel. Ihrer tatkräftigen Unterstützung verdankte Schuch den Auftrag für eine zweite Villa in La Madrague, diese für vier Familien. An einem Mittag traf er dort Monsieur und Madame Vauban, die ihn und Mimi schnitten und denen er es mit gleicher Höflichkeit vergalt. Das musste er gestehen, neben der aufgetakelten Madame Vauban falle unsere Mimi ins Auge. Sie quatschte munter drauf los, als wären die Vaubans Luft. Ein kleines Aas.

Immer mal wieder fuhr die Limousine am Café du Port vorbei, jedes Mal trug Mimi einer andere Garderobe. Einmal war fast der ganze Kreis, soweit er noch existierte, im Café versammelt. Mimi grüßte uns mit der Hand und legte, so schien's, die andere auf den Arm des weißhaarigen Herrn am Steuer, offenbar um Anhalten, bittend, was nicht gewährt wurde.

Diese geringfügige und nicht einmal gewiss beobachtete Szene machte den größten Eindruck und vervielfachte die Sympathien für Mimi. Otto behauptete, wir würden noch eines Tages genötigt sein, die Gefangene mit Gewalt aus den Klauen des alten Lustbolds zu befreien. Ob wir nicht die Pflicht hätten, Mimi von der Bereitschaft der Helfer in Kenntnis zu setzen? Ottos Mutter verbat sich energisch den Unsinn. Nur der Student stimmte Otto zu.

Der Streit der Mesdames und eine Rettung in Bildern

WIR STANDEN nun mitten im Herbst des Jahres 1933. Der neue Wein war im Fass, bereitete aber den Winzern schwere Sorgen, denn der Preis erlaubte es nicht, die Kosten zu decken. Monsieur Grosjean allerdings, der schon im Sommer die Ernte vorweg verkauft hatte, konnte sich gratulieren. Lichtenberg befand sich auf einer Vortragstournee, und Betty war inzwischen dabei, den Einzug in den zweiten Stock zu organisieren. Ihr Sohn Otto legte die elektrische Leitung und brachte die Lampen an. Lolo dekorierte. Um uns der Unruhe und vor allem der unmittelbar bevorstehenden Einweihung des Pyramiden-Denkmals zu entziehen, beschlossen wir, die Einladung von Babs Tante in ihrer Villa in Nizza anzunehmen. Wir fuhren mit der Bahn. Unser Wagen hatte drei Brüche im Chassis, und stand seitdem bei dem Garagisten in Madou zum Demontieren. Otto beurteilte die Chancen der Reparatur skeptisch. Er hatte im Auftrag seines Vaters einen alten Ford für ein Butterbrot gekauft und empfahl uns in jugendlicher Einfalt das Gleiche. Die Verhältnisse der Lichtenbergs verbesserten sich im gleichen Maße, wie die unseren zurückgingen. Paternoster hatte zwar nun mein Manuskript und druckte es auch, verweigerte aber weitere Zahlungen.

Tante Espinard nahm uns sehr freundlich auf. Gott weiß, womit wir uns ihre hartnäckige Huld zugezogen hatten. Monsieur Espinard war noch tauber geworden, sie, wenn möglich, noch lauter. Die Villa, geschmacklos, aber komfortabel, lag in der Vorstadt Fabron. Sie bot Aussicht auf das Tal des Var, der nahebei ins Meer geht und dessen wenig bewässertes Flussbett hier einen mit dem Nil vergleichbaren Umfang gewinnt. Die Berge waren viel romantischer als bei uns, aber weniger harmonisch gegliedert, so gar nicht klassisch. Die Alpen waren schon dick im Schnee. Nizza darf beanspruchen, von meiner Abneigung gegen die Côte D'Azur ausgenommen zu werden. Die protzige Fassadenmimik beschränkt sich hier auf die Vororte. Die Promenade des Anglais, obwohl arg verhunzt und die ich intakt gekannt habe, hat immer noch Leben. In ihren älteren Viertel hatte die Stadt schöne große Plätze und nette Winkel, eine richtige Stadt eben. Wir waren bisher immer nur ganz kurz hier gewesen und strömten nun überall herum, die Abwechslung genießend. Bab war wie immer schwer gefährdet von den Modeläden und ich von den Buchhandlungen. Unsere Wirte führten uns in ein paar gute Konzerte, in denen Bab die Ziehharmonika vermisste.

Als wir nach vierzehn Tagen zurückkehrten, waren die Lichtenbergs bereits eingezogen. Neben der Haustür hing eine elektrische Klingel für die zweite Etage nebst einem neuen Namensschild aus Messing. Paul Lichtenberg begrüßte uns mit geziemenden Worten. Er besaß in seinem schlicht gehaltenen Zimmer, das meinem Arbeitskabinett entsprach, einen Schreibtisch von bemerkenswerter Größe mit vielen Fächern. Der Erker im Fond, bei mir ein Sitzplatz, war durch einen Vorhang abgetrennt, der das Bett verbarg. Dies missfiel uns, weil es den Raum beträchtlich verengte. Am gelungensten war das größte Zimmer am anderen Ende des Flurs, Bettys Revier, das auch als Esszimmer diente, gelb gestrichen und mit zahlreichen bunten Epinal-Bildern dekoriert, sehr lustig. Betty lud uns zum Abendessen ein, sehr gemütlich.

Schon am ersten Tag glaubte Bab, eine Missstimmung bei Madame Petitot zu bemerken. War sie etwa mit dem Zuwachs nicht einverstanden? Bab fühlte sich nicht bewogen, der Sache nachzugehen, aber die Alte legte es darauf an. Sie sprach dauernd von sonderbaren Veränderungen im Haus, die sie nicht für möglich gehalten hätte, bis Bab sie stellte und Aufklärung forderte. Um die neuen Mieter handelte es sich nicht. Wir könnten froh sein, die Etage los zu sein, und Madame Petitot freute sich mit uns. Gentile Leute auf den ersten Blick, namentlich der Monsieur, und seine gelbe Dame dürfe nicht nach der Couleur beurteilt werden, denn die gehe niemanden etwas an.

Endlich kam sie auf Fanny. Es falle ihr keineswegs leicht, aber sie müsse es sagen, unsere Bonne habe sich in unserer Abwesenheit nicht wie eine Bonne, sondern wie ganz was anderes betragen. Sie habe ihrem Mann Zeichen gemacht, um ihn anzulocken. Täglich schliefen Männer bei ihr, solche, die nicht wie Prinzen aussähen und vor denen sie sich in Acht nehmen musste, nicht aus der Gegend. Eines Abends hätten mehrere hinter dem Oleander gelauert, und einer habe die Frechheit gehabt, ihre Schwiegertochter Juliette nach Mademoiselle Fanny zu fragen. Darüber habe sich Juliette so erschreckt, dass sie nahe daran gewesen sei, mit einer Frühgeburt niederzukommen. Seitdem habe Madame Petitot keine Nacht mehr geschlafen, denn solches Gesindel nehme den Weg über das Bett, um in die Schränke zu gelangen. Da aber von solchen Kerlen alles zu erwarten sei, bat sie dringend, Fanny kein Wort zu sagen, denn sie könnten sich rächen. Bab werde schon wissen, was zu tun sei. Sie könne sich auch bei ihrem Mann und bei Louis erkundigen.

Eine dumme Geschichte, zweifellos übertrieben, aber wir konnten sie nicht ignorieren. Die Lichtenbergs hatten nichts bemerkt. Sie fanden Fanny sehr nett. Sie habe ihnen wiederholt geholfen und auch Tee für sie gekocht. Des Öfteren seien allerdings Männer aus Madou gekommen und hätten Sachen für die Wohnung gebracht, auch der Student und der Klöppel darunter, und was in der Nacht unten im Haus vorgehe, könnten sie nicht wissen. Paul Lichtenberg genoss die Gerüchte und sah in Fanny ein interessantes Phänomen. Vielleicht nutze Fanny die Gelegenheit, einen schon früher manifestierten Spieltrieb auszuleben? Das war in der Tat nicht von der Hand zu weisen. Otto, der die Petitot nicht ausstehen konnte, glaubte kein Wort von dem Klatsch, aber sie konnte sich schwerlich alles aus den Fingern gesogen haben.

Ich nahm mir nun den alten Petitot vor. Er hatte tatsächlich einen Mann hinter dem Oleanderbusch lauern gesehen, dessen Schnauze er in der Dämmerung einem Neger zuschreiben hätte können, und in meiner Größe. Dass ein anderer Mann mit der Frage nach Mademoiselle die voreilig gefüllte Schwiegertochter gestört habe, stehe ebenfalls fest, und drittens sei sie eine läufige Hündin, das sehe der Mond.

Alles höchst zweifelhafte Indizien. Keinesfalls durften wir uns dem Vorwurf aussetzen, derartige Eskapaden zu dulden, aber ebenso wenig einfach die Angeklagte ungehört, wie es die Alte erwartete, entlassen. Das sagte ich den Petitots. So eine Bonne würden wir nie wieder finden, und sie war mir, abgesehen von dieser Geschichte, sympathisch.

Ihm sei sie auch sympathisch, grinste Petitot, manchmal sogar sehr, pardi — aber die Damen, hol sie der Teufel, dächten anders.

Ich stellte fest: Wir mussten Fanny zur Rede stellen, und das ging nur, wenn uns Madame Petitot von der aufgelegten Schweigepflicht entband; bei weitem der beste Weg.

Das könne sie nicht, sagte die Petitot, denn es hieße, sich eine Räuberbande auf den Hals laden.

Dann blieb nur übrig, uns auf die eigene Beobachtung zu verlassen. Wenn wir sie erwischten, würden wir kurzen Prozess machen. Wenn Fanny wirklich außer Rand und Band geraten war, konnten wir kaum annehmen, sie werde dem Laster bei nächster Gelegenheit widerstehen.

So plötzlich, meinte die Petitot, komme das Laster nicht über sie. Sie wolle nicht kalkulieren, wie viel Männer bereits bei Mademoiselle geschlafen hätten. Unsere Auffassung sei eine Geschmackfrage und gehe, solange kein anderer gestört wurde, niemanden etwas an. Sie müssten aber von jetzt an im Interesse der Sicherheit ihre Zufahrt geschlossen halten und uns bitten, die kleine Unbequemlichkeit zu entschuldigen.

Dagegen ließ sich außer der Lächerlichkeit nichts einwenden, denn das hinderte höchstens die Autos, und das unsere waren wir bis auf weiteres los. Lichtenbergs nahmen immer den Feldweg. Nur Monsieur Grosjean werde sich wundern, sagte ich.

Dem Patron werde sie die Gründe mitteilen, bemerkte die Petitot voller Würde.

Ohnehin war ihr altes Holztor — wir hatten auf unserer Seite ein solides aus Eisen — ein ganz unzureichender Schutz gegen die Räuber, denn das vermorschte Holz würde dem geringsten Druck weichen.

Uns wurde schon in den nächsten Tagen klar, dass sich Fanny nur lustig gemacht hatte. Um sie vor unakzeptablen Scherzen zu warnen, machte Bab eine entfernte Andeutung. Fanny explodierte. Neger habe sie bisher nicht gehabt, aber das könne noch kommen. Ja, es sei einer dagewesen, kein richtiger, nur ein gelber, aber mit Negerlippen, und der habe oben den Monsieur besucht. Die Behauptung, es habe sich jemand nach ihr erkundigt, sei eine glatte Lüge, denn nur ihr Freund, den sie heiraten werde, Bureauchef bei der Intendantur in Toulon, hole sie hier zuweilen ab, und der habe es nicht nötig zu fragen.

Sie geriet derart in Wut, dass Bab Mühe hatte, sie zu bändigen, aber sonderbarerweise richtete sich die Wut nicht gegen die Alte, die sie eine »arme verfaulte Auster« nannte, sondern gegen Monsieur Petitot. Dieser erschien gerade vor dem Kabaus, und nun durften wir aus dem Fenster eine Szene beobachten. Fanny, mitten auf unserer Terrasse, hob drohend die Hände gegen ihn, ohne auf die Zeugen zu achten, und schleuderte Blitze. Die Alte, glaubend, ihr Mann solle mit Gewalt verlockt werden, stellte sich breit vor ihn, um ihn zu schützen. Zur Seite springend, suchte Fanny ihn zu erwischen, aber die Fregatte wendete sich, und da Petitots Volumen bedeutend geringer war, blieb er gedeckt. Otto und Lolo sahen aus dem oberen Fenster zu und machten die Bewegungen mit. Wir konnten uns vorstellen, dass auch Lichtenberg vor seinem Schreibtisch herumhopste. Bab wurde energisch und rief Fanny ins Haus.

Als Vincent am Sonntag herunterkam, unterrichtete ich ihn über den Ärger. Er wusch sogleich seiner Mutter den Kopf, öffnete das Holztor und stellte so das Einvernehmen wieder her. Die Alte verschluckte ihre Ranküne, oder zumindest tat sie so als ob.

Vincent hatte ebenfalls besorgniserregende Nachrichten. Über Mon Repos zögen sich dunkle Wolken zusammen. Monsieur Grosjeans Familie sei aufgetreten. Solange an dem Denkmal gearbeitet wurde, hatte die sich zur Duldung der blonden Dame herbeigelassen. Jetzt aber fragten sie immer lauter, was Mademoiselle noch im Haus suche.

Die alte Petitot hatte das alles voraus gesehen. Statt jetzt die Mäuler laufen zu lassen und mit den Hintern zu wackeln, hätten sie lieber vorher nachdenken sollen. War dem Patron zu verdenken, wenn er, zurückgestoßen von den eignen Töchtern, sich ein neues Nest baute? Sie sollten nur den Mund gut zumachen und aufpassen, dass es ihm nicht ins Blut gehe. Ob es zutreffe, dass die Blonde eine Deutsche sei?

Das ließ sich nicht in Abrede stellen. Petitot meinte, ob Deutsche oder Spaniolin, blond oder schwarz, jede habe das Ding an der rechten Stelle und wisse, wozu. Diese hier schien es besonders zu verstehen; sie knetete sogar Löwen. Er habe als Soldat in Algier eine gekannt, die mit den Zehen schreiben konnte, während sie mit den Händen Bälle tanzen ließ.

Vincent rechnete mit einer baldigen Entscheidung, denn demnächst war der Termin, an dem der Patron gewöhnlich seine Winterwohnung in Marseille bezog, und vermutlich werde er es auch diesmal so halten. Nun stellte die Familie alles an, damit er die deutsche Henne nicht mitnahm, denn, so sagten sie sich, saß sie erst in Marseille, würden sie die nie wieder los. Und alle waren überzeugt, er werde sie mitnehmen. Ich gab zu bedenken, dass auch Mimi dabei ein Wort mitzusprechen habe, denn es konnte ihr auf die Dauer in Marseille doch etwas langweilig werden. Bab aber meinte, Mimi werde genug Zeitvertreib finden und für Nebenluft sorgen.Madame Petitot wedelte mit dem Finger. Hörner mochte der Patron ganz und gar nicht. Sie erinnerte uns an Jeanne in Vadoule-Plage, die sich zu ihrem Unheil mit dem Fischer Martin eingelassen hatte. Natürlich lag hier die einzige Chance der Familie. Wohl tat sich's in der großen Stadt leichter, aber auch Fallen gab es dort mehr, und der Patron sah durch hundert Brillen. Wer alt genug wurde, werde es erleben.

Wir nahmen das letzte Nachtbad der Saison. Otto und Lolo kamen mit, wir fuhren in ihrem Wagen. Nächstens musste ich zu dem Garagisten, um zu erfahren, wie es mit dem unseren stand.

Auf der Post begegneten uns die Lebourgs, unsere alten Bridgepartner. Da wir sie seit einer Ewigkeit nicht zu Gast gehabt hatten, bat ich sie, demnächst zum Bridge vorbeizukommen. Sie brachten einen Logiergast mit, der ebenfalls spielte, einen reichlich faden Monsieur Moulin aus Paris; er war ein Vetter der Frau. Wir debattierten eifrig über die Pyramide, Monsieur Grosjean und Mademoiselle Luffe, womit Mimi Löftz gemeint war. Bevor Grosjean mit der Bitte um Rat zu mir gekommen war, hatte Lebourg ihm einen — stellte sich nun heraus — seiner Meinung nach sehr bewährten und in Paris hoch geschätzten Bildhauer empfohlen, denselben, dem wir den michelangelesken Bacchus in Vadoule-Ville und den Brunnen in Vadoule-Plage verdankten, Werke, über die ich mich mit höflicher Zurückhaltung äußerte. Es stellte sich weiter heraus, dass der hier anwesende Monsieur Moulin mit dem Bildhauer, dessen Kreise ich ahnungslos gestört hatte, identisch war. Ich bedauerte es aufrichtig.

Monsieur Moulin beeilte sich, zu versichern, das habe nichts zu sagen. Warum sollte Frankreich nicht deutschen Künstlern Gelegenheit zu einer bedeutenden Leistung geben, die als Dank für die gastfreundliche Aufnahme geeignet sei?

Dabei hatte er einen schleimigen Festrednerton. Bab warf mir einen Blick zu. Die Lebourgs lächelten verbindlich. Seit Francois I., fuhr Monsieur Moulin fort, befruchteten vornehme Künstler des Auslands die französische Kunst, etwa Leonardo oder Primaticcio.

Lebourg erkundigte sich nach dem Architekten, den wir wohl schon von früher kannten, Herrn Schück.

»Schuch«, sagte Bab und entnahm dem Bücherständer das den Schöpfungen des Dresdners gewidmete Separatheft einer deutschen Zeitschrift mit zahlreichen Abbildungen. Die Lebourgs lobten die Originalität der zweckdienlichen Bauten, während Monsieur Moulin kalt blieb. Bab, die plötzlich ihr Herz für Schuch entdeckte, meinte, dies sei nur ein geringer Teil seiner Produktion.

Ob auch Abbildungen früherer Werke der Bildhauerin Fräulein Luffe vorhanden seien? fragte Lebourg.

»Löftz«, sagte Bab gereizt, »Mimi Löftz.«

»Oh«, machte Lebourg, »Pardon!«

Ich malte auf den Bridgeblock den Namen in großen Buchstaben, worauf sich alle Sprachübungen hingaben. Meines Wissens sei der angebliche Löwe das Erstlingswerk der jungen Dame, wenigstens wisse ich nicht von anderen.

»Dieses Löwenrelief!«, sagte Monsieur Moulin, »in der Tat!«

Ich gestand, es noch nicht gesehen zu haben, was alle drei in unverhohlenes Erstaunen versetzte. Das dürfe ich mir keinesfalls entgehen lassen. Doch glaubte Monsieur Moulin, die Fähigkeiten der Löwenbändigerin außerhalb des Bereichs der Tierplastik suchen zu müssen.

Ich nickte. Das schien mir auch so.

Lebourg behauptete, es gelinge dem Fräulein, ganz Vadoule und sogar die Mairie zu elektrisieren. Falouze laufe herum, als stünden die Wahlen vor der Tür. Wenn er nicht schon bei mir gewesen sei, könne ich bestimmt auf seinen Besuch rechnen. Das Verhalten Grosjeans flöße der Obrigkeit Sorge ein. Er sei schon früher einmal ein bisschen gaga gewesen, als sich die Geschichte mit seinen *Gedanken* ereignete. Diesmal hielten viele sein Gagatum für bedenklicher, aber Lebourg war nicht dieser Ansicht, sondern er fand Grosjean lebendiger als je. Der wisse sehr gut, was er wolle, und sei Manns genug, es durchzusetzen.

Bab dachte ebenso und fügte überflüssigerweise hinzu, sie könne es Grosjean auch nicht verdenken.

Die Jugend, meinte Lebourg mit feinem Lächeln, habe das Recht auf Leidenschaft. Seine Frau aber musste beifügen, dass sie die Verquickung von Pietät, der das Denkmal dienen solle, mit der weitgehenden Nonchalance des Witwers einigermaßen anstößig finde. In Frankreich pflege man sonst über die Pflichten der Pietät etwas anders zu denken.

Auch in anderen Ländern, meinte Bab prompt. Worauf ich vorschlug, zum Bridge zurückzukehren und die Karten abhob. Monsieur Moulin war mit dem Geben dran.

Nachher rekapitulierte Bab den Abend und blieb an dem Dank der Deutschen für die gastfreundliche Aufnahme hängen. Die Worte hatten in ihr eine schöne Wut ausgelöst. Dieser Monsieur Moulin!

Ich hingegen fand, wir hatten uns in der letzten Zeit viel zu wenig um die Leute hier gekümmert. Deshalb waren einige von ihnen verschnupft. Und Monsieur Moulins Absichten hätte ich beim besten Willen nicht voraussehen können.

Nun räumten wir den Tisch auf. In dem untersten Fach, dort, wo die Bridge-Karten hingehörten, lagen ein paar Pastelle von Bab, auch eine Fotografie von ihr als Kind beim Eislaufen in St. Moritz. Wenn wir die Pastelle nicht besser aufheben würden, würden sie zu Grunde gehen. Seit einer Ewigkeit hatte Bab nicht mehr gemalt. Neulich in Nizza wäre eine gute Gelegenheit dazu gewesen, aber sie hatte kein Material dabei.

Und wozu? fragte sie. Es mache ihr keinen Spaß mehr. Aus ihr werde doch nichts. Ihr Gesicht hatte, wenn sie so etwas sagte, einen matten Ausdruck. Es kam gewöhnlich nach einem misslichen Tag. Sie nahm das Eislauf-Foto. Dreizehn sei sie damals gewesen. Wenn sie als Kind guten Unterricht gehabt hätte, wäre es nicht möglich gewesen, ihr Gehör zu bessern? In der Schule habe sie doch auch mitgesungen.

Wer weiß, vielleicht. Sie wusste natürlich, wie ich darüber dachte. Ich war nie ganz sicher, wie weit sie es ernst nahm oder mit dem unerfüllbaren Wunsch eine Verstimmung begründete. Sie glaubte meiner Meinung nur halb, fragte aber kaum einen anderen, höchstens Otto, der anfangs Hoffnungen in ihre Musikalität gesetzt hatte.

Ich blieb noch eine Weile und betrachtete Zeichnungen und Fotos, um den unbehaglichen Abend zu vergessen. Einen Punkt hatte Bab in der Rekapitulation übersehen, Lebourgs Hinweis auf den Maire. Natürlich bedeutungslos, allenfalls geeignet, dem epischen Verlauf, den Lichtenberg später vorgesetzt bekommen würde, ein Detail hinzuzufügen. Wenn ich an den Maire dachte, stellte sich ein komisches Gefühl auf der Haut ein, kühl und kitzelnd, nicht besonders unangenehm, aber anhaltend. Es blieb auch, als ich zu Bett gegangen war, und setzte sich im Traum fort.

Ich erschien im Frack in einer großen Gesellschaft, stolz wie ein Pfau, und fühlte dabei irgendwo eine Kühle. Bab, in einer weißen Krinoline aus Tüll mit schwarzen, aber ganz schmal geränderten Volants, sah wie ein Mädel aus. Sie wurde angegafft und tat nichts. Von einer Galerie, nahe am Plafond, sahen viele Menschen herab, weniger fein als wir, darunter Fanny und die alte Petitot und unser Briefträger mit der verkrüppelten Hand. Die Petitot schwatzte mit Fanny und ließ den Busen über das Geländer hängen. Die Wände des Saals, offenbar das Foyer einer Oper, bestanden aus quadratischen, in silberne Metallleisten gefassten Spiegeln, vor denen sich die Menge bewegte. Betty Lichtenberg in orangenem Moiré, der Schwanenhals mit einem vielreihigen Brillantschmuck gepanzert, schnatterte am Arm des Gatten, der sehr gut aussah. Madame Ferramonte, in venezianischem Rot, tauchte gleichzeitig an verschiedenen Stellen auf. Mittendrin mein Vater, sehr aufgeräumt. Die Herren trugen Claques auf den Köpfen. Der Klöppel hielt seinen viel zu kleinen blanken Schädel mit beiden Händen fest und stolperte mit schwerhörigen Beinen auf dem blanken Parkett, immer genötigt, sich vorn und hinten zu entschuldigen. Kleinchen stand sein Claque glänzend.

Nur mein Vater trug trotz des Fracks sein gewohntes rundes Hüttenhütchen mit Brandlöchern, was mich maßlos störte. Er sprach mit dem langen Mister Pink, seinem Stahlwerkschef. Plötzlich verließ er Pink und stand vor uns, nickte mir flüchtig und ironisch zu und sagte zu Bab: »Na los!«, gab ihr den Arm, den sie sofort nahm, und führte sie durch eine Gasse von Menschen hindurch an den geöffneten Flügel, vor dem er sich, immer mit dem Hütchen auf dem Kopf, niederließ. Bab hielt ein Notenblatt. Ich zwängte mich mit voller Anstrengung durch die gestaute Menge, beugte mich zu meinem Vater hinunter, dessen Hutkrempe mein Gesicht kitzelte, während mit hinten immer kälter wurde, und flüsterte ihm ins Ohr: »Irrtum! Sie kann nicht! Gibt ein Unglück!«

Er nickte wie vorher, schlug ein paar Akkorde an und gab Bab das Zeichen. Sie sang. Es war eine italienische Arie aus der Zeit von vor Mozart mit verwegenen Koloraturen. Meinen Genuss schmälerte das Unbegreifliche der Darbietung, das ich zu durchschauen suchte. Anstatt mich wie die andern Zuhörer hinzugeben, strebte ich aus dem Genuss heraus und fragte mich, ob nicht das Ganze ein Traum sei.

Dass mein Vater seit über dreißig Jahren unter der Ende ruhte, focht mich nicht an, im Gegenteil, die Autorität meines Vaters, eines in seiner Zeit idealen Begleiters, trug dazu bei, meine Hemmung zu überwinden. Das meiste tat Bab. Die Erklärung des Phänomens, freilich eine traumhafte, fand sich. Immer wieder von Neuen warf sie die Hände nach oben wie auf ihrer Fotografie als dreizehnjährige Schlittschuhvirtuosin; ihr Körper drehte sich und schwang sich zum Bogenschlagen. Sie machte dabei dasselbe ernste und abweisende Gesicht, nur der Bewegung hingegeben, vollkommen sicher.

Der Saal feierte sie stürmisch. Der Maire, Monsieur Falouze, erschien mit einem Blumenstrauß. Lichtenberg hielt eine wohlgesetzte Rede und ließ den Spitzbart tänzeln. Wieder Ovationen, Bab selig, aber schon begann der Traum, sich zu entfernen. Bab kam zu mir und fragte mich, was mir fehle. Ich starrte verglast in den entfernten Spiegel. Hinten bei mir war alles offen. Es zog eisig. mit einem Ruck warf ich mich auf die andere Seite und zog die Decke hoch.

Beim Frühstück erzählte ich ihr den Traum. Der Gesang fand in der Morgenstunde keine Resonanz, aber die Krinoline mit den schwarz geränderten Volants blieb haften. Bab brachte sie auf Papier und beschloss, die Zeichnung, wenn sie gelang, einer Modezeitschrift anzubieten.

Bei der Post war eine Karte von Liese Klein. Kleinchen hatte einen Rückfall gehabt. Ich nahm den Bus und traf Liese auf dem Markt beim Einkaufen. Seit vorgestern die ganze rechte Seite, nicht gelähmt, nein, das habe der Arzt ganz bestimmt versichert, aber Erschlaffung der motorischen Nerven. So sagte der Doktor. Der Arm wie Blei, das Bein schmerzte, schien aber heute besser. Er habe wiederholt nach mir gefragt und würde sich freuen, wenn ich käme. Sie komme gleich nach, ich sollte nur ja auf sie warten.

Klein lag im Bett, verloren in dem Möbel, das gut für drei seiner Größe gereicht hätte, zwischen seinen Zeitungen. Flackernde Augen. Meine Frage nach seinem Befinden überhörte er und wollte wissen, wie ich die Vorschläge Otto Bauers für das Verhalten der österreichischen Sozialdemokraten beurteile. Ich hatte noch keine Zeitung gelesen.

Plötzlich fuhr er auf. »Rieche ich?«

»Keine Spur!«, versicherte ich perplex. Das Zimmer war tadellos gelüftet. Nie hatte ich je den geringsten Geruch an ihm bemerkt. Das passte gar nicht zu ihm. Er blickte argwöhnisch. Schmerzen schien er nicht zu haben, sah aber miserabel aus, fast gespenstisch, kein Fleisch auf den Knochen, die Haut greisenhaft vergilbt. Nährte er sich ordentlich? Hatte er Appetit? Sollte ich ihm schnell etwas holen?

»Dieser Bauer!«, lachte er, »genauso ein Ochse wie die anderen! Gewehr bei Fuß! Der wird was erleben!« Er richtete sich auf. Unten hatte jemand geklopft. Ob ich nicht so gut sein wolle nachzusehen.

Es war niemand da. Da es windete, hatte eine Jalousie mehrmals an die Mauer geklatscht. Liese versäumte immer, die Riegel vorzuschieben, sagte Kleinchen. Wo nur Liese bleibe.

Um ihn zu zerstreuen, erzählte ich von Lichtenbergs in der neuen Wohnung, von Fanny und der alten Petitot, von Mimi und von *Tante Mucks Pickel*, dem neuen Roman von Katapolk, sehr witzig geschrieben. Für Katapolk hatte Klein etwas übrig. Vor einer Woche war Katapolk mit seiner Donna abgereist, angeblich nach New York; die Ferramonte behauptete aber, in ein Entziehungsinstitut bei Paris.

Er ließ mich reden und sah dabei an die Decke. Allmählich versagte mein Strom. Wenn sich unsere Augen trafen, lächelte er höflich.

»Willst du nicht rauchen?«, fragte er. »Du tätest mir einen Gefallen, der Luft wegen.«

»Was du dir einbildest!«

Er nickte. Ob ich die deutsche Antwort auf das französische Memorandum kenne. Müsse ich unbedingt lesen, auch den Leitartikel von d'Ormesson. Er schob mir den *Temps* zu.

Ich wollte die Zeitung einstecken, aber das passte ihm nicht, da er sie noch brauche. Ich könne mich ja ans Fenster setzen und gleich hier lesen. Am Fenster räumte ich einen Pack alter Zeitungen von dem Stuhl und ließ mich nieder. Durch rote Weinblätter sah ich auf den Weg, wo zwei kleine Mädchen Seil sprangen. Nach einer Weile schlief er, oder tat so. Ich wartete, bis Liese kam, und ging hinunter.

Sie bemühte sich um Fassung, war aber verzweifelter, als sie es merken ließ. Der Arzt halte es nur für einen leichten Rückfall und hoffe, ihn mit derselben Behandlung wie bisher zu überwinden. Also wieder die teuren Injektionen und das Elektrisieren. Die Injektionen hätten mit der Zeit geholfen, doch, das hätten sie, Kleinchen sei viel besser, beinahe gesund, er hatte sogar gehofft, wieder malen zu können. Aber so schlimm wie jetzt sei es noch nie gewesen. Er wolle nicht aufstehen, obwohl er es nach Meinung des Doktors konnte und sollte, dabei sei er ständig in Unruhe. Die Einbildung mit dem Geruch sei für sie das Schlimmste. Zu dem Touloner Doktor habe sie kein rechtes Vertrauen. Ihr Schwager sei Chefarzt in einer Bonner Klinik, der würde alles für Kleinchen tun. Unsere Kliniken seien viel besser.

Zu einer Reise nach drüben, glaubte ich, werde er sich wohl kaum entschließen.

Doch, er habe schon davon gesprochen. Dabei kamen ihr plötzlich die Tränen. Ich wusste, warum. Wenn er reisen wollte, gab er sich auf.

In seinem Zustand, meinte sie, dürfte er es nicht riskieren. Außerdem…

Außerdem, freilich, Herrgott ja, Außerdem war kein Geld da.

Es gäbe, sagte sie schnell, noch ein andres Mittel. In diesem Augenblick rief Kleinchen. Sie bat mich zu warten und huschte die Treppe hinauf.

In dem unteren Zimmer hatte er früher gemalt, wenn er nicht die Staffelei auf die kleine Terrasse gestellt hatte. Selbst hier war jedes Plätzchen bedeckt mit bedrucktem Papier. An der einen Wand stand ein Stapel ungerahmter Bilder. Ich holte sie ans Licht. Alle kannte ich, aber jedes hatte, schien mit, etwas Neues, als ob die Farben inzwischen gereift wären. Zwei Perlen waren darunter, das Haus mit dem Wagen, und eins, das mir über alle ging, der Garten mit den Mädchen, vom Fenster aus gemalt, dieselben Mädchen. Sie spielten halbnackt im Schatten der Büsche. Ein schwarzer Ziegenbock hopste vor ihnen herum.

Liese kam wieder. Ja, der Ziegenbock, auch den hätte Schuch damals vielleicht genommen. Sie sah, gestand sie, nur noch Verkaufsobjekte in den Bildern. Zehn Aquarelle habe sie vor zwei Monaten hinter seinem Rücken an eine Berliner Kunsthandlung geschickt und neulich alle zurückbekommen. Sie fand seinen Zustand besser als heute früh, doch. Mein Besuch habe ihm offenbar gut getan. Er habe sehr nett von mir gesprochen.

Und an welches andere Mittel dachte sie?

Sie fuhr sich über die Stirn. Der Toulonér Doktor wollte gern einen bedeutenden Spezialisten zuziehen, einen Doktor Fourchambault in Marseille, einen großen Internisten. Er habe mehrere solcher Fälle geheilt und besaß Weltruf.

»Außerdem?«, fragte ich.

Sie verstand und lachte, ihr altes helles Lachen.

Gleich war das Gesicht wieder hübsch. »Außerdem mindestens tausend Francs für den Besuch über Land.«

Nicht mal übertrieben teuer für einen Weltruf, nur für uns heute eine Menge. Sie merkte es. Ich schlug es nieder. Natürlich musste der Weltruf her. Wir taten uns noch mal zusammen. Dumm, dass schon so viele weg waren. Immerhin, Lichtenberg, obwohl Betty den Kleinchen nicht leiden konnte, Schuch, der im Geld schwamm, im Notfall Grosjean.

Schuch habe, gestand sie, vor kurzem den elektrischen Doktor gezahlt, einen unangenehmen Menschen, der mit Ärger drohte.

Es lief hier einiges mit der Zeit zusammen, namentlich in Francs. In Mark war es viel weniger. Wir mussten überlegen, einen Plan machen, Briefe schreiben. Die Dame mit der kosmetischen Fabrik in Hamburg besaß mehrere Kleins. Kosmetische Fabriken gingen immer noch. Ullmann oder so ähnlich hieß sie. Das war natürlich schwierig, aber es erschien mir leichter als eine halbe Stunde Kleinchen zu unterhalten, ohne dass er von fixen Ideen gepeinigt wurde.

Er schlief schon wieder. Ich ging. Die beiden Mädchen im Garten knicksten. Nicht Ullmann, sondern eher Wollmann hieß die Frau. Bab wusste den Namen.

Als ich am Café du Port vorbeikam, saß auf der Terrasse zwischen Madame Ferramonte und dem düsteren Studenten — Mimi wie sie leibte und lebte. Sie war mit Papchen drei Tage in Paris gewesen, Hotel Ritz. Kinder, da war was fällig. Papchen sagte zwar, heute könne sie sich kein Bild mehr machen, wie es früher gewesen, aber ihr genüge es.

Madame Ferramonte griff nach Mimis Hand und präsentierte mit kupplerischer Wonne den ausgewachsenen Brillanten. Die Smaragd-Agraffe am Gürtel, behauptete Mimi, sei von Boullerong, vom Place Vendôme. Sie meinte Boucheron. Madame Ferramonte zupfte an dem hübschen Kleidchen und hätte das Wunderkind am liebsten ausgezogen. Ein Jammer, dass Mimi nicht über Mittag bleiben konnte, um auch andere mit ihrem Anblick zu erfreuen, aber das konnte Mimi Papchen nicht antun. Ohne sie rührte Papchen keinen Bissen an.

»Papchen! Papchen!«, wütete der Student mit gebäumten Lippen. Worauf sie ihn bat, sich zu fassen, sonst sofort adieu. Sie hatte ein energisches Tönchen. Madame Ferramonte stimmte energisch zu.

Mimi war überraschend gutmütig. Bei dem ersten Wort über die Misere Kleins sprang sie auf. Sie kannte das Bild bei Schuch, himmlisch! Nicht ein Bild werde Papachen kaufen, sondern ein halbes Dutzend, wenn nicht für sich selbst, dann für ihre Zimmer, die kahl waren, weil sie die früheren Gräuel entfernt hatte. Gleich Stücker sechs hinschicken auf ihren Namen, nur gerahmt mussten sie sein. Die Preise möchte Herr Klein getrost ihr überlassen. Sechs mal zwei war zwölf, das Mindeste.

»Ein nobler Kerl, unsere Mimi!«, strahlte die Ferramonte.

»Fräulein Löftz«, sagte ich, »wenn Sie das wirklich erreichen könnten?«

Mimi lachte, sie könne noch ganz was anderes. Papchen freute sich, ihr etwas Liebes zu tun. Abgemacht!

Sie kramte in ihrer Eidechsentasche und fand zwei Tausender. Das als Handgeld. Das andere morgen durch die Post.

Drüben hielt die Limousine und tutete. Mimi trug mir Grüße für

Klein und Lisette auf und schwebte hinüber wie ein Märchen. Das Ganze hatte nicht fünf Minuten gedauert.

Ich lief mit den beiden Scheinen in der Hand zurück. Den beiden kleinen Mädchen im Garten wuschelte ich über das Haar. Liese stand in der winzigen Küche am Gasherd. »Außerdem!«, rief ich und schwenkte den Büschel.

Sie setzte sich hin, den Schöpflöffel in der Hand, stupide blickend. Grosjean, Mimi, der Weltruf, ich musste es dreimal sagen.

Zwölftausend waren eine astronomische Zahl. Die Freude über die Nachricht zog knittrige Falten in ihr Gesicht, als habe sie neuralgische Schmerzen. Es war zu schnell gegangen.

»Seine Einbildung mit dem Geruch!«, flüsterte sie angstvoll. Vorher hatte sie nur an das Geld gedacht. Jetzt, wo es haufenweise kam, zweifelte sie an der Möglichkeit, Papier in Gesundheit umzuwechseln. Sie nahm die Scheine und lief hinauf. Unterdessen wählte ich die Bilder. Um das Haus mit dem Wagen war es schade, aber Mimi sollte nicht zu kurz kommen; zwei ältere Hafenbilder aus Saint-Tropez, die als Pendants gehen konnten, eine Vadouler Terrasse, die ich gern selbst gehabt hätte; die anderen aus Madou, letzte Ernte. Den schwarzen Ziegenbock ließ ich Liese.

Sie kam gehobener Laune zurück. Die Scheine hätten wie zehn Injektionen gewirkt. Er wollte aufstehen, wünschte ein Backhuhn, und wir sollten gleich den Weltruf kommen lassen. Den Preis für sechs Bilder fand er angemessen.

Sie hatte wieder Mut. »Angemessen!«, lachte sie. »Sie werden sehen, jetzt wird er gesund.«

Wir setzten das Telegramm auf und ich zog mit den Leinwänden ab. Im Künstlerparadies am Markt fand ich leidliche alte Rahmen. Der dicke Inhaber schwor mir, die Bilder anderen Tags fix und fertig nach Vadoule zu bringen. Ich schrieb ihm die Adresse auf.

»Kenne ich!«, lächelte er, »Mademoiselle Luffe«.

Ich konnte nicht mehr zum Garagisten wegen unseres Wagens, und ich kam ohnehin zum Essen zu spät.

Bab ließ sich die Smaragd-Agraffe beschreiben und rügte den Protz, morgens an einem Straßenkleid hier auf dem Lande solche Dinge zu tragen. Der Maire war dagewesen, Neuigkeiten von Bonne Louise. Sie war des großstädtischen Grenobler Treibens müde und wollte zurück. Da sie mit mehreren alten Damen ihres Stifts ein ansehnliches Los der neuen Staatslotterie gezogen hatte, fühlte sie sich stark genug, zusammen mit einer Freundin den zweiten Stock zu mieten, falls er noch frei sei und wir ihn hergeben wollten, und hatte den Maire um Auskunft gebeten. Bab beklagte unsere Bindung wie ein Unglück, dabei übertrieb sie meines Erachtens heftig. Wir hatten bisher keinen Anlass, uns über Lichtenbergs zu beklagen, wir verdankten ihnen vielmehr manche kleine Erleichterung. Natürlich war Bonne Louise sehr nett. Wir müssten eben eine andere Unterkunft für sie suchen.

Bab fand meine Meinung unakzeptabel. Louise war mit den Lichtenbergs nicht zu vergleichen, sondern sie war wie eine alte Freundin, die in ganz anderer Weise zu uns und dem Haus gehörte, und die ohne die alte Wohnung auf Vadoule verzichten würde. Den Takt, uns nicht direkt zu fragen, sondern durch einen Dritten antippen zu lassen, damit wir uns ungeniert zu äußern vermöchten, konnte sich manche Draufgängerin von höherer Bildung zum Muster nehmen. Überhaupt sei früher unser Leben viel schöner gewesen.

Bonne Louise, von der geraume Zeit nicht mehr die Rede gewesen war, wuchs plötzlich und erlangte symbolische Bedeutung. Die Änderung unseres Daseins entging mir ebenso wenig, aber ich vermisste den Zusammenhang mit Louise.

Lichtenbergs fuhren an diesem Nachmittag nach Madou, und Otto konferierte auf meinen Wunsch mit dem Garagisten. Das Resultat kam mir nicht überraschend. Eine Reparatur des Wagens war vollkommen ausgeschlossen. Chassis, Motor und Karosserie befanden sich in Auflösung. Ein Wunder, dass uns kein Unfall zugestoßen war. Otto hatte es gleich gesagt. Um mit der Zollbehörde ins Reine zu kommen, mussten wir den aus Deutschland stammenden Wagen vor obrigkeitlichen Zeugen in Atome zertrümmern lassen, ein unliebsamer Gedanke. Immerhin plante Otto für uns eine Trost-Katapolka.

Um die Stimmung zu heben, wurde das Kaminfeuer in der Bibliothek angezündet, und Betty braute einen Glühwein nach ihrem Rezept. Lichtenberg verdankte bereits der Ferramonte eine Beschreibung der Szene im Café, wünschte aber Ergänzung. Bitte episch!

Als wir um den Kamin saßen, flammten barocke Klötze von Olivenholz auf, von Otto geschichtet. Behagliche Spannung lag auf Lichtenbergs Gesicht. Es gelang ihm wie zumeist, mit seinem Behagen alle anderen anzustecken und deren Gedanken und Empfindungen auf das Objekt seines Interesses, das er mit Grandezza heraushob, zu konzentrieren. Dass Klein geholfen wurde, fand er höchst erfreulich, aber das stand nicht im Vordergrund. Das Interessante sei das Verhältnis von Mimi zu dem alten Herrn. Besaß sie wirklich, wie Madame Ferramonte behauptete, die unbegrenzte Macht? Das ließ sich nicht mit einem materiellen Aufwand nachweisen, der bei aller Üppigkeit im Rahmen des reichen Mannes geblieben war. Höchst wichtig war, wie sie sich beim Abgang verhalten habe. Hier komme es auf jede Nuance an, ob eilig, im Druck, ängstlich oder gelassen. Der Empfang im Wagen, die Begrüßung!

Ich versuchte, so gut ich konnte, seine Neugier zu befriedigen, gab ihm aber, da mir die Details abhanden gekommen waren, nicht genug Stoff, und hätte nun einiges erfinden müssen. Dafür aber fühlte ich mich heute zu müde. Wenn es nicht Lichtenbergs Spiel gewesen wäre, hätte ich seine zugespitzte Neugier für banal halten können.

Bab ließ die Bemerkung fallen, der Maire habe sich — àpropos — nach unserer Beziehung zu Mimi erkundigt. Das war nun wieder für mich interessant. Gleich fühlte ich wieder das Kribbeln auf der Haut. Wieso àpropos? Vermutete sie Absicht dahinter? War er womöglich nur deshalb gekommen und hatte Bonne Louise als Vorwand benutzt?

Darauf hatte Bab so wenig geachtet wie ich darauf, wie Mimi Grosjean begrüßt hatte. Immerhin wurde sie einen Augenblick nachdenklich. Dass es Falouze dicke hinter den Ohren hatte, stand fest, aber was hatte das für einen Einfluss auf unser Leben?

Lichtenberg wollte auch darüber Näheres wissen, aber ich winkte ab. Nun führten Otto, Betty und Lolo ein neues, mit Mimik verbundenes Trio auf, aus dem Otto eine Pantomime machen wollte, ein bisschen in der Art der Bettleroper, ganz drollig jedenfalls. Namentlich Lolo war auf der Höhe.

Mir aber ging das àpropos nicht aus dem Kopf.

Der vielvermögende Herr von Gaga, der Feile Intrigant und der Advokat

Am nächsten Tag begab ich mich auf die Mairie, wohin ich ohnehin wollte, einer Steuerreklamation wegen. Ich hatte einen Steuerbescheid bekommen, mit dem ich nicht gerechnet hatte und auch noch deutlich höher, als ich es hätte bezahlen können.

Monsieur Falouze empfing mich mit gewohnter Herzlichkeit. Er sei bass erstaunt, wie man einem so geschätzten Gast der Gemeinde steuerliche Abgaben, mochten sie noch so bescheiden sein, zumuten könne. Seine Hilfe gehöre mir. Die Beschwerde musste an den Kontrolleur der direkten Steuern in Toulon gerichtet werden, dessen Adresse er mir aufschrieb. Angelegentliche Empfehlung der Mairie. Die Adresse hatte mir bereits Monsieur Puche vom Gemeindebüro gegeben nebst der Erlaubnis, mich auf die Mairie zu berufen. Ich war auch schon in Toulon gewesen, von dort aber wieder an den Maire zurückgewiesen worden, dem allein die Veranlagung zustehe. Ich hielt es für angebracht, diesen *circulus viciosus* zunächst ruhen zu lassen, und heftete den Blick auf die beiden Bildnisse von Monsieur Grosjean und seiner Gattin an der Fensterwand. Das der Beklagten trug eine Schleife aus Flor.

Falouze verstand es, den ehrenamtlichen Magistrat und den hauptberuflichen Advokaten gelegentlich einem dritten Alter Ego unterzuordnen, dem Politiker, dem Vadoule nicht die Welt bedeutete. Er plauderte mit mir wie ein Diplomat mit seinen Kollegen. Der Zufall habe uns in diesen verlassenen Winkel geführt, wo wir Interessen verschiedener Art zu vertreten hätten, Interessen, die wir um des lieben Friedens und unserer Bequemlichkeit willen nicht überschätzen wollten, da über kurz oder lang am anderen Ort wichtigere Probleme warteten.

So etwa. Falouze trug ein glänzend geschnittenes Jackett aus braunem Homespun, ein breit gestreiftes blauweißes Hemd mit Falten, tiefblaue Uni-Krawatte, gut gebügeltes, hellbraunkariertes Beinkleid, alles ein bisschen abgetragen, was die Eleganz erhöhte. Lässige Sorglosigkeit, Wohlhabenheit, gute Kinderstube. Er hatte eine entfernte Ähnlichkeit mit dem Bildnis des schlanken Grafen Montesquieu von Boldini, nur etwas voller und sesshafter. Ich wunderte mich immer wieder, ihn bei den Sozialisten zu finden. Mit Fräulein Löftz — er sprach den Namen vollkommen korrekt aus — habe er sich wiederholt angenehm unterhalten. Charmante junge Dame, ein für ihn neuer deutscher Typ, da er seit den Studentenjahren nicht jenseits dieser Grenze gewesen war, sportliche Grazie. Außerdem distinguierte Künstlerin. War nicht schon der Vater Künstler?

Ich glaubte ja, Maler.

So habe ihn sein Gedächtnis also nicht getäuscht. Sogar ein respektabler Maler, von dem Werke in öffentlichen Sammlungen hingen, angesehene Familie, früher wohlhabend, vielleicht sogar heute noch. Natürlich sei keine Familie den Folgen der Inflation entgangen.

Was er sagte, klang wie der wohlwollend ergänzte Bericht einer Auskunftei. Die vermutete Intrige lag der jungen Dame seiner Ansicht nach ganz fern; die Probleme würden erst von den beiden Töchtern des Monsieur Grosjean hineingetragen, ah, Mon Dieu! Wohl auch meine Ansicht.

Ich erlaubte mir nicht, eine zu haben. Beide Parteien waren mir, abgesehen von Monsieur Grosjean nur oberflächlich bekannt und interessierten mich nicht über die Maßen.

Das verstand er sehr gut. Ihm gehe es ehrlich gestanden, ähnlich, nur würde er, wenn er unter den Damen zu wählen hätte, Fräulein Löftz unbedingt den Vorzug geben. Das Unrecht lag ausschließlich auf Seiten der Familie.

Ich hüllte mich in Schweigen.

Wohlverstanden, rein menschlich gedacht, und diesen Gesichtspunkt versuche er immer im Auge zu behalten. Er ließ sich auf dem Gesichtspunkt nieder, mich einladend, neben ihm Platz zu nehmen, aber ich zog vor, zu bleiben wo ich war.

Natürlich, fuhr er fort, konnten unangebrachte Zumutungen auch ein so harmloses Geschöpf wie Fräulein Löftz erbittern. Darauf hatte er die Herrschaften zahllose Male hingewiesen, ah Mon Dieu! Er verbreitete sich über die Besonderheiten seines Ehrenamts. Er lebe nicht in Hesperien. Außer Wasserleitung, Elektrizität, Straßenbau, Polizei auch noch uferlose Familiendramen. Ich müsste einmal einen Tag an seiner Stelle sein.

Ich konnte ihn mir gut vor einer gebackenen Seezunge vorstellen, deren Fleisch er mit sicherem Geschick vom Gerippe löste. Gut gepflegte Hände. Beim Bridge würfe er die entscheidende Karte mit einer besonderen Drehung hin, als wolle er sagen: wenig, aber von Herzen. Auf der Erde liefen, glaubte ich, benachteiligtere Maires herum, die weder ihren Pflichten mit gleicher Vollkommenheit gerecht würden noch die Lasten des Berufs ebenso souverän zu tragen verstünden. Ich hielt es nicht mit dem ihm schuldigen Respekt für vereinbar, ihn zu beklagen.

In diesem Stil machte ich noch eine Weile weiter, tahitata. Eigentlich müsse er den Schöpfer für die Existenz dieser Familie, der Anregung wegen, danken. Er quittierte lächelnd, behauptete aber, sich amüsanteren Zeitvertreib denken zu können. Welche Schritte Madame Vauban gegen Fräulein Löftz plane und von ihm, dem Maire, sanktioniert wünschte, wagte er nicht anzudeuten.

Ich lauschte gespannt.

Sie verlören das Maß. Es handele sich gar nicht darum, dass seine soziale Anschauung ihm nicht erlaube, mit solchen Schritten, selbst wenn sie in seiner Macht lägen, zu drohen, geschweige sie anzuwenden: Der primitivste Menschenverstand verböte sie. Und Madame Vauban, deren Mann noch einige Vernunft bewahre, sei verhältnismäßig harmlos, lasse wenigstens den Vater aus dem Spiel und konzentriere sich auf die angeblich listenreiche Verführerin. Madame Augier dagegen, ah, Mon Dieu!

Ich hatte sie, gestand ich, eher für passiv gehalten, Dörrgemüse.

Er nickte. Ihr Äußeres legte solche Vermutung nahe, großer Irrtum. Dürre Frauen seien zu allem fähig. Die natürlichen Nachteile, die sie für das Bett untauglich machten, würden bei ihrem Fanatismus helfen.

Er dämpfte die Stimme. »In diesem Zimmer sind Redensarten wie Entmündigung gefallen, kein Witz!« Er tippte an die Stirn. »Grosjean entmündigen! Wissen Sie, wohin es die Damen am Ende der Enden treiben? Er heiratet sie! Ich kenne meinen Mann. Das liegt durchaus in seiner Linie; wohl verstanden, wenn sich die Angebetete dazu hergibt. Dann haben wir die Bescherung.«

Dergleichen kam vor. Wie der alte Petitot sage: Wenn ihm etwas ins Blut gehe, schere er sich nicht um den Teufel. Aber wenn es wirklich geschehen solle, dann hätte die alberne Familie die Folgen zu tragen. Sie sei gewarnt worden, und mehr könne er, der Maire, nicht tun. Wir müssten, nach dem hübschen Sprichwort, den Hammel gewähren lassen.

»Merci!« Er hob abwehrend die Hand und zog beide Brauen stark nach oben, was ich noch nie an ihm erlebt hatte. Sein Gesicht verlor das gemächliche weiche Oval und geriet in ein übertrieben längliches und sprödes, fast pedantisches Magistraturformat. Seine Stimme gewann Metall hinzu. »Dieser Fall, den ich zu verhindern hoffe, wäre für meine Gemeinde eine Katastrophe. Wir stehen nahe am Abschluss der Kanalisation, für die mir Grosjean seine Hilfe zugesagt hat.«

Seine Brauen sanken wieder, und sein Ausdruck kehrte ins Joviale zurück. »Es ist wenig galant, die bezaubernde junge Dame mit einem Projekt von so zweifelhaftem Duft zu verbinden, aber die Tatsache lässt sich nicht leugnen. Ahnungslos greift sie in das Schicksal Vadoules ein. Ohne Grosjean kein Budget. Nur ihm verdanken wir die geringe Steuerlast. Ohne ihn hätten Sie, lieber Freund, noch dringenderen Grund zu der Beschwerde, der ich Ihren Besuch verdanke. Die Vadouler, brave Sozialisten, beanstanden gewisse archaische Gepflogenheiten des Wohltäters, lassen sich aber seine Spende gern gefallen. Nicht auszudenken, wenn sie darauf verzichten müssten. Es ist ein öffentliches Geheimnis, dass Monsieur Grosjean in einem von mir verfassten Akt der Gemeinde einen namhaften Teil seines Vermögens vermacht hat; darunter sämtliche Mietsvillen für Sommergäste unterhalb von Mon Repos. Dieser Teil soll als »Bourg Grosjean« seinen Namen verewigen. Die im Bau befindlichen oder projektierten Häuser ihres Freundes Schuch, den Sie dankenswerterweise Grosjean zugeführt haben, gehören dazu.«

Auch den Namen Schuchs sprach er wie wir, als führe er ihn täglich im Munde.

»Testamente aber«, fuhr er fort, »lassen sich bekanntlich ändern, und gerade Grosjean neigt dazu; eine seiner beliebtesten Beschäftigungen.«

Das Kältegefühl kam wieder, und ich fürchtete, er könne es mir ansehen.

»Mein Lieber«, sagte der Maire lässig, »die Vadouler folgen zwar der Regel aller Gemeinden, den Maire für jedes Missgeschick verantwortlich zu machen, kennen aber gerade auf diesem Gebiet meine bisher nicht fruchtlosen Bemühungen und dürften mir schwerlich zutrauen, mit Fräulein Löftz unter einer Decke zu stecken, was ich übrigens, wörtlich genommen, keineswegs verweigern würde. Nun, und Sie?«

Die Frage sprang mich überraschend an. Sag mal, mein Lieber, unter uns, wie weit bist du eigentlich mit Mimi? Einen Augenblick weidete er sich an meiner Plattheit, hatte es aber offenbar nur harmlos gemeint. Sogleich bekam ich eine warme Dusche von Komplimenten über meine und Babs seit Jahren gefestigte Beliebtheit, unsere schlichte Art, auf den Ton des Landes einzugehen, tahitata. Wir konnten in unserm stillen Chateau mit Gelassenheit den Ereignissen entgegensehen. Sollte sich je wider Erwarten ein unberechtigter Vorwurf gegen mich erheben, werde er mir immer treu zur Seite stehen. Verstand sich von selbst.

Ich bedankte mich. Wirklich sehr nett von ihm.

Kurze Pause. Ich machte mich auf allerlei gefasst.

Er hob etwas die Brauen. »Es handelt sich aber nicht nur um Vadoule. Wir haben es mit einer weit verzweigten Familie zu tun, die im ganzen Land, auch in Paris, Stützen besitzt, zumal in reaktionären Kreisen. Diesen sind die zugewanderten Fremden, wie Sie wohl wissen, ein Gräuel, und sie benutzen jeden Anlass, um ihren bornierten Nationalismus die Zügel schießen zu lassen. Ich brauche Ihnen nicht zu sagen, wie tief ich diese allen demokratischen Instinkten meines Landes widersprechende Verirrung beklage. Die Animosität, genährt von Agitatoren dunkler Herkunft, wächst täglich. Die Erregung über den Millionenbetrüger Alexandre Stavisky, für den zu Unrecht das Regime verantwortlich gemacht wird, die wirtschaftliche Krisis und nicht zuletzt die drohenden Wolken in der Außenpolitik, alles das hat überall, auch in der Kammer, eine explosive Nervosität hervorgerufen.

Die explosive Nervosität kribbelte mir auf der Haut. Ich konnte nur nicken, eine Gans, die gestopft wird, ob sie schluckt oder nicht.

Er hob die Brauen bis nahe an die Magistratur. »Ich kenne die

Leute und würde mich nicht wundern, wenn unsere ganz private Angelegenheit auf ein Zeichen zu einer Affäre aufgebauscht würde, geeignet, Ihren Landsleuten zu schaden. Sollten wir das nicht zu vermeiden suchen?«

Natürlich sollten wir, unbedingt, schleunigst! Dieser Grosjean, diese alberne Mimi und meine eigene Torheit, denn natürlich kam alles von der Pyramide! Monsieur Puche brachte einen Brief und wurde mit erhobenen Brauen expediert. Wir wünschten ungestört zu bleiben. Puche glitt hinaus wie ein Lüftchen. Falouze hatte seine Leute an der Strippe. Er ließ den Brief ungeöffnet und warf ihn mit gespreizten Fingern in die Mappe. Wo ein Wille sei, da sei ein Weg und an meiner wohlwollenden Disposition, ihn zu unterstützen, habe er keinen Augenblick gezweifelt.

Wohlwollende Disposition hatte ich. Unangenehmes erwartete ich.

Er lehnte sich behaglich zurück. Wir mussten klug und human vorgehen. Umsicht, Energie, Güte. Es klang wie Freiheit, Gleichheit, Brüderlichkeit. Der Versuch, bei dem Beschützer anzusetzen, schloss sich aus. Hier war schon viel zu viel geschehen. Dagegen liege bis heute noch kein Schritt bei dem Schützling vor. Jede Überlegung wies auf diesen Weg.

Ich fühlte mich eingekreist, ahnte schon, was kam, und erwog einen Augenblick, ob ich nicht abkürzen und ihm zuvorkommen sollte, aber eine Art boshafter Neugier hielt mich zurück.

Jeden Druck auf Fräulein Löftz verwarf er. Auch im äußersten Fall kein Zwangsmittel, selbst wenn er darüber verfügen sollte.

Das hatte er schon einmal gesagt. Also, in dubio doch Zwangsmittel. Nun mal weiter! Vielleicht auch gegen mich ein bisschen Zwang, wie?

Er lachte. »Ich sehe Ihnen die Skepsis an, lieber Kollege. Hand aufs Herz, Sie denken, ich lasse doch schießen? Ausgeschlossen, bin Pazifist. Außerdem gäbe das nur ein allgemeines Gemetzel.«

Er legte die Hand offen auf den Tisch, so dass ich nicht anders konnte, als sie mit der meinen zu schließen. Er drückte kurz und herzlich. Seine Hand war angenehm muskulös, mittlere Wärme.

»Sehen Sie doch mal bitte, es ist ja so einfach. Auf der einen Seite eine Künstlerin, an Freiheit gewöhnt, blutjung, entwicklungsfähig, entwicklungsdurstig; auf der anderen Seite ein alter Herr, nett, sehr nett, aber gestehen wir uns, mit einigen unbequemen Eigenschaften behaftet, wie einer temperamentvollen Eifersucht. Was meinen Sie, hat es die Arme gekostet, gestern die halbe Stunde im Café in Madou zu ergattern?«

Er war gut informiert. Selbstverständlich wusste er auch von der Aushändigung der Banknoten an mich. Ich fühlte mich wie Stavisky.

Er sprach ruhig weiter. »Schön, der Löwe zu Füßen der Dame. Anbetung, mehr oder weniger platonisch — verlieren wir uns nicht in physiologische Probleme —, Anbetung, verbunden mit kleinen Annehmlichkeiten, denen jede junge Frau zugänglich ist, aber zu denen doch wohl die Möglichkeit gehören muss, sich mit ihnen zeigen zu können. Wen sieht sie außer dem greisen Löwen mit der ewig weißen Weste? Meist Menschen, die sie am liebsten mit Blicken erdolchen möchten. Nicht einmal Bridge kann sie, und wer außer uns beiden würde mit ihr spielen? Lieber Freund, das sind handgreifliche Plattitüden, verzeihen Sie! Nun gut, wie sie mir gestanden hat, kennt sie noch nicht Italien, das Eldorado der Plastik, und brennt darauf. Wenn ihr nun wer sagte, bitte, liebes Kind, Italien, die ganze Halbinsel von Ventimiglia bis nach Sizilien gehört Ihnen, nehmen Sie es hin. Italien mit einer passablen Lebensrente. Sie können ihre Studien an idealer Stelle vollenden, in einem hübschen Auto zwischen Florenz, Pisa, Rom, Neapel hin und herpendeln, können gelegentlich nach Griechenland, nach Ägypten hinüber, und es steht Ihnen frei, sich den zusagenden Begleiter zu wählen. Wahrlich, ein Hesperien! Glauben Sie, sie würde es ablehnen?«

»So dumm wird sie nicht sein, namentlich wenn Sie es ihr so schön mundgerecht machen.«

»Ich? Aber, lieber Freund, keine Taktik wäre verkehrter. Was bin ich für sie? Das muss ein Landsmann, der ihre Sprache spricht, übernehmen. Der Notar erscheint erst am Schluss mit dem Kontrakt. Ich hoffe, Sie erweisen Vadoule und ihr und vielleicht auch ihren Landsleuten diesen höchst schätzenswerten Dienst.«

Kuckuck, wo bist du? Mein Zwergfell klemmte und als er die Brauen hochzog, packte mich das Lachen erst recht, denn jetzt erst hatte sein Gesicht den richtigen Ausdruck für die Rolle. Ein Stück der alten Zeit, das eigentlich im Kostüm gespielt werden musste: der alte vielvermögende Herr von Gaga, ich, der feile Intrigant, und zum Schluss der Advokat im Talar.

Falouze ging mit Grazie darauf ein. Die Welt bleibe immer gleich.

Wir lächelten uns an wie die Auguren bei Daumier. Falouze entnahm seiner Mappe einen Zettel mit den Vorschlägen der Familie. Im Interesse der Gemeinde müsse er außerhalb der Verhandlung bleiben, und er bitte mich, diese Plauderstunde in die Tiefe meines Busens zu versenken. Der Kontrakt werde von Monsieur Vauban vor dessen Notar geschlossen werden. Wenn Fräulein Löftz eines Rechtsbeistands bedürfe, finde sie Auswahl bei dem Barreau in Toulon. Für die Zuverlässigkeit des Monsieur Vauban bürge er.

Mit der ihm beim Bridge eigenen Handbewegung warf er mir den Zettel hin. Er stehe mir jederzeit zur Verfügung. Auch brauche ich ihn nur wissen zu lassen, wann ich Monsieur Vauban zu empfangen wünsche.

Ich müsse mir's überlegen, denn ich könne ihm nicht verbergen, wie wenig ich mich der Aufgabe gewachsen fühle.

»Ich möchte die Aufgabe noch schwieriger machen«, antwortete er wie Napoleon zu einem bedenklichen Minister, »damit Sie Gelegenheit fänden, umso leuchtendere Lorbeeren zu sammeln.«

Tahitata!

Er begleitete mich bis an die Haustreppe. Der Friseur stand vor seinem Laden und sonnte sich. Gabriel pufflte auf seinem neuen Motorrad über den Platz. Wenn ich hinten aufsitzen wolle, würde er mich nach Hause bringen. Aber es eilte durchaus nicht, und Gehen war mir lieber. Ich fühlte mich immer noch wie eine gestopfte Gans, dringend bedürftig eines anderen Zustands, der mir erlaubte, alles, was ich in der Mairie vernommen hatte, abzustellen, begann aber sofort zu überlegen, wie ich mich zu Mimi verhalten sollte. Ich probierte den Ton meiner Überredung und das Gesicht, das ich dazu aufzusetzen hatte. Mimi, seien Sie kein Schaf!

Das wiederholte ich mehrere Male mechanisch, ohne es mir ordentlich vorzustellen, gleichzeitig bemüht, etwas anderes zu denken, das die widerliche Geschichte hinter sich ließe, kam aber immer wieder auf Mimi zurück. Natürlich musste die Sache aus der Welt geschafft werden. Falouze hatte Recht, Mimi, seien Sie kein Schaf!

Es war aber nebenbei für Mimi, wenn ihr wirklich an dem Profit lag (natürlich lag ihr daran, an was sonst?) gar nicht so einfach, denn wenn sie sich voreilig in Unterhandlungen einließ, ging sie womöglich in die Falle, und so dumm war sie trotz aller Dummheit noch lange nicht.

Für mich aber war es noch weniger einfach, denn ich musste den Kopf noch viel tiefer als bisher hineinstecken und zugleich für Mimi und die erboste Familie gutstehen. Ein Rattenschwanz! Wie kam ich dazu? Gerade um solchen Rattenschwänzen, von denen man früher genug gehabt hatte, zu entgehen, waren wir nach Vadoule gekommen. Das müssen Sie verstehen, lieber Falouze, unser unverbindliches Dasein.

Falouze lächelte. Ich sah ihn vor mir. Das möchte jeder, lieber Freund. Geht nicht, wir leben nicht in Hesperien. Und er tat, als werfe er eine Karte hin.

Ich stellte mich aber nur unschuldig, wusste ganz genau, wie ich dazu kam, sah jede Einzelheit meines Niedergangs von den ersten Anfängen an über die Pyramide bis zum unerwarteten Steuerbescheid, alles logische Folge. Und die mildernden Umstände, mit denen ich meinen subalternen Trieb zu bemänteln suchte, war glatter Schwindel. Mit Madou hatte der Rattenschwanz begonnen, mit dem fahrlässigen Drang, wesenlose Beziehungen, die unserer Lebensart widersprachen, als Zeitvertreib zu verwenden. Der geringste Fehltritt genügte, lag im Wesen der Rattenschwänze. Wer den kleinen Finger preisgab, wurde gekettet. Es erhöhte die Groteske, dass die albernste Statistin der Komödie meine Borniertheit ans Licht brachte. Mimi, seien Sie kein Schaf. Was immer ich aber jetzt auch tat, ob ich dem Maire sekundierte oder ob ich ihn sitzen ließ, war verkehrt.

Es fiel mir ein, dass ich für Bab Verschiedenes mitbringen sollte. Also drehte ich um und trabte zu den Viktualien. Seitdem wir keinen Wagen mehr hatten, waren wir für den Proviant auf die kleinen und nicht immer preiswerten Geschäfte von Vadoule angewiesen. Da sich in der vorgeschrittenen Jahreszeit größere Vorräte hielten, hatten wir beschlossen, jede Woche einmal in der Frühe auf den Markt von La Ciotat zu fahren, aber es war noch nicht richtig organisiert.

Als ich danach mit meinen Paketen an der Schmiede vorbeikam, waren sie dabei, den Schimmel vom Eierhof zu besohlen. Es war das schönste Pferd der ganzen Gegend, es hieß Marengo. Das Fell sprenkelten helle bläuliche Ringe; die mächtige Mähne und der Schweif, der fast zur Erde reichte, bläulich grau, flimmernd fast wie fließender Glimmerschiefer, und nur die Stirn und die Beine makellos weiß.

Bab hatte ihn oft im Feld gezeichnet. Im Halbdunkel des Raums wirkte er noch gewaltiger. Ändere Ackergäule verharrten bei der Prozedur blöde und stumpf. Bab hätte ihnen den Fuß abnehmen können. Marengo behielt die Spannung, passte auf, wurde nicht beschlagen, sondern ließ sich beschlagen. Schmied und Gehilfe dienten ihm. Der Anblick bezwang mich. Die dunkle Schmiede mit dem Riesenrauchfang, wo die Kohle glühte, die herumhantierenden rußigen Kerle und die gelassene Majestät des gleißenden Rosses — ich stand mit meinen Paketen da, ohne die Last zu spüren. Bab musste es sehen, ich machte, dass ich nach Hause kam und rief sie. Wenn sie sich beeilte, kam sie noch zurecht.

Sie behauptete, es sei längst Essenszeit. Ob ich auch die Kohlen und das Anmachholz bestellt hätte? Der Schimmel erlosch. Sie fragte, was ich solange auf der Mairie getrieben hätte.

Nichts Besonderes, antwortete ich, würde es ihr nachher erzählen. Ich spürte plötzlich Hunger.

Sie dagegen konnte mir etwas Besonderes vorsetzen. Fanny hatte gekündigt. Sie würde in vierzehn Tagen heiraten.

Die letzte Zeder und mehrere Abschiede

Es WAR Januar 1934. Zwei Grad unter null mit Mistral sind für Chateau Boeuf kälter als fünfzehn Grad minus in Deutschland oder dreißig Grad minus in Russland. Ich habe es nie so warm gehabt wie in Sibirien und nie so kalt wie in den Januarnächten auf dem Nil im Sudan. Madame Ferry, die Frau des Maurers bei der Union, die uns schon einmal ausgeholfen hatte, als Ida davonging, kam täglich zwei Stunden. Sie war aber unpünktlich und kam oft erst am Nachmittag, und brachte ihren Säugling mit, der eine kräftige Stimme hatte. Die Ferry, hübsch, zutunlich, aber schlampig, ersetzte nicht eine Stunde der Tätigkeit Fannys und sie verstand nichts von der Behandlung der Salamander. Ursprünglich hatten wir drei gusseiserne Salamander-Öfen, die wir im Winter vor die Kamine des Esszimmers, der Bibliothek und meines Arbeitszimmers setzten und mit Kohleneiern bedienten. In der Glanzzeit hatten wir auch noch morgens den Badeofen mit Holz geheizt.

Die Bibliothek war schon voriges Jahr kalt geblieben. Jetzt ließen wir auch das Esszimmer ungeheizt und aßen in der blau gestrichenen Küche, unter dem blauweißen Kachelfries. Wir mussten also nur den verhältnismäßig leicht zu bewältigenden Küchenherd anfeuern, was ich in der Frühe besorgte, und den Salamander in meinem Zimmer, und eben dieser versagte sehr oft. Schien morgens die Sonne, konnte ich bis nach Tisch warten. Bei Wind schlängelte sich aus den Ritzen des emaillierten Ofens ein grünlicher Hauch, der die ganze Etage vergaste. Ohne Wind aber zog der Kamin zu wenig. Manchmal dauerte es Stunden, bis das Feuer ordentlich durchbrach. Wir redeten nur von der Kälte, soweit wir überhaupt redeten. Die Worte froren ein. Meine Nieren schmerzten, und ich wäre am liebsten im Bett geblieben. Kein Wunder, dass mein Buch über Delacroix nicht vorwärts kam.

Der zweite Stock litt weniger, wohl weil sie bessere Salamander hatten, aber da in der Wohnung Platz für Heizmaterial fehlte, musste jeder Eimer aus unserem Keller geholt werden, was die Sauberkeit der Treppe nicht erhöhte. Lichtenberg schlug vor, auf eigene Kosten eine Zentralheizung einzubauen, und wollte die Hälfte davon tragen. Zentralheizung, wunderbarer Gedanke, doch musste ich meine finanzielle Beteiligung von dem Absatz meines vor kurzem erschienen Buches abhängig machen. (Ich hätte ebenso gut sagen können von dem neuen Kaiser Kang Teh in Mandschuquo.) Darauf legte mir Lichtenberg nahe, dem Hausbesitzer die Übernahme der Hälfte zu empfehlen.

Kein schlechter Gedanke, nur erschwerte die Abwesenheit des hohen Herrn die Unterhandlung. Monsieur Grosjean und Mademoiselle Mimi hatten sich nur kurz in Marseille aufgehalten und weilten gegenwärtig in Paris. Es hieß, sie wollten sich dort endgültig niederlassen, und Monsieur Puche ging so weit, Grosjean zuzutrauen, er wolle Mon Repos verkaufen. Infolgedessen war meine mit Falouze besprochene Intervention bei Mimi zunächst vertagt. Ob ich nicht, fragte Lichtenberg unentwegt, den Vorschlag nach Paris übermitteln könne, möglicherweise auch telefonisch? Vielleicht kam Mimi ans Telefon und erzählte.

Zu solchen Ferngesprächen fehlte mir jede Lust, doch stand der schriftlichen Übermittlung nichts im Weg. Die Verfügung über mein Tun und Lassen in diesen Tagen war begrenzt. Meine passive Stimmung steckte Bab an. Wir ergänzten uns gewöhnlich in der gleichen Richtung.

Dagegen wurde die obere Etage immer munterer; Katapolkas wurden gespielt und Pantomimen aufgeführt. Lichtenberg hatte sich in die Politik geworfen und erhielt lohnende Aufträge. Sein Aufsatz *Beethoven und Dollfuss* machte sogar in Amerika Furore. Gegenwärtig bearbeitete er die Folgen des blutigen Krawalls vor der Pariser Deputierten-Kammer und hatte zugleich den Mord an dem Gerichtsrat Prince in der Mache, den er mit unbestechlichem Spürsinn entwirrte.

Bab saß auf dem roten Puff vor meinem halbwegs brennenden Salamander und strickte. Wie immer, trug sie den karierten Rock mit dem Brandloch. Ich hatte den Rock der unklaren Farben wegen, schon als er neu war, nicht ausstehen können. Sie wusste das und sie hatte genug andere Röcke. Mindestens hätte sie statt der ewigen Strickerei daran denken können, das Loch zu stopfen. Aber sie saß nun schon gut zwei Stunden da, ohne einen Ton von sich zu geben. Der Ofen rauchte ein bisschen. Und in mir regte sich eine Spur Initiative.

»Komm, Bab, gehen wir ein bisschen ins Freie! Draußen ist es besser.«

»Ich kann doch nicht, muss doch gleich in die Küche, weißt du doch!«

Die drei Doch, drei Vorwürfe, sind allein schon deutlich genug. Der Rest wurde verschluckt. Übrigens war es knapp vier und wir aßen nicht vor acht. Plötzlich hob sie horchend den Kopf. Unten rührte sich etwas. Wie von der Tarantel gestochen, lief sie hinaus. Unten Spektakel, die Haustür wurde zugeworfen. Ich wusste schon: Leda. Den Petitots war vor kurzem eine weiß-gelb gestreifte Hündin zugelaufen, ein verkommenes Vieh. Von den Petitots ungenügend beköstigt, ging Leda auf Raub aus und beglückte mit Vorliebe unsere Küche. Es gab nur eins, die Haustür geschlossen zu halten, was sich auch der Kälte wegen empfahl.

Bab erschien wieder. »Leda hat die Kohlröllchen und ein halbes Kilo Butter gefressen.«

»Tu mir doch den Gefallen und lass den scheußlichen Rock. Der ist ja nicht mehr zum Ansehen.«

»Der Rock, der Rock! Aber dass ich mich jetzt wieder stundenlang in der Küche hinstellen muss!«

»Ach wo, wir essen einfach ein Butterbrot.«

»Ich sage dir doch, sie hat die ganze Butter gefressen.«

»Also Konfitüre!«

Sie ließ sich auf den Puff nieder und streckte die Hände zur Glut, um sich zu wärmen. Die dunklen Locken fielen ihr über das Gesicht. Mich packte plötzlich die Wut auf den Köter. Die Petitots müssten ihn an die Kette legen. Was sollte im Sommer werden, wenn wir im Freien essen und die Tür immer offen steht?

»Im Sommer?«, fragte Bab in einem sonderbaren Ton.

»Du meinst, Sommer gibt es nicht mehr? Heute könnten wir's beinahe glauben.

»Ach wo, nur…«

»Nur?«

Achselzucken.

Leda bellte vor der Tür. Wieder kriegte ich die Wut, riss das Fenster auf und brüllte, woraufhin der Köter erst recht bellte. Erst als ich Kohleneier nach ihm warf, zog er ab. Dafür hatte ich nun schmutzige Finger, und die Kälte war im Zimmer. Ich musste lachen. Auch Bab tat so. Daraufhin entrollte ich Lichtenbergs Heizungsprojekt, seine Bereitwilligkeit, die Hälfte der Kosten zu tragen und die andere Hälfte von Grosjean zu erbitten. Es machte Bab keinen Eindruck. Ich malte die Vorzüge der Zentralheizung aus. Die Unterhaltskosten seien nicht höher als bei Öfen, und sie müsse es sich nur vorstellen, ohne die ewige Schweinerei, ohne den Rauch, alle Räume warm, das Treppenhaus.

»Ach was«, sagte sie, »hier ist doch alles verpfuscht!«

»Wieso denn?«

»Komisch, dass du das nicht siehst! Übrigens würde Grosjean nie darauf eingehen.«

»Gar nicht gesagt. Der Wertzuwachs des Hauses könnte ihn schon interessieren, und nachdem wir damals das Heidengeld für die Herrichtung ausgegeben haben…«

»Damals! In dem gegenwärtigen Zustand bringt ihm die Wohnung allein in der Saison mehr als wir zahlen. Den oberen Stock nähme der neue Doktor, der händeringend nach Wohnung sucht, zu jedem Preis. Grosjeans Interesse wäre, uns möglichst bald los zu werden.«

In solchen Dingen war Bab immer mathematisch genau. Ich wusste überhaupt nichts von einem neuen Doktor.

»Jedenfalls«, fuhr sie fort, »kannst du Grosjean nicht damit kommen. Ohnehin glaubt ganz Vadoule, Mimi sei unsere Verwandte, ich soll ihr ähnlich sehen, und wir beziehen eine Rente von Grosjean.«

Wunderbar! Es machte geradezu Spaß, den Fortgang zu verfolgen. Immerhin, das war doch wohl ein bisschen übertrieben. Ich markierte ein Lachen. »Du wirst doch nicht behaupten wollen, dass Leute, die uns kennen, wie etwa Gabriel, solchen Unsinn glauben. Nicht mal die alte Petitot würde das!«

»Bei Gabriel weiß man nie. Über die Petitots solltest du dir allmählich klar geworden sein.«

Ich musste weg. Da sie nicht mit wollte, ging ich allein. Draußen war es wärmer als im Haus. Auch wenn die Natur schlechte Laune hat, kann ich mich immer noch mit ihr verständigen. Alles verpfuscht, fertig, Schluss! Bab wollte nicht mehr, das war deutlich. Doch war die Zeder immer noch die Zeder, der Oleander hatte keine Blüten, aber das satte Grün seiner Blätter war kaum viel anders als im Sommer, und über kurz oder lang würde er wieder blühen. Das stand mindestens so fest wie ihre Einschätzung der Vadouler. Dumm, dass ich sie nicht gezwungen hatte mitzukommen. Vielleicht wartete sie ja nur darauf und hätte draußen die Laune abgeschüttelt.

Als ich mit den Kohlenhänden vor ihr stand und wir beide lachen mussten, das war der Moment gewesen: Nun komm! Ich hätte besser aufpassen sollen, wie der Jäger auf das Wild, und mir keinen guten Moment entgehen lassen. Ja, wie der Jäger auf das Wild.

An schlechten Launen hatte sie schon früher gelitten. Die müssen bei einem Menschen mit einiger Fantasie als Kompensation hingenommen werden. Ohne die schlechten Launen wären die guten bald verbraucht. Habe auch welche, mehr als genug, und kann es mir nicht als Verdienst anrechnen, wenn ich leichter mit ihnen fertig werde. Ich bin vielleicht nur abgebrühter und bestechlich.

Als sie noch ein Kind war und auf dem Eis Bogen schlug, hatte ich bereits unzählige Möglichkeiten ausprobiert und ich wusste über vieles Bescheid. Was ich in einer noch halbwegs geordneten Welt gemächlich aufzunehmen vermocht hatte, musste sie im Geschwindschritt ihrer Generation zu erwischen suchen, soweit es überhaupt noch da und ihr zugänglich war. Und da sich dies immer mehr verflüchtigte, wurde ihr eine gehörige Dosis Misstrauen geläufig. Deshalb ging sie an ein Vadoule, für das ich gründlich vorbereitet war, mit ganz anderen Vorstellungen heran. So vermute ich. Sie lehnte nicht etwa das Leben ab, das für uns hier wartete, sondern bestand darauf, wenn möglich noch energischer als ich. Tatsächlich hatte sie Vadoule für uns entdeckt und wollte sich von Anfang hier einrichten. Heute hielt sie alles für verpfuscht. Meint sie Vadoule oder was sonst noch?

Sie konnte mit mir, ich konnte mit ihr auf die Dauer nur zusammen sein, weil wir die Fantasie besaßen, uns etwas zurechtzumachen. Ohne Fantasie geht keine Ehe. Babs Jugend und das Hübsche halfen mir, nicht ihr. Schon allein der Augenmensch in mir behielt Reserven der Empfindung für sie. Sie hingegen brauchte viel längere und umständlichere Wege zu mir als ich zu ihr. Deshalb müsste sie eigentlich sechsmal so viel Fantasie haben. Sie aber würde die Fantasie nur in der Kunst zulassen und im Übrigen für Humbug erklären, unvereinbar mit der Ehrlichkeit ihres Instinkts und der Sachlichkeit ihres Intellekts. Aber was sie Intellekt nennt, deckt sich auch mit ihrer Faulheit.

Mit Recht wird von meinen Jahren Abgeklärtheit, Toleranz und was sonst noch dazu gehört, verlangt. Abgeklärtheit ist schön. Man kann damit Strümpfe stopfen und sich selbst imponieren. Aber so eine Ehe funktioniert nur unter einer Voraussetzung: Jeder tut mit seinen Mitteln, was er kann. Dann kann die Ungleichheit der Partner ausgeglichen werden. Dann haben wir dieselben Jahre, Vorzüge und Hindernisse. Stellt aber die Bequemlichkeit den guten Willen, am gemeinsamen Strang zu ziehen, in Frage, hört der Spaß auf. Dann schlägt der Backfisch Bogen in St. Moritz, und ich bin der alte Esel in Vadoule.

Manchmal, in der letzten Zeit, kamen mir Zweifel. Als sie heute auf dem Puff saß: Hat sie nicht immer so auf dem Puff gesessen? Und so wuchsen Bagatellen zu undurchdringlichem Gestrüpp und versperrten die Aussicht, und die Fantasie, die den Weg freihalten müsste, arbeitete entgegengesetzt und schleppte Klötze und Balken herbei, die zu einer Mauer wurden. Der dumme Gedanke: Du hast dir was vorgemacht, während sie sitzen blieb und sich begnügte, dich gewähren zu lassen. Sobald ich nur einmal nicht aufpasste wie ein Schießhund, ist alles verpfuscht.

Keine Bange, dachte ich, ich bringe es schon wieder ins Gleichgewicht, denn ich habe die Erfahrung meiner Jahre, und ich weiß, wie ich so was zu drehen habe; ein Späßchen, ein Witz, ein bisschen Fantasie. Gleich lacht sie wieder, pass auf! Aber warum eigentlich fällt es ihr nie ein, ein bisschen aufzupassen, zumal sie es spielend leicht hat, keines Witzes bedarf, nur zu blicken braucht? Oder gehört auch dazu Fantasie?

Beim Passieren der Schmiede grüßte ich wie gewöhnlich in den dunklen Raum, wo die beiden geschwärzten Kerle am Feuer standen. Sie antworteten nicht, weil sie, mit der Arbeit beschäftigt, nicht hersahen. Das passierte oft, denn wir kamen täglich vorbei, und ich achtete nicht darauf. Bab, wie sie heute gelaunt war, würde darauf achten, und wenn sich zufällig das Symptom bei dem Bäcker und dem Fleischer wiederholte, wäre die wilde Feindschaft Vadoules gegen uns erwiesen. Natürlich nahm sie alles auf, was um sie herum vorging, die Kälte, Leda, die Schweinerei in Österreich, die Pariser Revolte, der Mord an dem Gerichtsrat Prince.

Bäcker und Fleischer hatten des Montags wegen zu, konnten also nicht für oder wider zeugen. Gabriel saß in der Bar du Centre am eisernen Ofen mit der Zeitung. Die Schwägerin mit dicken Füßen bemühte sich, den kleinen Jacqui zum Garnhalten abzurichten. Madame Gabriel an der Theke goss zwei Bauern grünen Anis ein. Sie redeten auf Provenzalisch von der Kriegsgefahr. Gabriel lud mich zu einem Cognac ein, den ich brauchen konnte. Was sagen Sie zu der Kälte? In Nizza Schnee, versprach einen schönen Karneval. Der Sommer aber, meinte Gabriel, werde noch hübscher werden. Er glaube fest an den Krieg. 1914 wollte auch niemand ernstlich, und dann war er da. Damals habe keiner den Krieg gefürchtet, deshalb sei er losgegangen. Heute fürchteten ihn alle, und deshalb werde er erst recht losgehen. Einfach wie der Mond. Er frage sich, ob es wohl je zu gleicher Zeit so viel Dummheit in der Welt gegeben habe. Jedes Land sperre seine Grenzen zu und fabriziere mit Macht seine eigene Dummheit, und dann stellte sich heraus, dass es dieselbe Ware sei wie überall, sogar in Japan und China. Wir erstickten am Überfluss.

Ich erzählte ihm von unserer Ofennot und dem grünen Rauch und bat um seine Hilfe. Er wunderte sich über meine Abneigung gegen grünen Rauch. Gemeiner sei grauer Rauch; grüner komme nur in Schlössern vor und müsse als Auszeichnung geschätzt werden. Außerdem entspreche es nicht dem Stil des Schlosses, Salamander vor Marmorkamine zu setzen. Das wäre den großen Herren früher nie eingefallen. Sie verheizten ihre Wälder, hatten es warm und genossen, wenn nicht selber stanken, dem balsamischen Holzgeruch. So ging es eine Weile, bis er zur Sache kam. Wenn der Kamin zog und der Salamander, wie ich behauptete, in Ordnung war, musste es an der Rohrverbindung liegen, die sich der Ansaugung widersetzte. Er versprach, trotz der Kälte zu kommen.

Als die beiden Kunden ihren Anis binnen hatten, kam Madame Gabriel an den Tisch. Ein Gerstenkorn verunzierte das Oberlid ihres rechten Auges. Ob der Frost auch Bab so ermüde? Wenn sie abends ihr ungeheiztes Zimmer betrat, erstarre das Blut in ihren Adern. Und was würden wir zu Monsieur Grosjean sagen? Habe Bab Nachrichten von Mademoiselle Luffe?

Nein, Bab stehe mit der jungen Dame nicht in Korrespondenz.

Gabriel meinte, auch er würde lieber diese Zeit mit einer hübschen Blonden in Paris verbringen, und begriff nicht, warum wir es nicht ebenso machten, anstatt uns hier mit Salamandern und anderen Viechern zu amüsieren. An Grosjeans endgültige Niederlassung in Paris glaubte er nicht, und der geplante Verkauf von Mon Repos sei ein Märchen von Puche, nur erfunden, um die Temperamente der Vadouler zu kitzeln. Wenn die kleine Blonde darauf rechne, täuschte sie sich. Die Stadt des Lichts, so gut sie ihr schmecken mochte, war auf die Dauer kein Essen für den Galan. Was nützten ihm die schönsten Monumente, Notre Dame und der Triumphbogen, wenn sie nicht von ihm gestiftet waren und seinen Namen trugen? Außerdem lege der Herr auf Straßenaufruhr und ähnlichen Belustigungen der Jugend kein Gewicht. Blutsbande, stärker selbst als die Liebe, fesselten ihn an Vadoule. Hier sei er groß geworden, hier habe er gedacht und gedichtet, hier sei er Antäus geworden. Einen Monat würde er's aushalten, höchstens zwei. Wer anders spekuliere, schnitte sich. Und wenn die kleine Blonde nicht nachgeben würde, würde die Lichtstadt sie wie eine Motte verzehren, und Grosjean werde geläutert zurückkehren. Das sei im Interesse des Maire und seiner aufgeregten Gemeinde aufs Dringendste zu wünschen.

Als ich Gabriel verließ, war es pechfinstere Nacht. Ich kaufte in der Patisserie ein paar verzuckerte Quittenstücke, Babs liebste Schleckerei. Sobald ich den Ort hinter mir hatte, sah ich nicht drei Schritte vor mir, aber der Mistral hatte nachgelassen. Ich wusste tatsächlich nicht sicher, wie Gabriel wirklich über uns dachte. Schwerlich hätte er es je an Gefälligkeit fehlen lassen. Wenn er mir eine Rolle in der Geschichte zutraute, was nicht unmöglich schien, aber ihn schwerlich ernsthaft interessierte, dann geschah es höchstens, weil er mich für eine Birne hielt.

Bab trug den blauen Pyjama und das Band ums Haar und war hübscher als je. Über die Quittenstücke freute sie sich wie ein Kind. Ich schämte mich meiner Einbildungen und gestand sie ihr.

»So ein Quatsch! »

»Also noch nicht alles verpfuscht?«

Sie erinnerte sich zuerst nicht, riss den Mund auf und kratzte den Mundwinkel, um nachzudenken. »Weiß nicht mehr«, sagte sie unwirsch. »Darüber mag ich nicht reden. Es irritiert einen nur. Wir wollen nie mehr davon reden.«

»Schön! Von was eigentlich?«

»Von der verfluchten Heizanlage und so. Die Lichtenbergs haben uns zum Abendessen geladen.«

»Wie dumm!«

»Also sag's ab! Mir schon lange recht. Die Zecke tut so, als seien wir schon am Verhungern. Sag ihnen, du musst arbeiten. Ich mache uns eine Suppe.«

So geschah es. Es wurde in der Küche ganz behaglich, denn der Herd heizte fest. Wir redeten von allem Möglichen, nur nicht von dem, was uns anging. Jeder tat, als merke er nichts, und freute sich im Stillen über den guten Willen des anderen. Ich konnte es besser als Bab, plauderte von den Dingen, die sie am liebsten hörte, von meiner ersten Pariser Zeit, und wie das oft so geht, vergaß ich im Erzählen den dürftigen Zweck der Unterhaltung und geriet ins Feuer.

Ja, was war es, was mich damals in Paris festhielt, wenn es sich nicht etwa nur auf Einbildung beschränkte, und diese Möglichkeit wies ich mit einer Bestimmtheit zurück, als könnte ich es zahlenmäßig beweisen. Aber was? Dass es ein bisschen eleganter als heute zuging, das Treiben im Bois, die offenen, für Frauen im Staat gebauten Equipagen in der Akazienallee statt der Autos, die besser geschriebenen Bücher, die besser gemalten Bilder, die besser gekleideten Menschen im Theater: Es bedeutete schon etwas, mehr als sich so ein Schuch träumen ließ, und es gehörte unbedingt dazu, aber es blieb nur Merkmal. Das Entscheidende, ja, wie es nennen? Der Pariser Kredit, das unbegrenzte Vertrauen in die Stadt, die Zuversicht, Schutz und Förderung zu finden. Schweinereien geschahen dort wie überall, ein Haufen Staviskys, aber alle ungleich harmloser, nicht weil es die Kerle weniger ernst meinten, sondern weil Paris sich's leisten konnte, sie weniger ernst zu nehmen, schneller mit ihnen fertig wurde und zur Tagesordnung überging.

Ich redete immer mehr um die Sache herum und verlor mich vollends, als ich Vadoule damit in Verbindung zu bringen suchte. Bab wurde müde und ging. Mich aber überfiel an dem Abend zum ersten Mal wieder ein richtiger Arbeitskoller. Ich skizzierte in Stichworten die ganze Disposition von Delacroix bis zur Höhe der Maniera Magnifica. Der Ofen ging aus, aber ich spürte nichts, schrieb die ganze Nacht und nahm, als die Leute zur Arbeit gingen, ein Pulver, und schlief in den Vormittag hinein.

Ein Krachen weckte mich, dann ein Schrei. Bab stand mit fuchtelnden Händen vor meinem Bett, die Augen aufgerissen, fassungslos.

»Die Zeder!«

Sie zeigte auf das Fenster mit einem Blick, als ziehe draußen eine wilde Horde heran, um uns zu lynchen. Schon war sie wieder draußen, lief nebenan in ihr Zimmer und schloss mit Krachen Fenster und Läden.

Ich sprang auf und sah hinaus. Keine Spur einer Horde, im Gegenteil eine so ungewohnte Leere, so dass mir eine Sekunde das Gleichgewicht abhanden kam. Ja, wo früher die Zeder gestanden hatte, gähnte ein Loch, das alles veränderte. Sie hatten sie abgehauen. Der Baum lag quer über dem Feldweg. Er hatte im Sturz die Oleanderbüsche zerrissen und versperrte den ganzen Zugang zu den Petitots. Wenn die Krone nicht geknickt war, musste sie bis nahe an das Kabaus reichen, das ich von hier nicht sehen konnte. Leda bellte einen der langfingrigen Äste an, der senkrecht hochstand und im Winde wippte.

Wäre ich zu gewöhnlicher Zeit aufgestanden, hätte ich's vielleicht verhindern können, obwohl mir kein Einspruch zustand. Warum gerade die schönste von allen Zedern, nicht eine der vier andern auf der linken Seite?

Aus Niedertracht gegen uns, behauptete Bab und ließ sich's nicht ausreden. Die alte Petitot hatte es angestiftet. Sie wusste, was uns der Baum bedeutete.

Das war natürlich Unsinn. Für einen Schabernack machten sich die Bauern nicht die Arbeit. Die anderen Zedern standen der Mauer näher und nahmen dem Rebenfeld keine Sonne weg. Für die Petitots war die Zeder lediglich Platzverschwendung. Mit derselben Gelassenheit hatten sie vor vier Jahren die Piniengruppe an der Grenze gefällt und dem Bauernhof das halbe Gesicht weggerissen.

Das gab uns den Rest. Bab schien fast getroffener als ich, wohl weil ihre Motive persönlicher waren. Und so, wie sie Vadoule für uns entdeckt hatte, war sie es, der die Initiative, es aufzugeben, zufiel. Noch am gleichen Vormittag schrieb sie der Tante nach Nizza, ob sie uns für einige Zeit aufnehmen wolle. Nach drei Tagen kam eine telegrafische Zusage aus der Schweiz. Espinards kehrten erst in einem Monat zurück, aber die Villa stünde sofort zur Verfügung. In einem nachfolgenden Brief mit Riesenbuchstaben und zahlreichen Unterstreichungen forderte uns Madame Espinard auf, nun endlich Schluss mit unserer Kateridee zu machen und nicht auf einige Zeit, sondern endgültig in die Villa in Nizza zu ziehen. Zwei Monate, höchstens drei im Jahr würden wir uns mit der Fremdenwohnung begnügen müssen, sonst gehörte uns das ganze Haus, und wenn wir im Sommer einer Abwechslung bedurften, freue sie sich, uns auf der Lyoner Besitzung zu begrüßen.

Mehr konnten wir nicht verlangen. Im brieflichen Verkehr verlor die Tante das bedrohliche Getöse, und nur ihre Gutmütigkeit blieb. Nizza hatte vieles für sich. Jeder bemühte sich, die Vorteile darzulegen, als handele sich's um eine theoretische Erörterung. Ohne Auto, ohne Bedienung, ohne ordentlichen Ofen war Chateau Boeuf, wir durften uns nichts vormachen, eine Verstiegenheit, Wollen und nicht Können. In der Stadt brauchten wir keinen Wagen, und alles ging von selbst, ganz abgesehen von den Espinards, die wir natürlich so wenig wie möglich beanspruchen würden. Immerhin, meinte Bab, vergäben wir uns nichts, wenn wir Wohnung und Heizung annähmen, und allein die Zentralheizung, stell dir vor, die warme Welle gleich beim Eintritt in das Haus. Und die Aussicht von Fabron auf das Tal der Var, das nilartige Flussbett, die Berge, der weite Bogen der Stadt, abends die Lichter, gewiss, nicht dasselbe wie hier, aber nicht zu verachten, für den Maler sogar möglicherweise interessanter.

»Möglicherweise«, wiederholte ich bereitwillig.

»Nun ja«, meinte sie, als ob ich widersprochen hätte, »darauf kommt es doch nicht allein an.«

»Natürlich nicht!«

Ich trat an das Fenster neben meinem Schreibtisch und hatte wieder das Schwindelgefühl wie beim ersten Anblick des Lochs. Erstaunlich, wie ein einziger Baum eine mit zahllosen Einzelheiten ausgestattete, bewegte Landschaft vollständig verändern konnte. Die Zeder war die handelnde Figur. Ohne sie schwamm der ganze erste Plan gänzlich haltlos. Mit dem vielfältigen Immergrün ihrer Zweige war dem Bild das sammelnde Prunkstück ausgebrochen worden, und infolgedessen ließen auch alle anderen Farben nach. Das gebleichte Gerippe der kahlen Maulbeerbäume, auf das ich früher nie geachtet hatte, bestimmte nun die Gegend. Der Acker glich verschimmeltem Brot. Nur wenn ich mich ganz in die linke Ecke des Fensters drückte und nach rechts schaute, konnte ich über das Loch hinwegblicken, aber dafür ging natürlich die große Linie der Hügelkette in der Ferne verloren.

Der Mistral, meinte Bab, sei in Nizza viel milder, das stehe statistisch fest. Auch hatten wir dort Freunde. Wen hatten wir hier?

Ja, komisch, wen hatten wir hier?

Außerdem, fand Bab, konnten wir uns für die paar Monate, wenn die Espinards in Nizza residierten, auf eine Reise begeben. Mir schien das nicht gut, aber Bab fand gar nichts dabei. Mit der Tante würde sie fertig. Schließlich, ein nicht zu unterschätzendes Detail: Wenn Paternoster, was immerhin im Bereich des Möglichen lag, weiter bockte, wäre es angenehm, ein sicheres Dach über dem Kopf zu haben.

Ein ganzer Berg von Argumenten. Keiner von uns aber sagte, was wir aufgeben würden. Bab empfand es wahrscheinlich kaum weniger als ich, obwohl sie es nicht weiter zu erkennen gab. Es hatte keinen Sinn, darüber nachträglich zu reden, zumal es schwierig gewesen wäre, die richtigen Worte zu finden.

Wir beschlossen, mit Lichtenberg zu verhandeln. Auch ihm war das Verschwinden der Zeder aufgefallen, und er hatte gehofft, bei dieser Gelegenheit die Raupenbeutel untersuchen zu können, aber sie waren beim Sturz des Baums abhanden gekommen.

Aus verschiedenen Gründen, erklärte ich, sähen wir uns veranlasst,

Vadoule zu verlassen, aber wir könnten uns endgültig erst später entscheiden. Es liege uns daran, ihre Ansicht zu erfahren.

Betty bekam Feuer in die Augen, bäumte den Kiefer und öffnete den lackierten Mund, bereit, das Haus in einem Happen zu schlukken. Lolo errötete über die haltlose Mutter und bot uns Wermut an. Lichtenberg ließ den Spitzbart tänzeln und verbarg nicht die Neugier, unsere Beweggründe zu erfahren, denn er witterte eine Geschichte. Lolo errötete wieder und verließ das Zimmer. Sie hatte ihre Not mit der Erziehung der Eltern. Ich speiste Lichtenberg mit der Tante ab und kam auf die Frage zurück.

Verbindlich erklärte er, den Verlust so angenehmer Hausgenossen ungemein zu bedauern, und dabei bekam Bab und ich jeder einen besonderen Blick. Er hoffe zuversichtlich, die Reize Nizzas, obwohl beträchtlich, würden uns nicht auf die Dauer fesseln. Sollten wir uns aber doch zum endgültigen Verzicht entschließen, so sei er im Prinzip nicht abgeneigt, in unseren Kontrakt einzutreten, denn die Gegend sage ihm zu. Natürlich das Einverständnis des Besitzers und die Vermietung des oberen Stockwerks vorausgesetzt.

Das Einverständnis Grosjeans lag vor, denn wir besaßen das Recht zur Untervermietung. Ein Interessent für den zweiten Stock ließe sich, nachdem die Wohnung so reizvoll hergerichtet sei, wohl finden.

Betty beklagte die Herrichtung, deren Kosten, wenn wir früher daran gedacht hätten, ihr erspart worden wären. Otto, der Praktiker, hoffte, diese Kosten durch Erhöhung der Miete wieder einzubringen. Und ob wir, fragte Betty, die Badeeinrichtung und die Regale der Bibliothek mitzunehmen gedächten?

Darüber, erwiderte Bab gelassen, würden wir uns, wenn es so weit sei, zu verständigen haben.

Mitte Februar verließen wir Vadoule.

Die alte Petitot weinte beim Abschied.

Julius Meier-Graefe und eine tragische Liebe zu Frankreich

WIE GING es weiter mit Monsieur Grosjean und Mimi, dem eitlen Architekten Schuch, dem traurigen Klein, den lustigen Lichtenbergs und den bäuerlichen Petitots? Leider endet der Roman hier. Hoffen wir, dass der Erzähler, der mit Vadoule auch seine Steuerschulden hinter sich gelassen hat, mit seiner Frau Bab in Nizza glücklich wurde.

Aber wo befindet sich eigentlich »Vadoule«? Dahinter verbirgt sich das Städtchen Saint-Cyr-sur-Mer, zwischen Marseille und Toulon gelegen, wohingegen »Madou« das benachbarte Sanary-sur-Mer ist. In Saint-Cyr lebte Julius Meier-Graefe mit seiner Frau Annemarie, geborene Epstein, in der Allée du Chateau 7 im Stadtteil La Banette.

Im »Schloss« wohnte zeitweise auch Meier-Graefes Freund, der Elsässer Autor René Schickele mit seiner Frau Anna, genannt Lannatsch. Seine Schriftzeugnisse legen 1932 oder 1933 als das Jahr der Hausgemeinschaft nahe. Schickele begleitete das Vorhaben, diesen — wie er 1933 im Tagebuch festhielt — »Emigrantenroman« zu schreiben, von Anfang an. Am 19. März 1935 beglückwünschte er Meier-Graefe brieflich aus Fabron, Nizza, mit den Worten: »Du hast deinen Roman fertig, du Glücklicher! Ich hoffe, Du bringst eine Abschrift mit.«

Die bekam er, und schon am 10. April antwortete Schickele voller Begeisterung: Das Werk komme ohne offensives Politisieren aus, aber mit so viel zwischen den Zeilen: »Es ist ein schönes Buch, Ju, dessen kannst du in aller Ruhe gewiß sein. Ich gratuliere — und freue mich, es noch einmal gedruckt zu lesen.« Wenn Meier-Graefe einwillige, wolle er es Hermann Kesten, dem Schriftsteller und Literaturagenten, geben, der inzwischen ebenfalls in Nizza lebte. Wobei er menetekelte: »Wenn Dir der Hohe Rat bei Fischer nur nicht zu viele Änderungsvorschläge macht!« Ob der Autor den Roman noch einmal überarbeiten wollte — von den ersten fünfzig Seiten sind drei leicht unterschiedliche Versionen

Julius Meier-Graefe beim Boulen in Südfrankreich, 1925 oder später. Halb verdeckt hinter ihm steht Friedrich Epstein, dessen Bruder Walther Epstein (der Vater von Annemarie) die Meier-Graefe-Villa in Berlin gebaut hat. Die anderen beiden sind »Frank« und »Luise«.

Foto: DLA Marbach

überliefert —, oder ob er ihn seinem Verlag »Paternoster« (dahinter verbirgt sich S. Fischer) angeboten hat; wir wissen es nicht.Aber 1935 waren die Nazis an der Macht und Meier-Graefe, der »entartete Kunst« vertrat, war persona non grata, ähnlich wie Gottfried Bermann Fischer. Bereits drei Monate später, am 5. Juni 1935, starb Meier-Graefe in einem Sanatorium im schweizerischen Vevey an Tuberkulose — kurz vor seinem achtundsechzigsten Geburtstag.

So blieb das Manuskript in der Schublade. Schickele, der sich über seine Zeit in Südfrankreich mit Annette Kolb austauschte (*Briefe im Exil 1933-1940*, herausgegeben von Hans Bender), starb 1940 in einer Kleinstadt bei Nizza. Derweil blieb Annemarie, anders als »Bab« im Roman, in Saint-Cyr wohnen. 1941, vor ihrer Emigration nach Amerika, übergab sie das Haus ihrem Onkel Friedrich Epstein. Der Chemiker, der vor Hitler geflohen war, wohnte dort mit Else Weil, der früheren Frau von Kurt Tucholsky. Erst nach dem Krieg kehrte die nun verheiratete Annemarie Broch nach Saint-Cyr zurück, wo sie 1994 starb. Ihr Nachlass befindet sich im Deutschen Literaturarchiv Marbach.

Das Manuskript dieses Romans wurde Berlinica freundlicherweise von Mücke van de Loo zur Verfügung gestellt, einer Großnichte von Julius Meier-Graefe. Wir haben den Text — der Verständlichkeit halber — leicht bearbeitet, französische Begriffe erläutert, Vornamen ergänzt und Wiederholungen gekürzt. Wir haben uns dabei entschlossen, heutzutage politisch umstrittene Begriffe wie »Neger« zu behalten, um den historischen Kontext nicht zu verfälschen.

Das Originalmanuskript wird ebenfalls bei Berlinica erhältlich sein.

Meier-Graefe hat ein Südfrankreich geschildert, wie er es selbst erlebt haben dürfte. Nach Sanary-sur-Mer, auch nach Nizza flüchteten in den dreißiger Jahre viele Literaten. Die Familie Mann gehörte dazu, Alma und Franz Werfel, Marta und Lion Feuchtwanger, Joseph Roth,

Von links nach rechts: der Maler Walter Becker, Meier-Graefe und Erich Klossowski in Südfrankreich um 1933. Becker war mit Yvonne von König verheiratet, die Tochter von Mathilde Tardif, die von Leo von König adoptiert wurde. Der Name »Tardif« fand im Roman Verwendung.

Foto: DLA Marbach

Valeriu Marcu, Walter Hasenclever, Franz Hessel und Hermann Kesten. In Sanary lebte aber auch der englische Schriftsteller Aldous Huxley, der wohl »Katapolk« inspirierte.

Nicht nur Huxley hat es ins Buch geschafft, Schickele ist vermutlich der Schriftsteller hinter Lichtenberg. Kasimir Kleinchen dürfte aus den Malern Erich Klossowski und Walter Bondy zusammengesetzt sein. Hinter Schuch könnte sich der Berliner Architekt Paul Lewy verbergen (im Haus der Schuchs, wie im Roman beschrieben, lebte Bondy). Und Grosjean war tatsächlich Anatole Ducros, ein wohlhabender Bürger von Saint-Cyr. Meier-Graefe hatte die Geschichte bereits in einem dreiteiligen Artikel in der *Frankfurter Zeitung* vom 30. Juli, 31. Juli und 1. August 1931 erzählt. Ducros hat den Brunnen vor dem Rathaus gestiftet, den aber — anders als im Roman — kein Bacchus krönt, sondern eine Miniaturausgabe der New Yorker Freiheitsstatue. Deren Schöpfer Frédéric-Auguste Bartholdi hatte sie gespendet. In La Madrague gibt es auch einen Boulevard Anatole Ducros. Sogar sein Buch über die »Gedanken« ist unter dem Titel *Sentences et Réflexions* antiquarisch zu erwerben. So hat Meier-Graefe dem reichsten Bürger von Saint-Cyr ein Denkmal gesetzt — von dem dieser freilich nie erfuhr.

Die Verrätselungen des Figurenpersonals dürften auf Schickele zurückgehen, der »Ju« in einem Brief vom 20. November 1934 zu bedenken gab, er müsse sich »ja doch irgendwie gehemmt durch die Nähe der Personen« fühlen, »die danach schreien, daß man mit dem Finger auf sie zeigt und sie beim richtigen Namen nennt.« Sie würden ihn zudem daran hindern, »den Verlegern gegenüber frei über das Buch zu verfügen.« Es war auch Schickeles Vorschlag, die Hitlerzeit und die Hintergründe der Flucht der Deutschen nach Südfrankreich aus dem »Roman hinauszuwerfen«, um ihn zeitloser zu machen.

Julius Meier-Graefe blickte zum Zeitpunkt der Niederschrift des Romans auf ein bewegtes Leben in politisch unruhigen Zeiten zurück, in denen er als Kunstkritiker maßgeblich an der Durchsetzung der französischen Moderne im deutschsprachigen Raum gewirkt hatte. Am 10. Juni 1867 war er als Sohn eines Ingenieurs in Resicabánya (deutsch Reschitz) zur Welt gekommen, einer Stadt, die damals zu Ungarn, der Region Banat, gehört hatte. Nach einer umzugsreichen Kindheit und Jugend und dem Versuch mehrerer Studien hatte er sich als ungemein wirkmächtige Figur im Kulturbetrieb um 1900 einen Namen gemacht — als keineswegs unumstrittener, mehrfacher Grenzgänger. Als engagierter Europäer oszillierte sein Leben und

Oben links: Der Boulevard Anatole Ducros im heutigen Saint-Cyr-sur-Mer.

Mitte links: Die Gedanken von Monsieur Ducros in Buchform.

Rechts: Der von Ducros gestiftete Brunnen mit der Nachbildung der Freiheitsstatue, dahinter das Café de France.

Foto: Postkarte

Wirken zwischen Deutschland und Frankreich, zwischen Künsten, Medien und Materialien, und zwischen Tradition und Avantgarde.

Neben seinem primären Betätigungsfeld, der um 1900 in Blüte stehenden Kunst- und Kulturkritik, war er zudem als Kunsthändler und Ausstellungsmacher tätig. Er verfasste Reise-, Theater- und auch (vielfach autobiographisch inspirierte) Romanliteratur. Im Kaiserreich und in der Weimarer Republik sortierte und kanonisierte er sprachgewaltig und auf medial vielfältige Weise die immer mannigfaltiger werdenden Kunstströmungen, seismographierte an der Kunst den Zustand der Gesellschaft und suchte in Zeiten nationaler Rivalitäten Orientierung zu bieten. Die französische Kunst, die er als vorbildhaft und modern erachtete, stand dabei im Fokus.

Meier-Graefe hat zahlreiche der ersten deutschsprachigen, in ihren Bildanalysen noch immer bestechenden Monographien zu Künstlern wie Édouard Manet, Gustave Courbet, Eugène Delacroix, Pierre-Auguste Renoir, Paul Cézanne oder Vincent van Gogh verfasst. Er hat auch die zeitgenössischen französischen Kunstdiskurse einem deutschen Publikum zur Disposition gestellt. Darüberhinaus beriet er auf Basis eines internationalen Netzwerks Museumsleiter und Privatsammler beim Ankauf von Werken. Die französischen Bestände hiesiger Museen gehen vielfach auf seine Vermittlung zurück. Sein Opus magnum,

Unten links:
Annemarie Meier-Graefe vor dem Haus in Saint-Cyr, wo sie gemeinsam mit Julius gelebt hat, mit dem oft erwähnten Auto.

Foto:
DLA Marbach

Rechts:
Das »Schloss« heute, Chateau Banette, 7 Allée du Chateau in Saint-Cyr.

die *Entwicklungsgeschichte der modernen Kunst*, das ab 1904 in mehrfacher Überarbeitung erschien, wurde als Ratgeber für Paris-reisende Sammler ebenso konsultiert wie seitens der nach Inspiration suchenden Künstler verschlungen. Noch im Almanach des *Blauen Reiter* (1912) wurde Meier-Graefes kunstkritische Expertise als zeitgemäßer Kompass gefeiert. Durchaus repräsentativ ist die Aussage Hugo von Hofmannsthals über Meier-Graefes neue Art, über Kunstströmungen zu schreiben: »Wie bei allen, die auf einem Gebiet Lebendiges hervorbringen, geht seine Wirkung weit über dieses Gebiet hinaus. Er hat sich eine sehr persönliche Ausdrucksweise geschaffen, die nun viele nach ihm gebrauchen – durch deren Rezeption aber in Tausenden von Köpfen das Verhältnis nicht nur zu Werken der Malerei, sondern zum Kunstwerk überhaupt eine neue Lebendigkeit gewonnen hat.«

Meier-Graefe versuchte in seinen Texten, die bevorzugt mit Metaphern arbeiten, Kunstwerke bildhaft einzufangen. Der Roman um das

Schloss aber setzt sich davon deutlich ab. Der Autor konstatierte selbst: »Ich versuche einen Roman ohne Metapher und bin ständig in Gefahr, vor Langeweile zu sterben.« Er bewunderte seinen Freund Schickele, dessen bekanntester Roman *Die Witwe Bosca* ebenfalls in der Provence spielt. Meier-Graefe notierte: »Erstaunlich, wie ihm die Einfälle kommen, sie fliegen ihm zu. Ich armes Luder!«

Dabei waren die Bedingungen, unter denen Meier-Graefe das Manuskript verfasste, alles andere als günstig. Ein Tagebucheintrag Schickeles vom 26. Dezember 1933 bringt die Situation auf den Punkt: »Die Franzosen finden wenig Geschmack an Ju, aber früher konnte er in England und Amerika publizieren, wurde ›groß honoriert‹. Pech, daß die Emigration mit der Weltkrise zusammenfällt. Und jetzt auch noch die ›Kummerzelle‹.« Damit meinte er die deutsche Reichsschrifttumskammer, der Meier-Graefe 1933 die Unterschrift zum Treuegelöbnis verweigerte.

Meier-Graefe hatte Berlin 1930 erneut (und endgültig) verlassen, um sich mit Annemarie auch aus finanziellen Gründen in Saint-Cyr niederzulassen. Den Ort fand er, weil Mathilde Tardif, die frühere Frau seines Berliner Malerfreundes Leo von König, im nahen Cassis lebte. Er blieb Frankreich zeitlebens eng verbunden — ohne dass diese Sympathie jemals auf Gegenliebe stieß. Ganz im Gegenteil. Zeit seines Lebens sollte es Meier-Graefe nicht gelingen, abgesehen von einigen örtlichen Bindungen und vereinzelten Freunden, in Frankreich beruflich Fuß zu fassen, gelesen und verstanden zu werden. Point final dieser einseitigen Liaison war die Ablehnung seines 1934 gestellten Antrags zur Erlangung der französischen Staatsbürgerschaft.

In Deutschland als »zu französisch« und in Frankreich als »zu deutsch« geltend, saß er zeitlebens zwischen den Stühlen. Meier-Graefes Versuche, seine Texte ins Französische übersetzen zu lassen, scheiterten nahezu sämtlich. Ausgerechnet das für die Übersetzung bereits aufbereitete Manuskript seiner *Entwicklungsgeschichte* ging auf abenteuerliche und bis heute nicht geklärte Weise verloren. Ein großer Schaden auch insofern als dieses Opus, wäre es den Franzosen zugänglich gewesen, sicherlich zur Abmilderung der Feindseligkeiten beigetragen hätte, die Meier-Graefe entgegenschlugen, insbesondere nach der Entgleisung eines kulturpatriotischen Artikels. Darin hatte sich Meier-Graefe zum

Links: Plage de la Madrague, wo Mon Repos lag, das Haus von Anatole Ducros.

Foto: Postkarte

Rechts: Das Grab von Julius Meier-Graefe auf dem Friedhof von Saint-Cyr.

Ausbruch des Ersten Weltkriegs, entgegen seiner sonstigen Frankophilie, zu deutsch-nationalistischen Tönen hinreißen lassen. Ausgerechnet dieser, im September 1914 im *Berliner Tageblatt* veröffentlichte Text, betitelt mit »Drei Gewinne«, wurde ins Französische übersetzt. Meier-Graefe bringt hier seine Hoffnung auf eine erstarkende deutsche Kultur zum Ausdruck und stellt das Verständnis von Kultur im europäischen Kontext grundsätzlich zur Disposition. Dabei spricht er Frankreich, obgleich weiterhin als »Hellas« und somit als Hochkultur wertgeschätzt, die Fähigkeit ab, als Nation zu überleben. Das forcierte Interesse des Nachbarlandes am Ästhetischen, meinte er, widerspreche dem pragmatischen Zeitgeist zu stark. An diesem äußerst fragwürdigen Text sollten die Franzosen den Kunstschriftsteller fortan nahezu ausschließlich messen — wohingegen sein lebenslanger Einsatz für ihre Kultur und deren Vermittlung weitestgehend ausgeblendet blieb.

Dies war bitter für Meier-Graefe, der seine zukünftige Frau Annemarie in einem Brief vom 20. Dezember 1924 resigniert wissen ließ: »Diese Menschen [Franzosen] sind wahnsinnig. Ich habe solange ich hier lebte, nie einem Menschen etwas getan, habe nie eine Differenz mit irgend einem gehabt, habe nie mit einem verkehrt, habe zwanzig Jahre lang über franz. Kunst geschrieben und die Grundlagen für das Studium der franz. Kunst geschaffen. Hilft nichts. Sie hassen mich.«

Dieser Hass sollte auch in Deutschland zunehmen. Während ihm in Frankreich »argwöhnische kulturelle Gefräßigkeit« unterstellt und er gar als Spion bezichtigt wurde, galt er diesseits des Rheins als Repräsentant einer Intellektuellengeneration, die an den Wert der europäischen Kunst- und Kulturtradition glaubte. Das veranlasste die Nazis dazu, sein Porträt im Rahmen ihrer berüchtigten Ausstellung »Entartete Kunst« in diffamierender Absicht an den Pranger zu stellen.

Dieser Roman hingegen zeigt einen selbstironischen Beobachter, der sich angesichts dieser politischen Radikalisierungen zusehends ins Private zurückzieht, in das Leben im Exil. Darüberhinaus zeichnet er ein liebevoll-unterhaltsames Bild der französischen Provinz.

— Stephanie Marchal und Eva C. Schweitzer, Herausgeberin
Dr. Stephanie Marchal ist Professorin am Kunstgeschichtlichen Institut der Ruhr-Universität Bochum.

Das uneditierte, unbearbeitete Originalmanuskript ist ab 2023 ebenfalls bei Berlinica erhältlich; es handelt sich um eine nicht in Satzform gebrachte, gedruckte Fotokopie. Darüberhinaus liegt eine Kopie des Manuskripts beim Deutschen Literaturarchiv Marbach.

Der Kampf um das Schloss
Julius Meier-Graefe
Originalmanuskript
232 Seiten / Format: 21,0 x 29,7 cm
ISBN: 978-3-96026-053-0

Berlinica

präsentiert:

Bücher aus Berlin

Egon Erwin Kisch

Paradies Amerika

Gebunden; 320 Seiten, 16,00 €

ISBN: 978-3-96026-039-4

Alfred Kerr

New York und London

Broschur; 168 Seiten, 10,50 €

ISBN: 978-3-96026-049-3

Alexander Roda Roda

Ein Frühling in Amerika

Broschur; 136 Seiten, 10,50 €

ISBN: 978-3-96026-050-9

Kurt Tucholsky
Berlin! Berlin!
Broschur, 208 Seiten; 14,00 €
ISBN: 978-3-96026-023-3

Kurt Tucholsky
Nachher
Gebunden, 96 Seiten; 12,00 €
ISBN: 978-3-96026-018-9

Ernst Toller
Hinkemann. A Tragedy
Broschur, 86 Seiten, 10,50 €
ISBN: 978-1-935902-52-2

Harold Poor
Kurt Tucholsky
Broschur, 256 Seiten; 20,- €
ISBN: 978-3-96026-015-8

Michael Brettin
Berlin 1945
Broschur, 218 Seiten, 20,00 €
ISBN: 978-3-96026-000-4

21 Autoren aus der Mauerstadt
Unser West-Berlin
Gebunden, 224 Seiten, 20,- €
ISBN: 978-3-96026-012-7

Andreas Austilat
Mark Twain in Berlin
Broschur, 176 Seiten; 14,- €
ISBN: 978-3-96026-033-2

WIDERREDE DER ÜBERGANGENEN FRAUEN EIN UNHEILIGER SCHRIEB *Zwischen den Zeilen der Lutherbibel*

JEAN-PAUL BARBE

Berlinica

Jean-Paul Barbe
Ein Unheiliger Schrieb
Softcover, 172 Seiten; 10,50 €
ISBN: 978-3-96026-007-3

CPSIA information can be obtained
at www.ICGtesting.com
Printed in the USA
LVHW071400031222
734485LV00019B/1351

9 783960 260523